一郎
FUKAMI

犯人選挙

CRIMINAL ELECTION

講談社

CONTENTS

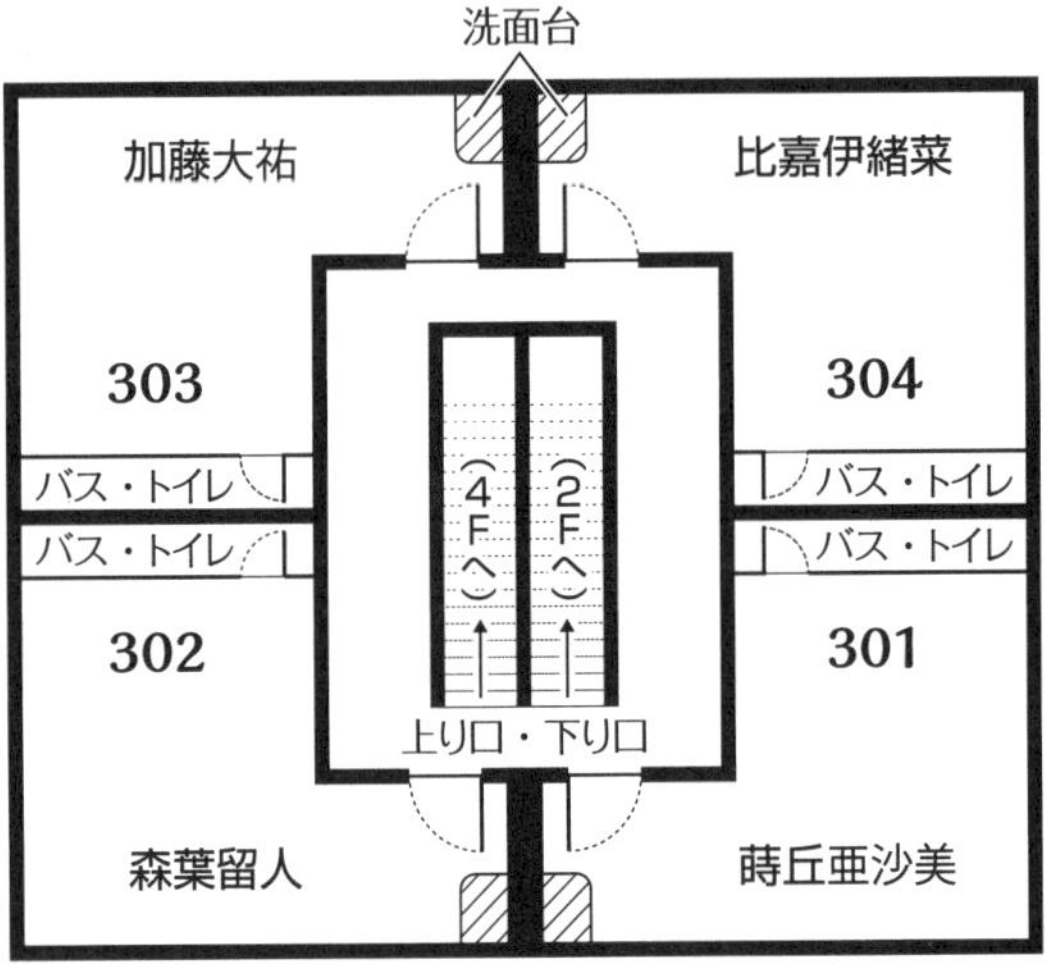
洗面台
加藤大祐
比嘉伊緒菜
303
304
バス・トイレ
バス・トイレ
（4Fへ）
（2Fへ）
バス・トイレ
バス・トイレ
302
301
上り口・下り口
森葉留人
蒔丘亜沙美

3F

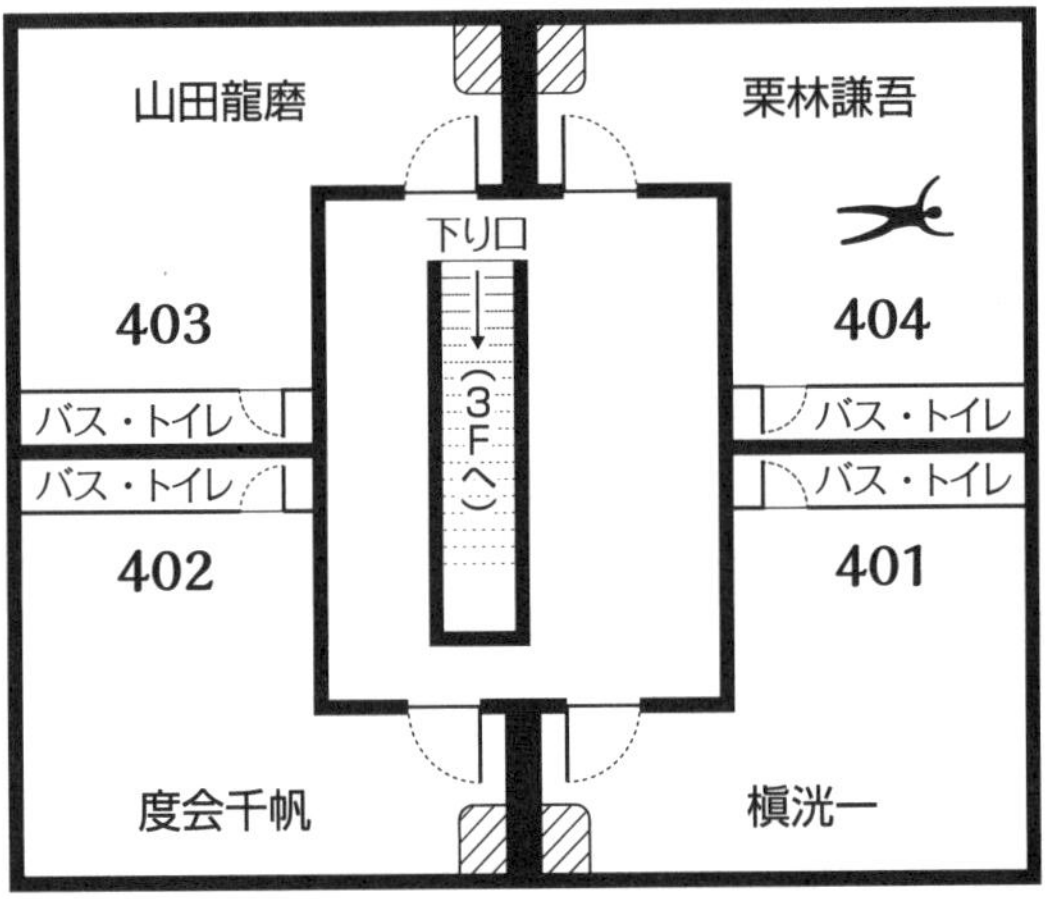
山田龍磨
栗林謙吾
下り口
403
404
バス・トイレ
バス・トイレ
（3Fへ）
バス・トイレ
バス・トイレ
402
401
度会千帆
槙洸一

4F

N

大泰荘　平面図

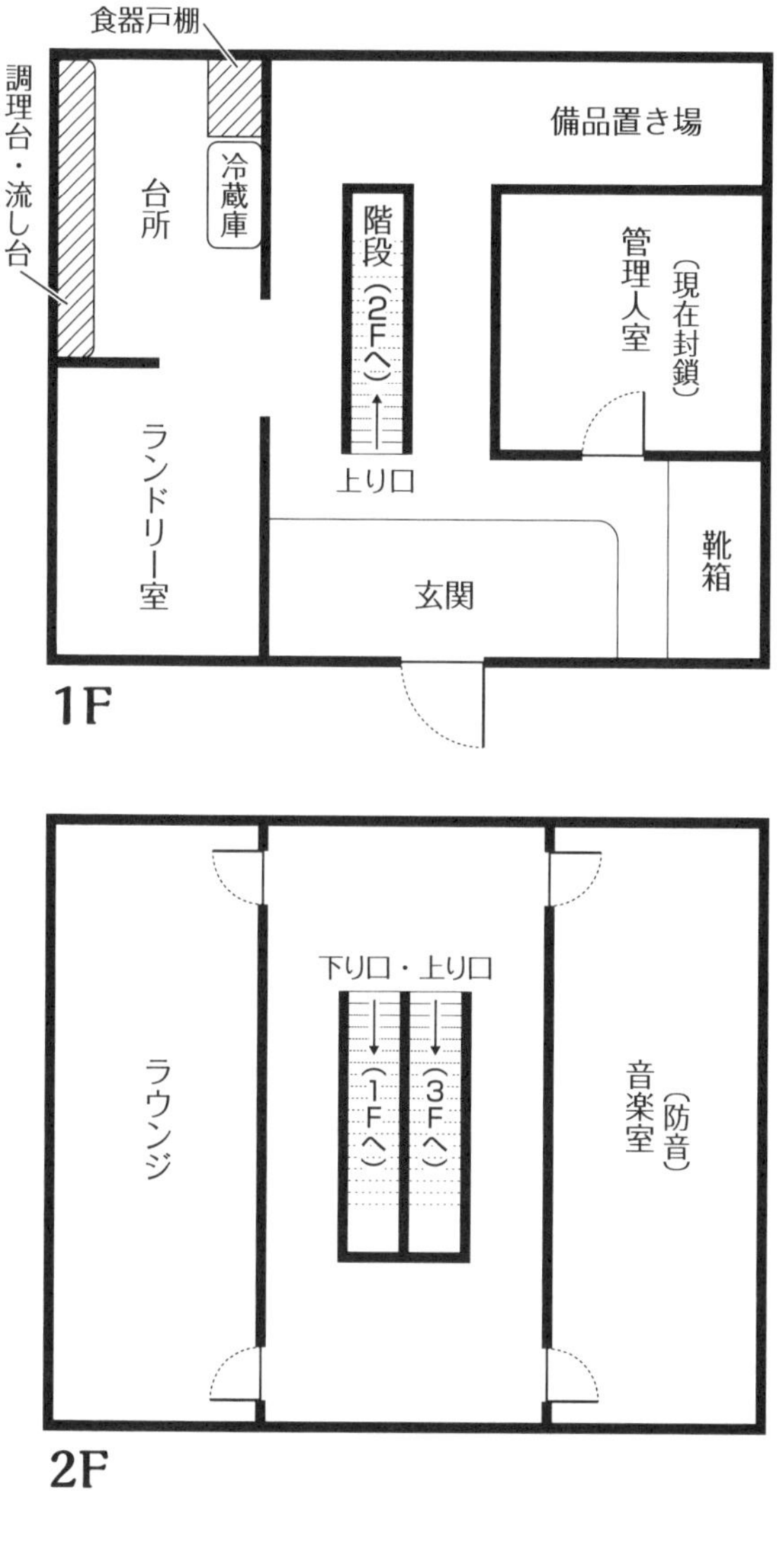

食器戸棚
調理台・流し台
台所
冷蔵庫
階段（2Fへ）
上り口
備品置き場
管理人室（現在封鎖）
ランドリー室
玄関
靴箱
1F
下り口・上り口
（1Fへ）
（3Fへ）
ラウンジ
音楽室（防音）
2F

装幀　坂野公一（welle design）
カバー写真　Adobe Stock

犯人選挙

作者巻頭贅言《ぜいげん》

この小説の中では、三人の人間が死にます。
人の死なないミステリー、日常の謎がお好きな方は、ご注意下さい。

第一部

1

「やっほー」

十月の夕陽が斜めに射し込む台所で煮込み料理を作りながら、一脚だけある備え付けのスツールに座って文庫本を読んでいると、亜沙美《あさみ》が廊下《ろうか》から顔を覗《のぞ》かせた。廊下と台所、それにランドリー室の間にはドアがなく、ゆるやかな続きの間のようになっている。

ベージュ色のブラウスにデニム地のロングスカートという恰好で、ローズピンクのペディキュアを塗った足には、室内履きにしているレディースサンダル。暗めのダークブラウンに染めた頭には、カラフルなニットの帽子。ニット帽は亜沙美のいわばトレードマークで、冬のみならず春と秋も（要するに真夏以外はほぼいつも）、外出時はもちろん屋内でもよくかぶっている。それが自分を最も可愛《かわい》く見せるアイテムだということを知っているのだろう。

「何を作ってるの？」

片足だけ前に出し、レディースサンダルの踵《かかと》の部分を床に付けながら無邪気に訊いて来る。その先から覗くローズピンクの爪先は、必然的に真上を向いていて、両手は何か仕掛ける前の悪戯《いたずら》っ子のように後ろに回されている。世界広しといえども、このポーズがこんなにサマになるのは、どこかの遊園地のネズミの着ぐるみか、亜沙美くらいのものじゃないかと思う。

「今日はラタトゥイユに挑戦してみた。野菜をトマトとワインと香草で煮込む、南仏プロヴァンス地方の郷土料理だ」

　僕は読みさしの文庫本の頁に栞紐《スピン》を挟みながら答えた。

「自信作？」

「どうかな。初めて作ったから……。とりあえず大失敗はしてないと思うけど」

「味見してあげようか？」

　拒否されることなど、万に一つも有り得ないという表情で近寄って来る。僕はそのまま本を閉じ、立ち上がって鍋の蓋《ふた》を取って中を覗き込んだ。

　少し値が張ったが、眼鏡《めがね》を作る時に、くもり止め加工のオプションを付けておいて良かったと思った。ここで眼鏡が真っ白になってしまったら、まるでマンガだ。恰好悪すぎる。

「うーん……。まだ途中かなあ。完成まではこのまま弱火でコトコトと、あと四〇分くらい煮込んで野菜に味を染み込ませないと……」

　どうせならば完成したものを食べてもらいたいという意図で言ったのだが、亜沙美は不思議そうに小首をかしげた。

「だけど味見って、完成する前にするもんじゃないの？」

「そ、それもそうだね」

　僕は近くにあった小皿に、トマト色に染まりはじめているズッキーニとナス、既に完全に色づいている玉ネギ、それにヒヨコ豆をよそってあげた。香り付けで入れているブーケガルニ――

月桂樹《ローリエ》の葉や百里香《タイム》、龍蒿《エストラゴン》などの香草を束ねたもの——も一緒に入ってしまったが、これは食べないので菜箸で取り除く。

「これはまた、見るからに地中海風だねぇ。どれどれ」

亜沙美はフーフー息を吹きかけて冷ましてから、可愛いおちょぼ口をさらに窄《すぼ》めてぺろりと食べた。

「いけるいける！　さっすがあ」

「それは良かった」

お世辞かも知れないが、僕は嬉しくなった。

「だけど確かにまだ、あんまり中まで味が染みていないね」

「だからそう言ったじゃないか」

「いつ完成するの？」

「だから四〇分後だよ」

それも言った筈だが、恐らく聞いていなかったのだろう——。

「ちゃんと出来上がったものも、食べてあげてもいいわよ」

そう言い残すと、亜沙美は小皿を僕に返してくるりと背を向けた。廊下を右に折れ、くすくす笑いながら階段の方へと向かって行く。僕は小皿を手に持ったまま、その後ろ姿をしばし見戍《みまも》った。

全く、あいかわらず女王様気質なやつである——。

もっとも、そこも魅力の一部であることを認めざるを得ないことが口惜しい。僕は一頻《ひとしき》り苦笑すると、底が焦げないように鍋の中を軽く一度かき混ぜてから、再び蓋をして文庫本の読書へと戻った。

――

ここ大泰荘では、僕を含めて現在八人の男女が共同生活を送っている。内訳は男性五人に女性三人。いずれも二〇歳《はたち》前後の若者だ。

築三〇年超というから、建てられたのは僕等が生まれる一〇年以上前のことになるわけだが、鉄筋コンクリートの四階建てで、屋根は勾配の緩《ゆる》やかな切妻《きりづま》のスレート葺《ぶ》き、建った当時は結構モダンな建物だったのだろうと想像される。ちなみに建物の名前だが、広隆寺《こうりゅうじ》や映画村があることで有名な京都の地名からの連想か、太秦荘《うずまさそう》と間違って読んでしまう人が結構いるのだが、〈太〉ではなくて〈大〉であり、〈秦〉ではなくて〈泰〉であって、大泰荘《だいたいそう》と読むのが正しい。

僕等にとってここに住む最大の利点は、何と言っても家賃の安さにある。大家さんは近所に住んでいる七〇代後半と思われるおばあさんなのだが、商売っ気がまるでないのだ。建てられてから今日まで、たった一度しか家賃を値上げしていないとかいう噂も、まんざら嘘ではないのではないかと思うような破格の安さである。さすがに年月を経た今では、外壁をはじめ、あちらこちらで老朽化が始まっているようだけど、各部屋にユニット式のバスとトイレも完備しているし、シャワーからは二十四時間いつでも熱いお湯が出るし、これで文句を言ったら間違いなくバチが当たることだろう。それに外壁なんか多少古かろうと、生活する上では何の支障もない。それは建物の味というものだ。

　僕がここに入ることができたのは、ラッキーの一言だった。東京の志望大学に何とか合格し、大都会での一人暮らしに期待と不安を抱きながら上京の準備をしていると、日本学業支援会というところから親展の速達郵便が届いた。

　開封して中を見ると、東京の大学へ進学する人向けに、格安なシェアハウスを紹介しているという。僕は小学校の最上級生になろうという時に父親の仕事の関係で北海道の旭川《あさひかわ》へと引っ越し、転校先で小学校を卒業して、そのまま中学高校も旭川で過ごしたが、それまでは千葉に住んでいた。だからある程度都会の生活に馴染める自信はあったのだが、首都圏の家賃の高さが半端ないことも知っていた。最初は半信半疑で、とりあえず紹介された物件に見学の予約をして行ってみると、各部屋にバス・トイレ完備で、23区内で駅から五分程度と立地も申し分ないのに、家賃は信じられないほど安い。

　これを逃す手はないと即断即決、その場ですかさず申し込み、近所のマンションに住んでいるという大家のおばあさんと、世間話の延長のような面談を三〇分ほどした結果、無事入居できることになったのだ。いま思い出しても本当にラッキーだった。

　前述した通り住民は全員が二〇歳前後だが、勉強していることや目標としていることは、みんな見事なまでにバラバラである。たとえば文学部の学生である僕の将来の目標は、このまま文学を生業《なりわい》にすることだが、亜沙美は美大の二年生でアーティスト志望だ。専門はパステル画だが、インスタレーション芸術なんかにも興味があるらしく、この前は安全ピンを一〇〇〇個繋《つな》げて、何やら奇妙なオブジェを作っていた。他にも音大の作曲科の学生や映像クリエーターを目指している者など多士済々だが、特に学生であることが入居の絶対条件というわけでもないらしく、アルバイトをしながら俳優を目指している者もいれば、路上パフォーマーのタマゴなんかもいる。

入居前にそれを伝え聞いた時は、そんなにみんなバラバラで、果たして話が合うのだろうかと一抹《いちまつ》の不安を抱いたものだが、いざ共同生活をはじめてみると、これが予想以上にエキサイティングで面白い。世間一般では、同じことをやっている人間同士が群れ固まる傾向があるけれど、するとどうしても視野が狭くなるし、対抗意識が否応なく働いて、人間関係がギスギスして来る。もちろん若者同士だから衝突することもあるけれど、それはいわば理想と理想のぶつかり合いであって、互いの足の引っ張り合いのような低レベルで陰湿な対立がここにないのは、やはりやっていることや目標が、みんな違っているからだろうと思う。それに行き詰まった時にヒントや刺激を与えてくれるのは、往々にして全く別のことをやっている人間だったりするのだ。

「姐《ねえ》さん、ヘリポートでサーベル振り回しているTPOのおかしな奴、全然倒せないいんだけど」

玄関の方から聞こえて来たこの声は龍磨《りゅうま》だ。前述した通り台所と廊下の間にはドアがないので、玄関付近の話し声がここまで聞こえることがある。

「わっはっは、若者よ。人生はトライアンドエラーだよ。何回も何回もやりな！」

こちらは伊緒菜《いおな》姐さんだ。

「やってるよ。それに俺と姐さん、同年齢《タメ》じゃん」

「おや、そうだったかね」

「またわざとボケたふりを。しかもあれ、まだラスボスじゃないんだろう？」

「あたしのラスボスが、あんなチンケな奴なわけねーだろ！」

二人は話しながら、どうやら階段を上って行ったようだ。

再び静寂が訪れる。

僕が今いる台所やランドリー室など、一階の共用スペースに各階の廊下や階段、それにみんなが集まる二階のラウンジなどの掃除は、すべて週替わりの当番制になっている。入居者はみんな平等というのがモットーなので、年齢や学年が下の者が、多く担当させられるというようなこともない。

ただしこういう制度だと、たとえばいい加減に掃除する人間や当番をサボる人間などが出て来ることも、充分に予想されるわけだが、それらはほぼいつも清潔に保たれている。大家さんが入居希望者と必ず面談するのは、トラブルを未然に防ぐため、そこらへんをちゃんとする人間かどうかを見極めているのではないかと思われる。玄関に入ってすぐ右側に、その大家さんがかつて住んでいた管理人室があるが、現在そこは閉め切ってあり、内部のことや生活のことは、基本僕等入居者の自治に任されている。

僕は時々鍋の中を掻《か》き混ぜながら文庫本を読み進めた。龍磨と伊緒菜姐さんが上って行った後は、特に話し声も聞こえず、台所にも続きのランドリー室にも、誰もやって来なかった。

四〇分経った。秋の日はつるべ落としとは良く言ったもので、窓の外はもうすっかり暗くなっている。僕は火を止めると、深めのシチュー皿に完成したラタトゥイユを盛り、別の鍋で既に作ってあった鶏肉《とりにく》とキノコのアヒージョ——オリーブオイルとニンニクで煮込んだもの——を小皿に盛った。実ははじめから亜沙美に差し入れすることを念頭に入れて、ラタトゥイユやアヒージョは、たっぷり二・五人分くらいの量を作ってある。そもそも一人前だけ料理を作るというのは、食材が必ず余ってしまって不経済な上に、不思議なくらい絶対に美味《おい》しくできない。もし料理中に亜沙美がちょっかいを出して来なかったら、僕の方から自発的に差し入れに行っても良いし、亜沙美が不在だった場合は、そのまま残りは冷蔵して、自分の明日の夕食に回せば良いと思っていた。

さらにあらかじめ冷蔵庫から出して室温化《シャンブレ》させていたシャンパーニュ産のラングルチーズを、四分の一——すなわち角度にすると九〇度——切り分けて外皮を綺麗に取ったものを、さらに食べやすいように二等分にして平底の皿に並べ、バゲットを三切れほど切って無塩バターを添えると、それら全てを一枚のプレートに載せて、北向きの玄関を入ってすぐのところにある階段を上った。

ラングルというのは、熟成の過程で表面を塩水で何度も何度も洗うウォッシュ・チーズの一種で、シワシワでぬらりとしたオレンジ色の外皮が一見不気味なのだが、切ると中はカラーラの大理石のように真っ白で驚くほどクリーミー、特に一時間ほどシャンブレして中央部がトロリとしたものは絶品である。ウォッシュ・チーズの奥深さを知ってしまうと、カマンベールとか有難《ありがた》がって食ってる奴の気が知れなくなる。

学生の分際で小洒落《こじゃれ》たものを食べているように思われるかも知れないが、フランス直輸入のそのラングルチーズと、アヒージョに使ったエクストラ・バージンのオリーブオイル以外は、食材としての単価は安いものばかりだ。僕は食や料理にも興味があるし、ちゃんと日持ちのするものを作れば、自炊はやはり外食よりも安くつく。それに栄養が偏る心配もない。

階段は一直線で途中に踊り場のようなものはない。あっという間に二階に着いた。

二階は東西二つの大きな部屋に分かれている。東側の半分はさきほどもちらりと述べた広いラウンジで、部屋の中央には、その気になれば住民全員が集まれる大きな楕円形《だえんけい》のテーブルが置いてある。活動時間がみんなまちまちなので、全員が一堂に会することは滅多にないのだが、一人が寂しい時はそこで本でも読んでいれば、誰かが前を必ず通るし、逆に一人でいたい時には、自分の部屋に籠《こも》ればいい。互いに必要以上の干渉は避けるのが暗黙のルールだ。

そして西半分は防音対策を施した音楽室になっていて、グランドピアノが置いてある。ここも建前上は共用スペースなのだが、実際には入居者唯一の音大生である千帆《ちほ》がほぼ専用で使っていて、掃除も彼女が——というか主に彼女のお掃除ロボットが——行っている。

僕はその場で回れ右をして、そのまま三階へと向かう階段を上りはじめた。入居者個人の部屋は三階と四階で、エレベーターなどはないが、みんな若いので不平を言う者はいない。階段が各階の中央にあって部屋は四つずつだから、つまり全ての部屋が角部屋ということであり、それもまた嬉しいところだ。

やはり一直線の階段を上り切り、三階に着いた。すぐ左に亜沙美の部屋である301号室のドアがある。僕はその前に立って、プレートを右手と胸で挟んで支え、空いた左手でドアをノックした。

ラウンジや音楽室には部屋番号が打たれていないので、ここが1号室でも101号室でも一向に構わないわけだが、何階の部屋かわかりやすいようにという配慮によるものだろう、三階の各部屋には301から304までの、四階の各部屋には401から404までの番号が、それぞれ振られている。

しばらく待ったが、ドアは開かない。ちなみに部屋番号を示す真鍮《しんちゅう》製のプレートは、ドアの上から三分の一くらいのところに、頑丈な太い釘で打たれている。

もう一度、さっきより少し強めにノックした。

三階の北西角に当たるこの301号室は、日当たりは悪いが他の部屋より若干広いので、亜沙美が自室兼アトリエにしている。僕と亜沙美は共に大泰荘二年目で、入居もほぼ同時期なのだが、その際に亜沙美自らが、なるべく日当たりの悪い部屋をと希望したらしい。亜沙美の専門であるパステル画にとっては日光が大敵で、陽に当たると作品があっという間に褪《たい》色《しょく》してしまうからだそうだが、そのお蔭で僕に日当たりの良い東南角の部屋が回って来たのだから、パステル画の弱点に僕は感謝しなければならないだろう。

まだドアは開かない。あれだけ前フリしておいて不在なのだろうかと訝りながら、もう一度ノックしようかどうか迷っていると、ようやく開いた。

ところがそのドアの内側から顔を覗かせたのが、404号室の謙《けん》吾《ご》だったのには、ちょっと面食らってしまった。精悍《せいかん》な逆三角形の顔と上半身。シャツの上の方のボタンが二つ外れていて、見事に鍛え上げられた胸の筋肉の上部が見えている。

いや、苟《いやしく》も文学で身を立てることを目標にしている者として、物事は正確に表現するべきだろう。外れているのではなく、わざと外しているのだ。何のために？　当然筋肉を見せつけるためだ。

思わずドアのプレートを見直したほどだが、間違いなく301号室である。そもそも階からして異なる亜沙美の部屋と謙吾の部屋を、間違える筈はない。

「何か用か？」

その謙吾が訊いて来る。部屋に二つある窓は両方カーテンが引かれており、天井の電気も消えているので中は仄暗《ほのぐら》い。だから廊下の天井の明かりを反射して、謙吾自慢の白い歯がいやが上にも目立つ。

「いやあの、差し入れというか、その……」

謙吾の押し出しの良さを前にして、思わずしどろもどろになってしまった。

「ああそうか、差し入れな。亜沙美はいまちょっと手が離せないみたいだから、代わりに俺が受け取っておくよ」

そう言って片手を出してくる。

「気が利かなくてごめん」

思わずそんな言葉を口にする自分自身に、僕は猛烈に腹が立った。

「ん？　何で謝るんだ？」

謙吾はがっしりとした顎《あご》を引いて、僕の顔を不思議そうに見る。

「一人前しかないんだ。まさか二人一緒とは思わなかったから」

「これは亜沙美への差し入れだろ？」

「いや、まあ、そうなんだけど」

「だったら気にするな。それに俺はもう夕飯は済ませた」

謙吾はそう言うと、皿の載ったプレートを筋骨隆々とした左手一本で受け取った。３０１号室の扉は、そのまま僕の目の前でばたりと閉じた。

僕は釈然としない思いを抱えながら、ついさっき高揚した気分で上った階段を、今度は重い足取りで、とぼとぼと一階まで下りた。

あの二人、一体いつの間にそんな関係に——。

マッチョな謙吾と、美人で女王様気質の亜沙美。ある意味最高にお似合いのカップルと言えるだろう。

だが今の僕には、二人を祝福してあげるような心の余裕はない。僕の知ってる謙吾は、真面目を絵に描いたような好漢でナイスガイなのだが、それとこれとは話が別だ。正直言って嫉妬で胸がつぶれそうだ。

とは言えこれ以上あれこれ考えても、仕方がないということもわかっていた。僕は懸命に気持ちを立て直すと、残ったラタトゥイユとアヒージョを椀と皿に移し、亜沙美に運んだのと同じ分量のバゲットとラングルを切り分けて小皿に載せ、それら全てをプレートに載せた。

残りのラングルは切り口にアルミホイルを当ててラップで包み、共用の冷蔵庫に仕舞った。バゲットの残りは明日の朝食用にするべく小脇に抱えて、再び階段を上る。

二階を過ぎ、三階に着いて今度はさっきと反対側に折れる。左側前方に葉留人《はるひと》の302号室のドアが見え、その先は時計回りに303号室、304号室と部屋が並んで、一周して亜沙美の301号室へと戻って来るわけだが、僕の部屋はその途中の303号室、つまり階段を挟んで亜沙美の部屋と線対称の位置にある。対照的なのは位置だけではなく、南東角で日当たりには恵まれているものの、他の部屋より少々手狭である。

僕は般若の面を横目で見ながら廊下を進んだ。

と言うのもこの大泰荘、三階と四階の廊下の、部屋と部屋の間の壁には、能面が飾られているのである。301号室と302号室の間は般若の面だが、302号室と僕の303号室の間の壁に掛けられているのは、百歳近い老女の面である檜垣女《ひがきおんな》である。さらに303号室と304号室の間の壁には若い女の面である小面《こおもて》が、304号室と301号室の間には白式尉《はくしきじょう》の面がそれぞれ飾られている。

四階も同様で、401号室と402号室の間には弱法師《よろぼし》、402号室と403号室の間には増女《ぞうおんな》、403号室と404号室の間には中将《ちゅうじょう》、404号室と401号室の間には大癋見《おおべしみ》の面といった具合で、いわば三階と四階の廊下全体が、ちょっとした能面のギャラリーのような様相を呈しているのだ。これもやはり大家さんの趣味らしいのだが、夜中などに薄暗い廊下の常夜灯の下で見ると、結構怖いものがある。

特にいま僕がそのすぐ脇を通過している般若の面は、数ある能面の中でも、最も人口に膾炙《かいしゃ》している面だと言って間違いではないと思われるが、その発する禍々《まがまが》しさもまた、他の面と比べて群を抜いている。僕はつい最近まで、男の鬼面だと思っていたのだが、実は嫉妬に狂った女の面なのだそうだ。僕は特に心臓が弱いわけではないのだが、真夜中にドアがノックされて、ドアを開けたら誰かがあの般若面をかぶって黙って立っていたら、それだけで軽くショック死するくらいの自信（?）はある。

能面は能舞台で実際に使われる以外に美術品という側面があって、名匠の手になるものは、市場でかなりの高額で取り引きされると聞く。廊下に飾られているこれらの面がどれくらいの市場価値があるものなのか、そちらの方面に疎《うと》い僕には全く見当もつかないが、うっかり落として傷でも付けたら一大事なので、僕は極力手を触れないようにしている。誰かが部屋の窓を開けたままドアを開放したのか、廊下まで吹き込んだ風で面が左右どちらかに傾いている時があり、そんな時に廊下の掃除当番が当たっていたりすると、当然直すべきだろうなとは思いながらも何か不気味《ぶきみ》なので、申し訳ないが僕は見なかったことにすることもあるのだが、それでも住民の中には奇特で几帳面な人間がいるらしく、翌日には大抵まっすぐに戻っている。

自室に戻ると、僕はPCを立ち上げて、書きかけの文書を呼び出した。

既に述べた通り、僕の目標は文学で身を立てることだ。

言い方に若干含みを持たせてあるが、一番の目標はやはり小説家になることである。大学入学と同時に書き始め（さすがに受験生の時は、書きたい欲求は封印していた）、一〇代でデビューを目指していたが、つい先日二〇歳になってしまった。定期的に作品を書き上げて文芸雑誌の小説新人賞に応募してはいるものの、これまでの戦歴は一次予選通過が二回に、二次予選通過が一回。まだまだ目標のデビューには程遠い。

それから数時間、僕はいわゆる芥川龍之介《あくたがわりゅうのすけ》の言うところの〈戯作三昧《げさくざんまい》〉の境地にいた。夕食を摂りながらの執筆だったわけだが、ラタトゥイユもアヒージョも、味わって食べたのは最初の二口三口だけで、いつの間にか食べ終わっていたし、途中で降り出した雨の音にも、しばらく気が付かないほど集中していた。ちなみにラタトゥイユは野菜が沢山摂れることがわかったので、これから定期的に献立に加えようと思っている。わざと自堕落な生活を送って、半病人のような私生活を切り売りする破滅型の作家なんて、今どき似合わない。これからは体調管理も万全で、健康で長生きしながらバリバリ書き続ける作家の時代だ。

時計の針が十一時を指したところで、僕は文書を閉じてPCの電源も落とした。PCを立ち上げたままだと、ついついネットを見たりSNSをやったりして時間を空費してしまうから、その日の執筆作業が終わると、少々面倒だけど毎回スリープではなく電源を落とすようにしているのだ。インターネットのない世界なんて今では考えられないわけだが、同時にそれが、本来ならば豊かで馥郁《ふくいく》たるべき一人の精神的時間を蚕食《さんしょく》する化物であることも、我々現代人は肝に銘じるべきだと思う。

さてPCは落としたが、まだまだ寝るわけには行かない。それから僕は一転してラテン語の辞書を引きはじめた。

明日の西洋古典文学講読の授業の予習だ。僕は現在世間的には、大学の文学部フランス文学科の二年生であり、もし卒業までに小説家デビューするという目標が叶わなかったら、一般企業への就職はせずに、そのまま大学院に進学しようと考えている。さっきから〈文学で身を立てる〉とか〈文学を生業にする〉などの曖昧《あいまい》な言い方で含みを持たせていたのはそういう意味で、要するに根っから文学そのものが好きなので、悲しいことだがもしも実作者になれないならば、その時は文学部の教授になって、文学を教える立場に就きたいのだ。だから普段から授業にも真面目に出て、研究者としてもやっていける学問的なスキルを身につけつつ、恥ずかしくない成績も収め（もちろん大学院にだって入学試験はある）、同時に教授たちにも顔を売っておかないと。大学入試の外国語科目はもちろん英語で受けたが、仏文科に行きたかったので入学と同時にフランス語の猛勉強をはじめ、今年の春からはラテン語の勉強もはじめた。フランス文学者ならばフランス語が母国語同然に読み書きできるのは最低条件で、それ以外に複数の印欧諸語、さらに古典語もできることが望ましいだろう。

　大泰荘のみんなには、僕が小説を書いて新人賞に応募していることは内緒にしている。これは偏見かも知れないが、「俺は将来小説家になるんだ！」みたいな気焔《きえん》を普段から吐いている人間に限って、デビューできないような気がするからである（それになれなかった時に恥ずかしいではないか！）。だからここのみんなは、僕がひたすら大学に残って学者になるための勉学に勤しんでいるものと思っていることだろう。

　もちろん将来への不安はある。と言うか、正直なところ不安だらけだ。この国における外国文学の研究者というものは、ここ三〇年くらいで、需要と供給のバランスが完全に崩れてしまった分野なのだ。もちろん減ったのは需要の方で、博士課程を出ても大学のポストにありつけない、いわゆるオーバードクターが、魑魅魍魎《ちみもうりょう》のようにうようよしている世界なのだ。こんな風に二足の草鞋《わらじ》を履いているうちに、結局どっちつかずで、小説家にも大学の教員にもなれずに終わってしまうのではないだろうか。

　特にフランス文学は、かつてはこの国の文学シーンでは、一種特別と形容しても差し支えないような影響力を有していて、英文学の素養のない夏目漱石《なつめそうせき》がおよそ考えられないように、フランス文学の素養の全くない永井荷風《ながいかふう》や島崎藤村《しまざきとうそん》、三好達治《みよしたつじ》に中原中也《なかはらちゅうや》、さらに小林秀雄《こばやしひでお》、久生《ひさお》十蘭《じゅうらん》、堀辰雄《ほりたつお》、大岡昇平《おおおかしょうへい》、石川淳《いしかわじゅん》、岸田國士《きしだくにお》、獅子文六《ししぶんろく》、西脇順三郎《にしわきじゅんざぶろう》、中村真一郎《なかむらしんいちろう》、坂口安《さかぐちあん》吾《ご》、さらに三島由紀夫《みしまゆきお》、福永武彦《ふくながたけひこ》、遠藤周作《えんどうしゅうさく》、辻邦夫《つじくにお》などは、それぞれおよそ考えることができないわけだが、最近その影響力は、残念ながらすっかり弱まってしまった。僕らの大学の文学部は、二年進級時に専攻別に分かれるのだが、定員以上の学生が希望を出して選抜試験が行われるのは、（あくまで文学部の中では比較的）就職に有利とされる社会学科や人間科学科、心理学科などで、かつて花形とされていたフランス文学科は、もうずっと定員割れが続いている。

だがそれも致し方ないことだろう。もし中学生高校生が何らかのきっかけでフランス文学に興味を持ったとしても、そもそも本屋で本が売っていないのだから——。

事実この前なんか、それなりに大きな街の本屋の本棚を隅から隅まで探してみたものの、フランス文学のテキストと呼べるものは、辛うじて文庫版の『星の王子さま』とカミュの『異邦人』、それにスタンダールの『赤と黒』だけだった。21世紀のノーベル賞受賞作家であるル・クレジオもモディアノも、どちらも一冊もなかったし、バルザックの『谷間の百合』もフローベールの『ボヴァリー夫人』も、ジッドの『狭き門』もなかった。さらに詩人に至っては全滅状態で、ボードレール詩集もランボー詩集もヴァレリー詩集も棚になかった。

僕らの三つ前か四つ前の世代が僕らくらいの年齢の時には、実存主義が大流行《おおはや》りで、サルトルやボーヴォワールなどの本が——今では信じられないことだが、人文《じんぶん》書院の『サルトル全集』が、小さな町の本屋でも売られていたというのだ——飛ぶように売れたと言うし、二つくらい上の世代が大学生だった頃には、ポスト構造主義の嵐が吹き荒れて、デリダやドゥルーズ＝ガタリなどの本を——これも今では想像もできないことだが、あの難解な『千のプラトー《ミル・プラトー》』のハードカバーの翻訳本が、街の本屋で平積みで売られており、学生たちがスキゾだのパラノだのリゾームだのといったテクニカルタームを、会話の中で普通に使っていたというのだ——、完全に理解はできなくてもとりあえず読む——時にファッションの一部としてブックバンドの一番上に挟んで持ち歩く——という若者たちが一定数存在していて、当時の専門家たちからは、スノビズムとして揶揄《やゆ》の対象になりながらも、知の最先端に触れたいというその欲求は紛れもなく本物だった筈であり、事実そうした本を買うという行為そのものが、文化を下支えする役割を立派に果たしていたと思うのだけれど、いま大学でキャンパスを見渡してみても、そういう昔ながらの〈文学青年〉は、レッドデータブックに載っている珍獣のように、絶滅の危機に瀕《ひん》していると結論付けざるを得ないのが実情だ。その絶滅危惧種の一個体である僕が、若いうちは少し背伸びをしてでも難解なものに触れるべきだなどと言って回ったところで、当然誰も耳を貸すわけもなく、みんなヒマさえあればスマホをいじっているだけである。

それどころか世間には文学部不要論なんてものもあって、学部そのものの存続が揺らいでいる現状、この先この国の大学における外国文学研究者のポストが、減ることはあっても増えることはまず考えにくい。既に大学によっては文学部とか文学専攻という名称を使わずに、言語文化専攻などと、微妙に名称を変えるところが出て来ているが、いずれ人文科学系の大きな枠組の中で再編成されることになるにしても、仏文のみならず文学系のポストの数そのものが、間違いなく先細りになって行くことだろう。一昔前ならば、とりあえず専門の外国語の読解力さえしっかりつけておけば、翻訳家に横滑りするという第三の道があったわけだが、街の本屋で硬派な外国文学の翻訳書を見かけること自体がほとんどない現状では、それも難しいことだろう。いまミステリー以外の海外文学の翻訳のセールスは、本当に厳しいらしいのだ。

とまあこんな不安と戦いながら、毎晩執筆と勉強に身を窶《やつ》しているわけであるが、さらに今日はもう一つ、僕の集中を大いに妨げるものがあった。

それは言わずもがな、亜沙美と謙吾のことである。ほんのちょっとでも目と頭を休めると、あの仄暗い部屋の中で、謙吾の筋骨隆々たる腕に亜沙美がしどけなく抱かれている姿を、ついつい想像してしまうのだ。差し入れを持って行って301号室の部屋のドアが開いた時、上背は僕と同じくらいだが、肩幅は二倍近くある謙吾の逞《たくま》しい上半身に遮《さえぎ》られて、部屋の中はほとんど見ることができなかったのだが、ムーディーな暗さだったことは間違いない。直射日光を遮るために亜沙美が自腹で交換したという窓の厚手のカーテンは、二つとも完全に引かれてあり、天井の照明も消えていて、どこかで間接照明が一個ついているだけという感じだった。何の関係もない男女が、二人きりで過ごす部屋の明るさとは到底思えなかった。

下卑《げび》た想像だということは自分でもわかっている。頭を振って懸命に追い払おうとするのだが、一度集中力が途切れた頭には、格変化の煩瑣《はんさ》なラテン語の文章は、なかなか入って行かない。あれ、これって形式所相《デポネント》動詞だったっけ？　それとも普通の動詞の受動態か？　わからなくなって羅和《らわ》辞典を引くのだが、気が付くとさっき引いたのと同じ単語を調べていたりする。二人が抱き合っている部屋の片隅で、手つかずのまま虚しく冷えて行くラタトゥイユとアヒージョ。食べるのは別々でも、好きな女性と同じものを食べているという幸福感が、僕の自炊生活を支える原動力の一つになっていたわけだけど、時間も手間もかかるこの習慣を今後も維持できるのかどうか、何だか少し自信がなくなって来る。ついさっき、日持ちのするものを作れば自炊はやはり安くつくと言ったばかりであるけれど、大学に行けば、味はともかく安価で量はたっぷりの食事を提供してくれる学生食堂があって、そこで昼も夜も済ませて来る方が、ずっと楽で時間の節約にもなるのだから——。

途中で憶い出して、自分の部屋の窓のカーテンを二つとも引いた。特に東向きの窓のカーテンは、うっかり引くのを忘れて寝ると、翌朝とんでもなく早い時間に朝日の直撃を受けて目覚めてしまい、その日一日じゅう睡眠不足で欠伸《あくび》ばかりしている羽目になる。

謙吾も僕や亜沙美と同じく大泰荘二年目だが、大学生ではなく、かと言ってフルタイムの就職もしていない。いわゆるフリーターで、駅前のフィットネスクラブで受付のアルバイトをしている。

高校時代は水泳の強豪校で主将として活躍していて、インターハイの自由形四〇〇メートル決勝で、全国四位に入賞したことがあるらしい。僕も子供の頃は水泳が好きな方で、特に遠泳が得意だったが、練習がキツそうなので水泳部には入らなかった。高校の時にクラスの水泳部のやつと競争して、まるで歯が立たなかったことがあるが、そいつでさえインターハイでは予選落ちだった筈だから、全国で四位がどれだけ凄いことなのかは実感できる。

「スポーツ推薦で大学に行く気はなかったの？」

以前そう訊いたことがあるが、謙吾は苦笑しながら答えた。

「三位だったら推薦の話も来たかもな。だが四位じゃダメなんだ。その差は大きいんだ」

「変なこと訊いてごめん」

デリカシーのない質問をしたことを謝ると、謙吾は白い歯を見せながら、

「なあに、いいさ。オリンピックだってそうだろ。メダルを獲ったら引っ張りだこだが、四位じゃ洟《はな》も引っかけられない。そういう世界なんだよ」

「ちなみに三位とのタイム差は憶えてたりする？」

「０・０２秒差だった。この数字はたぶん一生忘れないだろうなあ」

当然体つきも見事な逆三角形をしているが、さらに最近はボディービルに目覚め、勤務の合間の時間にフィットネスクラブの機材を使ってトレーニングをしている。将来の目標はプロのボディービルダーらしい。

亜沙美をはじめとして、大泰荘には芸術家のタマゴが不思議と多く集まっているわけだが、いわば謙吾は自分の肉体を一個の芸術作品にしようとしているわけで、もちろんそれはそれで壮《そう》とすべきことである。

ただし将来性という意味では果たしてどうなのだろう。仄聞《そくぶん》したところによると、現在日本にボディービルのプロと呼べる人間——つまりコンテストの賞金で生活できるボディービルダー——は、たった一人しかいないらしい。日本でボディービルはまだまだマイナースポーツで、コンテストの賞金などもあまり高額ではないから致し方ないという話だったが、恐ろしいほどの狭き門である。亜沙美もどうせなら、もう少し将来性のある男を選べば良いのにと思ってしまう。

などと考えてはみたものの、それが単なる選ばれなかった人間の僻《ひが》みであることは、自分自身よくわかっていた。将来性なんて、文学部で小説家志望の僕が言えた義理ではない。多くの人が辿る安全確実な道を意図的に外れてでも、自分のやりたいことを追求しているという点において、僕と謙吾は全く同じ人種だ。謙吾を貶《おとし》めることは、ブーメランで自分にそのまま戻って来る。

集中できないまま何とか予習を続けたが、間の悪いことに隣の302号室に誰かが遊びに来ているらしく、さっきからずっと話し声が聞こえて来る。一人は部屋の主である葉留人で、もう一人は声の低さから男性であることは間違いないが、誰なのかまではわからない。

こちら側の隣室との間にはそれぞれのユニット式のバス・トイレ室があるので、よっぽど大声で怒鳴り合ったりしていなければ普段話し声は気にならないし、現に今も話の内容まではわからないのだが、それでも一旦気になりだすと、集中の妨げにはなる。音楽をかけても、人間の耳は器用に音楽と人の声を聴き分けてしまうし、意識するなと自分に言い聞かせること自体が、逆説的に意識を占有してしまって知的作業を阻害する。

一方反対側の３０４号室との間の壁は厚みが確保されているらしく、これまでこちら側の物音が気になったことは一度もない。現に今も物音一つ聞こえない。まあこれは３０４号室の住民が、伊緒菜姐さんということが、大きいのかも知れないが――。

苦しい時間帯だったが、僕は自分を叱咤激励《しったげきれい》しながらラテン語の辞書を引き続けた。それに人間の心とは何とも奇妙なもので、さっきまで応募用の自分の作品を書いている間はあれほど集中できていたのに、〈勉強〉に取り掛かった途端に集中が乱れるというのは、やはり僕は学者ではなく小説家になるべき人間なのだと考えて、逆に少し嬉しくなったりもした。

――

気が付くと深夜零時を回っていた。僕は予習を中断すると、部屋を出て階段を下りた。

自由な気風のここ大泰荘だが、もちろん幾つか決まりごとはあって、その一つが門限だ。各自夢を追うのは自由だが、風紀が紊《みだ》れるのはＮＧということで、かつて大家さんが制定したという門限が今でも守られていて、深夜零時に玄関内側のチェーン錠を下ろすことになっているのだ。

施錠当番はやはり一週間ごとの交代制で、今週の当番は僕だ。

それ以外の決まりごととしては、たとえば肉親以外の外部の人間を泊めるのは原則として禁止。日中に友人を呼ぶのはもちろん構わないが、立地がいいだけに、そのままずっと居座ってたまり場のようになるのを防ぐためだ。

階段で一階に下りると、すぐ目の前が玄関だ。さっきの雨はどうやら驟雨《しゅうう》だったらしく、雨で洗われた玄関上部の天窓のガラス越しに、綺麗な星空まで眺められた。確か今日は新月なので空は真っ暗だが、その分星が良く見えた。

僕は玄関の重い欅《けやき》のドアにチェーン錠を下ろして振り返った。

玄関を背にすると、右手に今は無人の管理人室の磨りガラスがある。大家さんは近所の病院で長年看護師として働いてお金を貯め、旦那さんの稼ぎと合わせてこの大泰荘を建てたのだという。老後は夫婦共々ここに住み込んで、若い人たちと一緒に暮らすのを楽しみにしていたが、旦那さんが亡くなって、一人で管理人の務めをこなすのは厳しくなったとかで近所のマンションへと移ったらしい。家賃は振り込みで、安いお蔭で滞納などしたことは一度もないため、大家さんとは入居の時以来一度も顔を合わせていないが、よくぞこの建物を建ててくれたと感謝したい気持ちでいっぱいだ。その奥には備品置き場があり、共用スペースの照明が切れた時の替えの電球や、天変地異で閉じ込められた時の非常用の乾パンや水、高いところを掃除するための脚立やモップ、各部屋のトイレが万が一つまった時にスッポンとするゴムのやつ（正式名称は何と言うのだろう?）などが置かれてある。

一方左手《ゆんで》にはランドリー室。ドラム式の洗濯機が二台に大型の乾燥機が一台備え付けられてあるので、住民は洗濯物を干すことなく、そのまま自室に持って帰ることができる。その奥が続きの間の台所。もちろんこんな時刻だから、ランドリー室にも台所にも人はおらず、壁のオレンジ色の常夜灯だけが仄かに光っている。

僕は一段一段、ゆっくりと階段を上った。

二階を過ぎ、折り返して三階に近づくと、左側に必然的に亜沙美の部屋のドアが見えて来る。これはもう建物の構造上、どうすることもできない。

そのドアは、ぴっちり閉じている。

謙吾はまだ中にいるのだろうか？

またあの不愉快な想像が、否応なく頭を擡《もた》げて来そうだった。考えるな、考えたら負けだ——

僕は三階に着くや否や、素早いピケ・ターンで右を向いて、自分の部屋へと急いだ。部屋に入ると予習の残りに取り掛かった。

——

首が痛くて目が覚めた。

置時計を見ると朝の四時。天井の電気も卓上のスタンドの電気も点けっ放しだ。

どうやら僕は予習をしながら、机に俯伏《うっぷ》して寝ていたらしい。眼鏡もかけっぱなしだったので、フレームがずっと当たっていた眉間近くの鼻の付け根と顳顬《こめかみ》の一部が痛い。

いわゆる寝落ちというやつである。受験勉強をしていた頃から時々やってしまい、朝になって起こしにやって来た母親に、ちゃんと電気を消して寝なさい電気代が勿体ないでしょとよく怒られたものである。

その時はまたやってしまったと毎回反省しきりだったものだが、いま考えてみると、息子の身体のことよりも先に電気代の方の心配をしていたのだから、ひどい母親のようにも思えて来る。

いや冗談だ。ここまで育ててくれた両親に僕は感謝している。

それはさておき、もちろんまだまだ寝足りない。たとえ数時間でも、ちゃんと横になって寝ないと――。

僕は眼鏡を外し、痛む首をさすりながら卓上のスタンドと天井の電気を消して、備え付けのベッドへ潜り込んだ。

2

翌朝はからりと晴れた。置時計の目覚ましで起きた僕は、昨夜の残りのバゲットを齧《かじ》りながら、ゆっくりと大学へ行く準備をはじめた。

幸いあれからはぐっすりと眠れた。今日は大学は二時限目からなので、大泰荘《ここ》を九時半に出れば余裕で間に合う。駅から近いというのはやはりいい。

確認すると辞書は最後まで引き終わっていて、どうやら僕は睡魔と闘いながら何とか予習を終え、そのままその安心感で寝落ちしたものらしかった。近所のパン専門店で焼き立てを買ったバゲットは、一晩経って当然少し固くなっていたが、小麦の香ばしい匂いはそのままで、パンそのものが好きな僕は、何もつけずに齧った。

それから洗顔をして歯を磨いた。各部屋、向きは違えど同じような作りになっていて、ドアを開けて入ってすぐの奥、隣室との仕切り壁に向かって洗面台が備え付けられている。

洗面台は上部にコップや歯ブラシ立てなどが並べられる化粧台がついた一般的なものだが、その周囲の壁を蔽《おお》っているのは、世にも美しい青タイルである。伊比利亜《イベリア》半島の名産である瓷磚畫《アズレージョ》を思わせる絵入りのタイルで、建物全体の老朽化のためか、タイルとタイルの間の目地の部分には、黒い罅《ひび》割れの線があちらこちらに走ってしまっているけれど、タイルそのものには、まるで焼きたてのような鮮やかな青絵が残っている。恐らく建てられた当時の入居者たちは、西班牙《スペイン》か葡萄牙《ポルトガル》の貴族の館の洗面台で顔を洗っているような、そんな優雅な気分に毎朝涵《ひた》ることができたのではないだろうか。その頃の住民たちがちょっと羨《うらや》ましい。

部屋自体はワンルームだが、前述したようにその一番奥、つまり反対側の隣室に接して独立したユニット式のバス・トイレ室がある。これは個人的な意見だが、顔を洗ったり歯を磨いたりする時に、すぐ隣に便器があるのは何か嫌なので、このように洗面台がバス・トイレユニットから独立しているのは嬉しい。それは僕がこの大泰荘を気に入っている理由の一つである。

両側の奥歯を磨き、徐々に前に移動して前歯を磨いている時だった。

階上から甲高い悲鳴が聞こえて来た。

音の高さから女性の声であることは間違いないが、誰だろう……千帆だろうか？

僕は口を漱《すす》いでから急いで四階へと向かった。

三階と四階を結ぶ階段は、二階と三階を結ぶ階段と並行して互い違いに伸びているから、上り切ったところが真南に当たり、向かってすぐ左が403号室、右が404号室となる。その右側の404号室、謙吾の部屋のドアが全開になっていて、中から再び女性の譫言《うわごと》のような声が聞こえて来た。

「どうして、どうして」

僕はそのまま404号室の入口に立って、室内を覗き込んだ。四階の部屋は、天井を支える太い梁が剝き出しになっていること以外、部屋の間取りや造りは三階の部屋と全く同じだ。

部屋に入ってすぐのところの壁にフックが取り付けられていて、そこに謙吾がいつも使っていた、ダンベルを模したキーホルダーのついた部屋の鍵が、ちゃんと掛けられているのが見えた。

声の主はやはり千帆だった。こちらに背中を向けて、フローリングの床の上にへたり込んでいる。そのすぐ隣には洸一《こういち》が、こちらは眉間《みけん》に皺《しわ》を寄せた難しい横顔を見せながら、両の腰に手を当てて立っている。入ってすぐのところは部屋の横幅があまりないため、二人に遮られて部屋の全体は見渡せない。

「一体どうしたんだ」

声をかけると、洸一が上半身を捩《よ》じってこちらを向いた。

「謙吾が死んでいる」

「何だって?」

禍事《まがごと》をあっさりと告げるその口調にたじろぎながら、僕はおずおずと部屋の中に足を踏み入れた。

冗談だろう？

二人の背後に立って、部屋の奥を覗き込む。

ところがそれは冗談ではなかった。あの筋骨隆々とした謙吾が、筋肉がパンパンに張った太い足をまるで二本の丸太棒のように投げ出して、床の上に仰向けになっていた。ぴくりとも動かない。上は黒のトレーナーで下はやはり黒のトレーニングパンツ。靴下は履いていない。すぐ脇にあるベッドが乱れているので、一見すると寝相が悪くて寝ている間に床に転落してしまったという風情《ふぜい》であるが、胸のあたりは一切上下していない。寝息も聞こえない。

回り込んでもっと近くに寄ると、元々地黒な上に、日焼けサロンにも通っていた謙吾の浅黒い顔が、鬱血《うっけつ》してどす黝《ぐろ》くなっており、眼球が飛び出さんばかりになっているのが見えた。半開きになった口からは、こちらは赤黒く変色した舌が覗いている。

間違いない。あの鍛え上げられた謙吾の肉体が、もの言わぬ骸《むくろ》となっているのだった。これならばさきほど洸一が、死んでいると断言したのも納得である。

さらに生々しいのは、やはり元の色が浅黒いので目立たなかったのだが、謙吾の太い頸《くび》の周りに、紐《ひも》のようなもので絞められたらしい深くて赤い溝が付いていることだった。

ミステリーで読んだことがあるが、確かこれは索条溝《さくじょうこう》と呼ばれるものだ。その溝を付けた紐そのものは、どこにも見当たらない。

「一体何がどうなってるんだ？」

僕は洸一に向かって尋ねた。見るからに取り乱している千帆に比べると、洸一は比較的落ち着いているように僕の目には映った。

「千帆が合鍵でドアを開けたら、こうなっていたらしい。悲鳴を聞いて俺が駆け付けた」

どうして千帆が謙吾の部屋の合鍵を持っていたのだろうという素朴な疑問が一瞬湧いたが、それはとりあえず後回しにして、僕はそのまま周囲を観察した。洸一の冷静な声を聞いているうちに、僕も少しずつ冷静さを取り戻して来ていた。

天井の電気は点いていないが、部屋の中は明るい。南西角のこの部屋は、元々大泰荘で最も日当たりが良い部屋なのだ。僕の部屋は東南向きで朝日は射し込むが、その後は高いマンション等に遮られて、日中は適度に日蔭になる。一方西側には高い建物が全くないため、太陽を遮るものはカーテン以外何もない。謙吾が夏の間は日焼けサロン代が浮くぜと、変な自慢をするのを聞いたことがあるが、実際真夏の西日は相当厳しいことだろう。

僕はカーテンが引かれていない西の窓に一歩近づいた。いわゆる腰高窓というやつだ。遮るものがないから当然眺望も良いが、昨日までこの部屋の主だった男が、この窓からの眺めを楽しむことは、もう二度とないのだ。

またフローリングの床の片隅には、空いた時間にも鍛錬を怠らなかったのだろう、腹筋用のローラーやステップ式のトレーニング器などが整然と置かれているが、それらをそこに並べた本人がそれで身体を鍛えることも、やはりもう二度とないのだ。死というものが持つどうしようもない不可逆性と厳粛さが、僕の心を痛切に抉《えぐ》った。

壁にはボディービルダーたちがポーズを取っているポスターが、何枚も貼られている。両手を頭の後ろに置いて、上体の逆三角形を誇示している男や、円盤投げの選手のように上体を捩じっている者、両の肘を曲げて上腕二頭筋を誇示している者などさまざまだ。僕は一人も名前を知らないが、きっと謙吾にとっては、全員憧れのビルダーたちなのだろう。

僕は部屋の中をもう一度見渡した。

すると奇妙なことに気が付いた。

窓のカーテンは両側から引くタイプのもので、南向きの窓はカーテンが引かれている上、クレセント錠もちゃんと下りているのが見えるが、カーテンの引かれていない目の前の西側の窓は、それ自体はぴっちり閉まっているものの、半月形をしているクレセント錠の金属のつまみの部分は、真下を向いているのだ。

つまりこちらの窓は、閉まってはいるものの施錠はされていないということだ。

さっき洸一は、ドアに鍵がかかっていたので、千帆は合鍵で開けて中に入って謙吾の死体を見つけたと言った。

各部屋のドアの鍵は、鍵本体に付いているつまみを回すことで、ドア横に付けられた金具にデッドボルトが嵌め込まれて施錠されるタイプのものだが、それが内側からかかっていたということは、謙吾を殺した犯人は、どうやってこの部屋から脱出したのだろうという疑問が当然湧く。

この西の窓からだろうか？

だがここは四階だ。窓の外にベランダ等があれば、長いロープを輪にして垂らし、地上に降りた後に引っ張ってロープを回収するという手があるが、この大泰荘の窓にはベランダは付いていない。それどころかこちら側の外壁には、ロープを引っ掛けるところはおろか、手や足をかけられるような凹凸は一切ない。雨樋《あまどい》すらない。もちろん近くに樹木や電柱はない。

訝りながら再び謙吾の変わり果てた姿に目を落とした。

するとやはり最初は気付かなかったのだが、死体のすぐ近くに、一枚の紙片が落ちているのが見えた。何やら横文字らしきものが書かれてあるのが垣間見えるが、紙が丸まっているので、読むことはできない。

一体何と書いてあるのだろう？

興味にかられ、すぐ脇にしゃがみ込んで紙を拾い上げたところ、それまでずっと冷静だった洸一が、血相を変えて僕を怒鳴った。

「おい何やってるんだ大祐《だいすけ》！　とりあえず何かに勝手に触れたりするのは、止めておいた方がいいと思うぞ！」

確かにその通りだ。自分では落ち着いていたつもりだったが、やはりちょっと冷静さを欠いていたのだろう。僕はその言葉に従って、慌てて紙片から手を離した。

紙片は、ほぼ元通りの場所に転がって丸まった。


――


洸一が携帯端末で１１０番したところ、警察はすぐにやって来た。

私服の刑事、濃紺の帽子をかぶった鑑識係、見張りの制服警官……テレビの刑事ドラマは考証がいい加減だと良く聞くが、少なくとも初動捜査に関しては、ドラマでよく見るような光景が繰り広げられた。

僕も当然事情聴取を受けることになった。仕方がない、せっかく完璧な予習をしたのに、今日は大学はお休みだ。

もちろんそれは謙吾の命を奪った憎き犯人を捕まえるため、捜査に全面的に協力しなくてはという義務感によるものだが、正直言うと利己的な理由も多少は混じっている。

不謹慎なようだが僕自身、本物の刑事たちが忙しく動き回る姿を目《ま》の当たりにして、小説家志望の血が騒ぐのを感じていたからだ。僕が目指しているのは純文学の作家であって、ミステリーは書こうと思ったことも書ける自信もないが、読むのは好きだ。これからジャンル間の垣根はどんどん低くなって行って、純文学にもミステリー的な要素が必要とされる時代がやって来るかも知れないし——逆に言えば、ミステリーにも純文学的要素が大いにあって良いと思う――、いずれにしても作家志望者として、詳しく観察しておいて損なことは、この世に一つたりともない筈である。

ということで今日は大学へ行って授業を受けるよりも、大泰荘に留まっている方が、自分の将来にプラスになると判断したのである。そもそもさっき404号室の中をじっくり観察したのも、警察が来たらこの部屋はきっと封鎖されてしまうだろうから、今のうち見られるものは見ておこうという、そしてあわよくば犯人逮捕につながる証拠を、警察よりも早く見つけ出してやろうという、作家的な――野次馬的とも言うけれど――好奇心によるものだった。それに完璧な予習ができたということは、今日授業で扱う部分は自力で読むことができたということであり、平常点さえ気にしなければ、大学に行ってわざわざ授業を受けなくても良いということでもある。

事情聴取は何人かの捜査員が手分けして行っているようだったが、僕を担当した刑事はテンプレ通りの中年と若手の二人組だった。草臥《くたび》れた背広を着た中年刑事は下柳《しもやなぎ》と名乗り、その隣の、線の細そうな色白の若い刑事は椎木《しいき》と名乗った。

「まず部屋番号とお名前、ご職業を教えてください」

下柳刑事が訊いて来る。僕は刑事たちの一挙手一投足を観察しながら答えた。

「303号室、加藤《かとう》大祐、K大文学部の二年生です」

「今日は大学はお休みですか?」

「いいえ、本当は授業があるのですが、捜査に協力するために残っているんです」

「それはどうも、恐縮です」

下柳刑事が頭を下げ、椎木刑事もそれに倣《なら》った。もっと高圧的なものかと思っていたが、意外に腰が低い。

「度会《わたらい》さんの悲鳴を聞いた時、何をしていました?」

度会というのは千帆の苗字だ。

「自分の部屋で大学へ行く準備をしていました」

「悲鳴を聞いて、急いで駆け付けられたのですよね」

「そうです」

「その悲鳴の主が誰なのか、その時見当はついていましたか?」

変なことを訊くものである。見当がついていたら、どうだと言うのだろう?

「ひょっとして千帆かなあとは思いました」

「ほう、それはまたどうして」

下柳刑事は顎に手を当てる。

「女性の声なのはすぐにわかったし、上の方から聞こえたからです。四階には四人住んでいますが、女性は千帆だけなんですよ」

「なるほど。ところで階段を上って来るまで、少し間があったと聞きましたが、それまで何をなさっていたのですか」

真っ先に事情を訊かれていた洸一が言ったのだろうが、ずいぶん細かいところまで訊くものである。

「悲鳴が聞こえた時、ちょうど歯を磨いている最中だったので、口を漱いでから駆け付けました」

「ひとつ屋根の下に住んでいて、下の名前で呼び合うような御仲間の悲鳴を聞いた割には、何だか少し悠長な感じもしますが」

中年刑事は表情をほとんど変えずに言ったが、僕はちょっと憤《む》っとした。まさかそんなことを言われるとは思っていなかったからだ。

「それは刑事さんが、何が起こったかを知っているからそう思うのであって、あの時点では、まさかそんな大変なことになっているとは夢にも思いませんでしたからね。女性の悲鳴と言っても、廊下にゴキブリが出たとか、その程度のことかも知れないですし、さすがに歯ブラシを銜《くわ》えたまま見には行かないですよ」

「なるほど、見事なお答えです。恐れ入谷《いりや》の鬼子母神《きしもじん》です」

下柳刑事はポーカーフェイスのまま頷いたが、僕は〈恐れ入谷の鬼子母神〉という表現が、現実世界で実際に発語される場面に生まれて初めて出くわして、啞然としていた。へえー。本の中でしか見たことがなく、てっきり死語だとばかり思っていたが、今でも使う人がいるんだ。ひょっとしてこの中年刑事は、〈その手は桑名《くわな》の焼き蛤《はまぐり》〉とか〈合点承知の助〉などの表現も、時々実際に口に出して使ったりするのだろうか？

「では昨夜は栗林《くりばやし》さんの姿を見ましたか？」

そんな僕の感慨をよそに下柳刑事が続ける。栗林というのは謙吾の苗字であり、当然答えはイエスである。

「いいえ」

だが一瞬ののち僕は、咄嗟《とっさ》に首を横に振っていた。

「では栗林さんの姿を、最後に見たのはいつですか？　もちろん、生きている栗林さんの姿ということですが」

「ええっと、昨日の午後二時ごろ……ですかね……。出掛ける時に、玄関先ですれ違いました」

いろんなことに思いを馳せながら慎重に答えたので、途中でちょっと不自然な間が空いてしまったが、不審に思われなかっただろうか――。

「その時あなたはどちらへ行かれたんですか？　大学ですか？」

「いいえ、昨日は月曜日で、そもそも授業を履修していない曜日だったので、自炊のための買い物に行くところでした」

「すれ違ったということは、栗林さんは外出から戻って来たところだったのですね」

「そうです」

「その時栗林さんと、何か話はされましたか？」

「いえ、ただすれ違っただけです。よう、とか、おう、くらいは言ったと思いますけど」

何とかやり過ごすことができたようで吻《ほ》っとする。昨日の午後二時ごろ、ラタトゥイユやアヒージョの材料（その時はまだ献立は決めていなかったけど）を買いに行く際に玄関先で謙吾とすれ違ったこと、特に会話らしい会話は交わさなかったことは事実である。

「その時栗林さんは、どちらから戻って来たところだったのでしょう。それは聞きませんでしたか？」

「いや、聞いていないです。確か月曜日は謙吾のバイトが休みの日なので、どこかに昼メシでも食べに行ってたんじゃないでしょうか」

「ではその後は栗林さんの姿は見ていないのですね？」

やはりそこがポイントということなのか、改めて確認して来る。僕はゆっくりと頷《うなず》いた。

「そうです」

無意識のうちに嘘を重ねていることに自分自身愕《おどろ》いたが、その理由は言わずもがな、亜沙美を守るためである。一緒に濃密な時間を過ごした男女の片割れが、その直後に殺されたとなれば、もう一方が最重要容疑者になってしまうのは、火を見るよりも明らかだろう。

それに加えてもし僕が本当のことをありのままに話せば、目の前の中年刑事は、今後亜沙美の事情聴取をする際などに、きっと好色で不躾《ぶしつけ》な視線を向けることだろう。捜査会議などでも、粗野な男たちが下卑た想像を巡らせることだろう。それは亜沙美を汚すことであり、とても耐えることができない。僕の愛情は、亜沙美が僕ではなく謙吾を選んだからと言って、それであっさり嫌いになるような中途半端なものではないのだ。僕は一旦好きになった人のことは、たとえどんなひどいフラれ方をしたとしても、その後一生会うことはなくても、多分ずっと好きなままでいると思う。

もちろん亜沙美本人が果たして刑事たちにどう言うつもりなのか、それは僕には予想できる筈もない。もしも亜沙美が、昨夜謙吾と一緒に過ごしたことを包み隠さずに言い、さらにその間僕が差し入れに訪れたことまで刑事に話したら、僕のこんな小細工など、それこそ平家物語ではないが風の前の塵《ちり》の如く、あっけなく吹き飛んでしまうことだろう。

だがそれでも一向に構わないと開き直っている自分がいた。もしそのことで、のちのち刑事に問い詰められる羽目になったとしても、その時はその時で、うっかり忘れていたで押し切れば良いと思っていた。ここは法廷ではないのだから、偽証罪に問われることはない。万が一それによって僕自身が疑われるような状況になろうとも、僕は一〇〇%潔白なのだから、何も恐れることはない。

というわけでそれは良いのだが、肝腎の亜沙美の姿が、今朝から一度も見えないことが気になる。廊下にもラウンジにも、どこにもいない。３０１号室のドアを捜査員がノックしている姿は見掛けたが、ドアが開くことはなかった。

一体どうしたのだろう。この騒ぎにも全く姿を見せないということは、今朝は早くから出かけたのだろうか？

まさか逃亡したなんてことは……。それでは僕がいくら庇《かば》おうとも、何の意味もないわけだが……。

いやいや、僕が信じてあげなくてどうする。亜沙美が人殺しなんてするわけがない。たとえ謙吾との間に、どんな愛憎があったにせよ――。

亜沙美は美人で明るいが、大泰荘の裏の空き地を暴走族が集合場所にしはじめた時など、たった一人で乗り込んで行って、一体どんな魔法を使ったのか知らないが、ものの五分足らずで全員立ち退《の》かせてしまったことがある。そんな風にちょっと底が知れないところが亜沙美にはある。

そういう神秘的なところを含めて僕は彼女に強く惹《ひ》かれているわけだが、今のままの自分ではとても釣り合わないという意識が、これまで僕に告白を躊躇《ためら》わせて来た（もちろんひとつ屋根の下で暮らす者同士、剣もほろろに断られたら、その後気まずいということもあるけれど）。もし僕が新人賞を獲って作家デビューすることができたなら、その時は晴れて堂々と亜沙美に告白できるのではないか――そんな気がして、それも一日でも早くデビューしたい原動力の一つになっている。

それから僕は刑事たちに、現場に落ちていた紙片をうっかり拾い上げてしまったことを自分から話した。調べれば間違いなく僕の指紋が検出されるだろうから、あらかじめ言っておく方が、捜査のリソースを空費させずに済むことだろう。

椎木刑事がメモを取り、下柳刑事は頷いた。

「紙片の件は了承しました。ところでこの大泰荘、玄関の鍵はどうなっているんですか？」

「玄関の鍵はもちろん住民全員が持っていますが、いちおう門限があって、深夜の零時に玄関内側のチェーン錠を下ろします」

「つまりそれ以降は、たとえ玄関の鍵を持っている住民であっても、中には入れないということですね？」

「そうなりますね、ただ……」

「ただ？」

下柳刑事が怪訝そうな顔を向ける。

「そこはまあ住民同士ですから、今日は門限を少し過ぎるかも知れないと、前もって言われていれば、チェーン錠を下ろす時刻を三〇分遅らせるとか、一時間遅らせるとか、そんな風に手心を加えることは、無きにしもあらずかと思うんで。いや僕は頼んだことも、頼まれたこともないですけど」

「ああ、そういう意味ですか。それでそのチェーン錠は、そもそも誰がかけるんですか？　ここには現在、管理人のような人は住んでいないと聞きましたが」

そんな基本的なこと洸一には訊かなかったのだろうか。それともわかった上で全員に同じことを訊いているのだろうか。

「一週間交代の当番制になっています」

「では今週は誰が当番なのですか？」

「僕です」

僕が親指を立てて自分の鳩尾《みぞおち》のあたりを指差すと、下柳刑事は満足そうに再び顎に手を当てた。

「ほうほう。では昨夜はどうでしたか。零時にチェーン錠をかけましたか？」

「もちろんかけました。ただし零時は少し過ぎていたかも知れません。部屋の時計を見て、零時を回っていることに気付いて玄関に向かったので。そうですね、零時十分くらいだったでしょうか」

　なるべく正確を期そうと努めたのだが、中年の刑事はあまりそこには拘泥しなかった。

「とにかくあなたは昨夜、日付が変わった直後に玄関のチェーン錠をかけた。それに間違いありませんね」

「間違いありません」

「その時住民の皆さんは、全員帰宅していましたか？」

「そんなのわかりませんよ。別に点呼を取るわけじゃないし」

「では鍵をかけて、その後は何をなさっていました？　午前三時くらいまでの間で結構ですが」

「僕ですか？　ええっと、一時過ぎくらいまでは勉強していましたが、それから先は憶えてませんん。ネオチしたので」

「ネオナチ？」

「それは移民を入れすぎた反動で台頭して来た、ドイツのヤバい連中でしょ。ネオチですネオチ」

「はあ」

　意識しないで使っていたが、どうやら〈寝落ち〉は若者言葉だったらしい。そう言えば元々は、パソコン通信のチャットの最中にいなくなることを指していたと聞いたことがある。事実若い椎木刑事はわかったようだが、敢えて口は挟まないようにしている様子だったので、僕は説明を加えた。

「何かしながら寝ちゃうことですよ。寝るつもりがないのに」

「ははあ、なるほど」

中年刑事は軽く点頭《てんとう》し、

「そう言うんですか。それでちなみにその時は、何の勉強をなさっていたのですか」

「ラテン語です」

すると下柳刑事は一瞬臍《へそ》が痒《かゆ》いような表情になったが、すぐにまたポーカーフェイスに戻ると、それでは最後に両手を見せて下さいと言って来た。

「指紋ですか？」

手を見せろと言われたら、真っ先に思い浮かべるのはそれである。

「いえ、掌《てのひら》を見せて下さい。後日指紋の採取にも協力をお願いするかも知れませんが、とりあえず今は掌です」

「はあ、いいですけど」

何故そんなことをと訝りながら、僕は胸の前で両の掌を楓《かえで》のように開いて、刑事に向けて翳《かざ》した。まるで演技をはじめる前に客に向かって、手に何も持っていないことを示すマジシャンのような恰好だ。

刑事たちは真剣な顔で僕の掌を眺めていた。今日は人生で初めてのことばかりが続いているが、こんなにじっくり掌を他人に見られるのもまた、生まれて初めての経験だと自信を持って断言できる。

やがて下柳刑事が、では裏返して下さいと言ったので、言われるがままに掌を裏返して、やはり胸の前で手の甲を外側に向けて保持した。今度はこれで青い手術着を着てゴムの手袋でも嵌めていたら、「それではオペをはじめます。メス」とでも言いたくなるような恰好だ。

刑事たちは指の股のあたりまでじっくりと観察してから告げた。

「はい、結構です。ご協力ありがとうございました」

3

解放された後に真っ先に気が付いたのは、喉《のど》がからからに渇いていることだった。当然ながら警察の事情聴取なんてものを受けるのも生まれて初めてのことであり、ただでさえ緊張して当然というシチュエーションなのに、その上刑事相手に慣れない嘘などついたのだから、それもまあ当然と言えば当然か――。

それにしてもあの最後の、掌を見せろという要求は、一体何だったのだろう。ミステリー小説でもドラマでも、刑事がそんなことを要求する場面は一度も読んだことがないし見たことがないのだが。謎だ。

他の住民たちの事情聴取はまだまだ続いている様子だが、亜沙美の姿はやはりどこにも見当たらない。とりあえず何か飲もうと思い、階段を下りて台所に行ったところ、先に事情聴取を終えていた洸一が、マグカップにお湯を注いでインスタントコーヒーを作っているところだった。

「お前も飲むか?」

インスタントコーヒーの瓶を指し示す。

「いや、僕は水でいい」

僕は共用の冷蔵庫の自分のスペースから、ボルヴィックのペットボトルを取り出した。共用の冷蔵庫を上手く使う絶対的なルールはただ一つ、各自が自分のものと他人のものを決して間違えないことであり、そのために冷蔵庫の中は、段や中仕切り等を使って自然な棲み分けができている。

それからそれぞれの飲み物を持って二階のラウンジに移動した。スツールが一脚あるだけの台所では、落ち着いて飲む感じにはならないからだ。

二階の東半分を占めるラウンジには、ドアが北側と南側の二ヶ所にあるが、僕らが使うのはもっぱら階段の上り口に近い南側のドアであり、ストッパーを噛《か》ませて基本昼も夜も開け放しにしてある。逆に使う人の滅多にいない北側のドアは、ほぼ常に閉め切りの状態にあるが、共用スペースなのでどちらも鍵はかからない。

その南側のドアから入り、ドアの方を向いて楕円形のテーブルの端に横並びで座った。この位置に陣取ると、階段を上って来て三階に向かう人間がいたら、絶対に目に入る。もちろん向こうからもこちらの姿は一目瞭然になるが。

「まさか謙吾が死んじゃうとはなあ」

インスタントコーヒーを一口啜ってから、洸一がぽつりと言った。僕も全く同じ気持ちだ。

「いまだに信じられないよ」

「昨日までは元気だったのになあ」

「一体誰があんなことをしたんだろうね」

　話しているうちに、発見時の状況がはっきりした。４０２号室の千帆は、一階の共用の台所との行き来が面倒だからだろう、自室に小型の冷蔵庫、電気ケトルやトースター、簡単な料理ができるＩＨクッキングヒーターなどを持っているのだが、今朝もそれで朝食を作り、謙吾が来るのを待っていたところ、一向にやって来ない。携帯端末に電話してみたが出ない。そこで謙吾の部屋に直接行ってみたのだという。

「つまり謙吾と千帆って……」

「ああ、大分前からそういう関係だったんだよ」

「全然気が付かなかったな」

　音大の三年生で大泰荘も三年目の千帆にとっては、謙吾は一つ年下の彼氏だったということらしい。

「あの二人、人前では上手く隠していたからな。もっとも俺は、とっくの昔に勘付いていたけど」

　大して自慢になることでもないと思うが、洸一は少し得意気に言った。

　もっとも僕は元々そういうのに鈍い方で、中学や高校のクラスでカップルが成立しても、クラスで一番最後に知るのは大抵が僕という体たらくだった。そういうものにも敏感でなくては、人間の心の機微《きび》を描く小説家にはなれないのだろうかと、以前は結構思い悩んだものだった。結局自分の書けるものを書くしかないのだと、良い意味での開き直りができるようになったのは、つい最近のことである。

　千帆は謙吾の部屋のドアに手をかけたが、鍵がかかっていた。そこで渡されていた合鍵を使って中に入り、恋人の死体を発見した。悲鳴を聞きつけて洸一が駆け付けた。

一目見て謙吾がもう縡切《こときれ》れていることがわかったが、洸一はしゃがみ込んで、いちおう心臓のあたりに手を触れてみたそうだ。するとその身体は既にだいぶ冷たくなっており、鼓動はもちろん感じられなかった。

それにしても千帆とそういう関係にある謙吾が、昨夜は亜沙美にまで手を出そうとしていたのかと思うと、故人に対する同情の念が早くも薄れて来るのを感じてしまう僕は薄情者なのだろうか？ 謙吾の変わり果てた無慙《むざん》な死に顔を、目の当たりにした後だというのに——。

「自殺という可能性は、全くないのかな？」

僕が素朴な疑問を呈すると、洸一は自信ありげな表情で首を横に振った。

「ないだろうな」

「どうして？」

「まず一つ目。謙吾には自殺する理由がない」

「まあ、そうだけど」

表面的に相槌を打ちながら、内心僕は訝《いぶか》った。そんなこと、当の本人にしかわからないのではないだろうか？ たとえばあの後、亜沙美に言い寄ってきっぱりと断られ、自分の男性的魅力に自信を失って、とか？

いや、それはあまりにも自分に都合の良い考え方か。それに片っ端から女性に言い寄るような恥知らずな男は、一度や二度フラれたくらいのことでは死など選ばないか——。

「それから二つ目。自殺だったら当然凶器の類《たぐ》いが現場に残っていなければならないわけだが、

あるけど」

「自殺者が何らかの方法で凶器を処分して、他殺に見せかけるという手口もあると読んだことが

凶器になり得るような紐状のものは、現場には全く見当たらなかった」

「何で読んだんだよ。どうせ推理クイズ集とか、その手の本だろ?」

ズバリ指摘され、僕はおずおずと頷いた。

洸一は僕と同じ大学の法学部法律学科の学生で、一学年先輩の三年生だ。一見剽軽者《ひょうきんもの》に見えるが実は成績優秀らしく、法学部で一番人気の刑事訴訟法のゼミに入っている。弁護士志望で、在学中の司法試験合格を目指しているが、一方サークルはミステリー研究会で、推理小説を沢山読んでおり、将来の夢は法曹《ほうそう》界でバリバリ働きながら兼業のミステリー作家として傑作をものにすることだと、常日頃から公言している。何かの参考にするつもりなのか、僕を怒鳴りつけて警察に連絡した後、携帯端末のカメラで謙吾の部屋の中をいろんな角度で撮っていた。なれなかった時のことを考えて、小説を書いていること自体を内緒にしている僕からすると信じ難いことであるが、余程自信があるのだろうか。それとも敢えて口に出すことで自分自身にプレッシャーをかけて行く、いわゆる有言実行タイプなのか。

「俺も読んだことがあるよ。たとえば橋の上で、重い石を紐で結び付けたピストルで自殺する。その際石は、橋の欄干《らんかん》の外に垂らしておく。銃爪《ひきがね》を引いて本人が絶命した後、その手を離れたピストルは石に引っ張られて川に落ち、そのまま水の底に沈む。これで他殺に偽装完成、みたいなやつだろう?」

「いやあ、正にそれだけど……」

僕は頭の後ろを掻《か》く真似をした。大泰荘も三年目で当然年齢も一つ上だが、僕は大泰荘内《ここ》では敢えて敬語を使わないようにしている。住民はみんな平等というモットーに従っているのであり、大学のキャンパスでばったり会った時などには、ちゃんと〈槇《まき》（洸一の名字）さん〉、あるいは〈洸一先輩〉などと呼んでいる。

「橋の上で異状死体が発見されて、警察がその下の川を浚渫《しゅんせつ》しないなんてこと、現実にはまずあり得ないけどな。まあそれは措いておいて、謙吾が自殺ではない三つ目というか決定的な理由。それはズバリ、謙吾が絞殺されていたことだよ」

「あれっ？　でも正確な死因はまだわからないんじゃないの？」

「もちろん正確にはわからないが、首にあれだけはっきりと索条溝が残っていたところから見て、絞殺でまず間違いあるまい。そして自分で自分の首を絞めて自殺するのは、ほぼ不可能に近い。苦しいだけで、ほぼ確実に失敗する」

「そうなの？」

「ああ。必死の思いで——というか死にたいわけだが——自分で自分の首を絞めたとしても、意識を失った瞬間に、手の力が緩んで蘇生してしまうんだよ。苦しい思いだけして死ねないという最悪のパターンで、だから自死志願者はみんな首を吊るんだ。首吊りならば、本人が意識を失っても首は絞まり続けるから、蘇生することはない。お前もいつかもし死にたくなったら、正しい手段をちゃんと選べよ」

洸一〈先輩〉は偽悪的な冗談を言った。

「ましてや自分で自分の首を紐で絞め、絶命後に紐だけを処分する手段などない。というわけで、他殺であることはまず確実」

「なるほど」

僕は諾《うべな》った。元々僕も本気で自殺だなどと思っていたわけではない。ちょっと言ってみただけというか、可能性を潰しておきたくなっただけだ。

だが——僕はその事実に思い当たって慄然《りつぜん》とした——僕は深夜零時に間違いなく玄関のチェーン錠をかけたから、その後外から大泰荘に侵入できた人間はいない筈である。それで謙吾は他殺ということは、必然的に僕ら住民の中に、殺人犯がいることになってしまうではないか！

そもそも階が違う僕の耳に聞こえたくらいだから、死体発見時の千帆の悲鳴はかなり大きなものだったと思われる。それなのに駆け付けた住民が洸一と僕だけだったのが少々解せない。洸一は右隣の401号室だからまあ当然として、あの時在宅だった他のみんなは、一体何をしていたのだろう。たとえば左隣の403号室の龍磨とか——。

「では犯人は誰かということだが、その前に問題なのは、現場の状況だ」

洸一は僕の思考とは無関係に推理の披歴を続ける。

「各部屋の鍵は二つしかないが、謙吾自身の鍵は部屋の中にちゃんとあった」

僕は頷いた。壁のフックに掛けられていた、あのダンベルを模したキーホルダーは、見間違えようがない。

「そしてもう一つの鍵は千帆が預かっていた」

「うん……」

入居の時に、鍵を二本渡される。一本は普段使い用で、もう一本は万が一失くした時の予備だと説明される。室内からは鍵本体に付いている平たいつまみを90度回転させることによって施錠できるが、廊下側から施錠開錠する際にはその鍵を使う。

そして同時にもしも予備まで失くしたら、一週間は部屋に入れないよと脅かされる。特殊なディンプル加工の鍵で、合鍵を作るにはメーカーにシリアルナンバーで注文しなければならないというのだ。そして僕らはそのメーカーもシリアルナンバーも教えられていない。これも住民同士のトラブルを未然に防ぐための措置であり、あらゆる状況を想定しているのだなあと思って感心したものだが、従って他に合鍵はないものと考えて構わない筈だった。

「つまり、密室殺人ってことだよね？」

「まあな。ドアの下方に隙間などはない。針と糸で施錠するようなトリックは不可能だ」

「あの錠前の平たいつまみのことを、確かサムターンと呼ぶんだよね？」

「ああ」

「何か、サムターン回しとかいうピッキングの手口があると聞いたことがあるんだけど、あれはどうなの？　外からサムターンを回して開錠することができるなら、同じようにして外から施錠することもできるんじゃないの？」

「あのなあ」

洸一は首を軽く振り、噛んで含めるような口調で続けた。

「サムターン回しというのは、郵便受けなどの穴から、金属製の棒のような道具を差し込んでサムターンを回すことだ。郵便受けがない場合はドリルでドアに穴を開け、そこから道具を差し込む。だが見ただろう？　４０４号室のドアには、小さな穴一つ開いていなかったぞ」

「そうかあ……」

「従ってサムターン回しは却下、だが完全な密室というわけでもない。西向きの窓はぴっちりと閉まっていたが、実はクレセント錠はかかっていなかった」

やはり洸一もそのことに気付いていたらしい――。

「ただしあそこの窓の外には、樹木や電柱など、つかまって下へ降りられそうなものは一切ない。ベランダはおろか雨樋すらない。この大泰荘の敷地、東側には花壇など土の箇所も多少はあるが、西側の窓の真下は全てコンクリートだ。各階天井は高めだから、四階の窓から地上までは、目算だがおおよそ十から十一メートルはある。飛び降りたら、間違いなく大怪我することだろう」

「最悪死ぬことだってあるかも」

「打ち所が悪かったらな。だが怪我どころか、少なくとも現状大泰荘の中には、捻挫や骨折はおろか、足を引きずっているような様子の人間は一人もいない」

洸一〈先輩〉はそう言うと、切れ長の目を細めて笑った。

何だか少し嬉しそうだ。ひょっとしてミステリーマニアの性で、この状況を楽しんでいるのだろうか?

もっとも仮にそうだとしても、この機会に刑事たちの一挙手一投足を観察しておこうと思った僕には、それを不謹慎だと咎める権利はあるまい――。

「ところでさっき、掌を見られたんだけど。あれは一体何だったんだろう」

一旦話が途切れた後、僕の方から再び切り出した。

――

「俺もだよ」

すると洸一は、突然チャチャチャラチャラチャラチャラチャーラ～と、何やら軽快なアップテンポの曲を口ずさみながら、これみよがしに両の掌を開いて僕に向かって翳した。

大きくて骨張った手だ。僕はたじろいだ。一体何がはじまるんだ？

「チャチャラチャラチャーララーララーララーララーララ～」

「そ、それ何？」

「『オリーブの首飾り』だよ。聞いたことないのか」

「き、聞いたことはあるけど、でも、どうして今？」

「手品の時の定番曲だろうが。フランスのポール・モーリア楽団が演奏するようになって人口に膾炙したが、作曲はポール・モーリアではなく、アフガニスタンの首相の息子で三十三歳で交通事故死したアハメド・ザーヒル」

「そ、そうなんだ……」

さらに豆知識までぶっ込んで来る。どうやら僕と同じく、演技をはじめる前のマジシャンの姿を連想したらしいのだが、やはり思い切り楽しんでいるような気がする。さすがに刑事たちの前では歌わなかったと信じたい。

「あれは一体何だったんだろう。指紋かと思ったけど違った」

「凶器が発見されていない以上、指紋を調べても無駄ということじゃないのか？　仮に謙吾の部屋から誰かの指紋が出て来たとしても、現状では何の証拠にもならないからな。同じシェアハウスの住民同士、部屋に遊びに行ったことがあると言われたらそれまでだ」

「なるほど」

巫山戯《ふざけ》ているようでいて、事件の話になると突然まともなことを言うからややこしい――。

「だが紐状のもので大の大人、ましてや膂力《りょりょく》のある謙吾を絞殺したならば、自分の手にも紐が食い込んで、何らかの痕跡が残っている可能性がある。だから時間が経って消えてしまう前に、とりあえず急いでそれの有無だけ確かめようとしたんだろう」

「だけど、犯人が素手だったという証拠はないんじゃないの？」

僕は反論した。人を殺すつもりなら、細心の注意を払って、あらかじめ手袋くらいしていたのではないのだろうか？　そして手袋をしていたら、手に痕なんか残らないのではないだろうか？

「もちろんそれはわからん。だが４０４号室のドアは壊されたりはしていなかった。つまり謙吾は犯人を、みずから部屋の中に招き入れているんだ。まあ謙吾はよっぽど変な時間じゃなければ、基本いつ行っても愛想よく応対してくれる奴だったが、それでも夜遅くに手袋を嵌めてやって来た人間を、無警戒で部屋に入れるだろうか？」

「あ、そうか……」

洸一〈先輩〉が言わんとしていることがわかり、僕は目からウロコが落ちる気がした。確かに現場である謙吾の部屋の中は、ほとんど荒らされていなかった。だから一瞬、寝相が悪くて寝ている間にベッドから転げ落ちただけのように見えたりしたのだ。あのマッチョな謙吾があまり抵抗しなかった（できなかった）わけで、つまりは完全に油断していたということになるわけだ。

「謙吾が後ろを向いた瞬間に、急いで両手に手袋を嵌めて、隠し持っていたロープを取り出して……という可能性はもちろん残る。だがそれは相当に慌ただしく、謙吾に気付かれる危険性が高まる。それならば、どうせ凶器のロープは持ち帰るのだからと、指紋のことなど気にせずに、素手で犯行に及んだ可能性は大いにある。当然凶器が手に食い込んだ可能性もな」

「なるほど」

僕は素直に感心した。さすがはミステリー研究会、現場にいた時間は僕と大して変わらない筈なのに、垣間見た部屋の中の様子から、そこまで帰納《きのう》するとは——。

「俺はミステリーマニアの中でも、バリバリのロジック派だからな」

洸一はちょっと得意気だ。

「ロジック派って？　他にどんな派があるの？」

「トリック派だよ」

「その二つって、両立しないものなの？」

「もちろん両立もする。だが俺たちミステリーマニアは、分類するのも好きだが、分類されるのも好きなんだよ」

ミステリーマニアの生態はよくわからないが、そういうものなのか——。

「死亡推定時刻は何時ごろなんだろう？」

「そこまでは俺は知らんよ」

洸一はインスタントコーヒーの残りを飲み干して顔を顰《しか》めた。そんなに不味《まず》いなら飲まなきゃいいのに――。

「だけど事情聴取の刑事が、夜中の零時から午前三時までの間のアリバイをしつこく訊いて来た。ということは、その時間帯ということになるんだろうよ」

「やっぱりそうか。僕も同じことを訊かれたよ。だけどそんな遅い時間に謙吾が部屋に迎え入れる人間となると、自《おの》ずから限られて来るんじゃない？」

「刑事もそう考えているようで、謙吾の交友関係について、根掘り葉掘り訊いて来たな」

「へえー、僕はそれは訊かれなかったなあ」

「これから訊かれるよ。刑事ってのは、入れ代わり立ち代わりやって来て、何度も何度も同じようなことを訊いて来るものと相場が決まってる」

「ちなみに何と答えたの？」

僕はボルヴィックを一口飲んでから尋ねた。

「謙吾には良く言えば誰とでも分け隔てなく接する、悪く言えば八方美人的なところがあったから、特に仲が良くない相手でも、訪ねてきたらホイホイと部屋に入れてしまう可能性は否定できないと答えたら、面白くない顔をしていた」

それはナイスガイという僕の印象とほぼ一致する。だがそれは結局のところ、犯行の時間帯だけでは容疑者が絞れないということを意味するわけだが――。

「ちなみにお前は、その時間帯のアリバイあるの？」

洸一が切れ長の目で僕を見ながら訊いて来る。

「僕は一人で自分の部屋にいたよ」

「じゃあアリバイは無しってことだな」

「そんな夜中に、アリバイがある人なんているの？」

「それが俺はあるのさ。さっき刑事にも話したが、昨夜は十一時くらいから正に夜中の三時頃まで、葉留人の部屋で奴とずっと呑んでいた」

洸一は勝ち誇るような顔をしたが、僕は瞬間的に少し違和感を覚えていた。

洸一と葉留人って、そんなに仲が良かったっけ？

３０２号室の葉留人は、僕と同じ大泰荘二年目で、アルバイトをしながら俳優を目指している男だ。とりあえず今は小さな劇団に所属していて、下北沢《しもきたざわ》の小劇場などによく出演している。当然ルックスにも自信を持っているようだが、謙吾とは正反対で、線の細いサラサラ髪の美青年タイプである。

Ｗ大学の演劇科にいちおう籍は置いているが、入学してすぐに理論ばかりで実践が伴わない大学の授業に絶望し、全く行かなくなった。Ｗ大学は、一度も進級しなくても八年間は在籍できるらしく、放校処分になるまで籍は置き続ける心算《つもり》らしいが、授業料を払わされている親御さんはいい面の皮である（ちなみに僕や洸一のＫ大は、同一学年には最大二年間しかいられず、二年に一度は進級しないとその時点でオサラバさせられる）。

公演のたびにチケットを売りつけられるので、無駄にするのも勿体ないと思って、何度か下北沢まで足を運んだことがあるが、その劇団のアングラ劇は、はっきり言って自己満足の域を出ていないように僕には思われた。むろん葉留人自身、現状に満足しているわけではないらしく、テレビや映画のオーディションを片っ端から受けているようだが、受かったという話はいまだに聞かない。

そもそもこの大泰荘は、やっていることがみんなバラバラなことが一大特徴であり、接点が薄いからといって、交流まで薄くなるわけではもちろんない。だが洸一と葉留人は、学校も学年も階も趣味も違うし、これまで二人でつるんでいる姿はほとんど見掛けたことがない。その二人がそんな真夜中に、互いにアリバイを証明できる夜に〈たまたま〉殺人事件が起こったというのは、果たして偶然なのだろうか？

「葉留人とはよく呑むの？」

僕はそれとなく探りを入れてみた。

「いや、二人でサシで呑んだのは昨日が初めてだ」

「どうして呑むことになったの？」

「ん？　葉留人に誘われたからだよ」

あまりにも矢継ぎ早に訊きすぎかなとも思ったが、洸一は特に気を悪くするような素振りは見せない。自分も踏み込む以上、踏み込まれるのもオーケーなのだろう。

「あいつの部屋には美味い酒が揃っていてな、惜し気もなく出してくれるから、俺はそれほど酒に強いわけじゃないのに、ついつい飲みすぎてしまったよ」

葉留人の部屋は三階の北東向きの３０２号室。つまり僕の部屋と亜沙美の部屋の間である。そう言えば昨夜３０２号室で、男性二人の話し声がずっとしていたが、あのもう一人の声は洸一だったのか――。

「お前はお酒は好きなのか？」

「嫌いじゃない」

食に関心がある僕としては、洸一がそこまで言う〈美味しい酒〉とはどんなものなのか、当然興味はある。先日晴れて二〇歳になって初めてお酒を呑んだのだが、自分が結構〈いける口〉であることがわかって嬉しかったものだ。

「だったら次の呑み会の時、お前も誘っていいか、葉留人に訊いておいてやろうか？」

「いや、何か悪いからいいよ」

「仮に直接誘われたら絶対ＯＫしておけ。本当に美味い酒が揃ってるぞ」

「うん」

「ただしあいつの呑み会には、ひとつルールがあって、それを守ることが絶対条件だぞ」

「ルール？」

呑み会に一体どんなルールがあるというのだ？

「スマホの持ち込み禁止なんだ。あいつ、一緒に呑んでる時に相手にスマホをいじられるのが、この世で一番嫌いなことらしい」

「へえ―いまどき珍しいね」

珍しいけど、ちょっとは理解できる。男同士で酒を呑み交わすというのは、俺はお前と仲良くなりたいんだという互いの意思表示である。スマホの存在はそれに水を差す。そもそも携帯電話が普及し始めた頃は、喫茶店やレストランなどで、テーブルの上に携帯端末を出しておくこと自体、同席している相手に失礼なこととされていたらしい。リアルにいま会っている、あるいは商談している相手よりも、掛かってくるかどうかわからない電話の方が大切なのかというわけだ。ましてや掛かって来た電話に出たり、相手の前でメールを打ったりするのは、言語道断だったと聞いたことがある。今はもうみんな感覚がマヒしてしまって、大学の授業中とかにも平気でスマホをいじっている奴がいるし、もう教授たちもいちいち注意などしないが、内心では果たしてどう思っているのだろう。もし僕が将来教授になったら、そういう連中の〈平常点〉には、断固として零点を付けることだろう——。

「もちろんあいつ自身も、呑んでる間は決してスマホを見ないし手にしない。厳しいが、そこは一貫している」

「それで三時過ぎまで葉留人の部屋で呑んで、それから自分の部屋に戻ったわけ?」

「そうだよ」

「その間は、一歩も葉留人の部屋から出なかったの?」

「いや、途中で一度、メールチェックするために自分の部屋に戻ったな。なにしろスマホ持ち込み禁止だから」

洸一は白い歯を見せながら続ける。

「メールチェックだけして、すぐに返信した方が良いものはして、また戻った」

「その間はどれくらい?」

「うーん、一〇分くらいかな。ゼミ関係で急ぎのメールが二通あったからな」

「だけど一〇分あったら、その間に葉留人が犯行に及んでまた戻ることも、不可能じゃないんじゃないの？」

「それはあり得ないね」

だが洸一は、僕の仮説を一刀両断にした。

「それは時間的に可能というだけで、実際にはあり得ない。そもそも俺は、そのゼミ関係の連絡が来ているかも知れないと思ってメールチェックに戻ったわけだが、そのことを葉留人が事前に予想できた筈はない。また俺が一度部屋に戻っても、急ぎのメールなんか一通も来ていなくて、すぐに戻るかも知れない。俺が戻った時に葉留人が部屋にいなかったら、当然俺は不審に思う。そのわずかな間を利用して殺人を企てるなんて、どう考えてもあり得ない」

ぐうの音も出ないとはこのことだ。僕は葉留人犯人説を即座に引っ込めた。

「それで三時頃に自分の部屋に帰ってからは、どうしたの」

洸一は鼻の頭を軽く掻いた。

「どうしたのって言われてもなあ。酔っぱらっていて眠かったから、そのまま寝ちゃったよ」

「じゃあ、物音とかも聞いていないんだ」

洸一はかぶりを振る。

「何か聞いてたら、真っ先に言ってるさ」

何度も言うが洸一の部屋は現場となった404号室の隣の401号室だ。大泰荘の壁は一定の厚みが確保されているものの、隣室であんな大変なことが起きていたのだから、何らかの音を耳にした可能性はあると思ったのだが――。

「そもそも犯行推定時刻は深夜零時から午前三時の間なんだろ？　俺が自室に戻ったのがちょう

ど三時頃なんだから、もうその時犯行は終わって、謙吾は冷たくなっていたんだろうよ。俺がいない間に、隣の部屋でそんな凶事が行われていたなんて、いま思うだけで慄《ぞ》っとするけどな」

「お開きになって自分の部屋に戻る時、階段や廊下で誰かとすれ違ったりはしなかった?」

「刑事からも同じことを訊かれたが、残念ながら誰ともすれ違っちゃいない。大泰荘の中は、三階も四階もひっそりと静まり返っていたよ」

だが洸一はそこで少し考え込んだ。考える時の癖なのか、鼻の先を、再び指の腹でこするような動作をする。ひょっとして何か憶《おも》い出したのだろうか。

「そう言えば昨夜はにわか雨が降ったが、すぐにあがったよな?」

「うん、午前零時頃にはもうすっかり晴れていたよ」

玄関の施錠をした時、天窓のガラス越しに綺麗な星空が見えたことを僕は憶い出した。

「だよなあ。だけど寝入り端《ばな》に夢うつつで、雷鳴のような音を聞いた気がするんだよなあ。夢かも知れないけど」

「それ、警察に言った?」

「いや、これは言ってない。たったいま憶い出したんだ」

「どんな小さなことでも言った方がいいんじゃない? ひょっとしたら重要な手掛かりかも知れないよ。昨日は雨があがってからは、ずっと晴れていた。雷なんて鳴っていない」

「そうだな」

洸一は頷いた。

「そう言えばその葉留人はどうしたの?」

僕は周囲を見回す仕草をしながら尋ねた。

「さっきから全然姿が見えないけど」

「あいつは徹夜して、そのまま始発で釣りに行くと言っていた。そもそも呑み会自体が、明日は完全オフだから呑もうぜという趣向だったんだ。今日は俺も大学の講義もサークルもなくて珍しく暇だから、いっちょう始発が動き出すまで付き合ってやろうと思っていたんだが、眠くなって三時でギブしたんだ」

「釣りかあ」

葉留人が磯釣りを趣味にしていることは事実である。劇団の公演も稽古もバイトもない日を利用して月に一回は行っていて、目覚ましい釣果《ちょうか》があった時は、釣った魚をみんなに御裾《おすそ》分けしてくれるので助かっている。僕がその芸術性をあまり高く評価していないアングラ小劇団のチケット購入を毎回断らないのには、実はそのお返しという意味も、多少は含まれている。

特に今年の二月頃にもらったアイナメは実に美味だった。僕はそのまま三枚におろして昆布〆のお刺身にして、コリコリとした食感を堪能させてもらったが、そもそも生魚はちょっと苦手、ましてや自分で捌《さば》くなんて絶対に無理という亜沙美が、台所で料理をしていた僕に、自分がもらった分をそのまま渡してこれどうにかしてと言って来たので、長葱《ながねぎ》と生姜《しょうが》と糸唐辛子とゴマ油とお酒で清蒸《チンジョン》にして返してあげたら、すごーいと大喜びしてぱくぱく食べていた。僕が時々亜沙美に差し入れをするようになったのは、それがきっかけだ。

「お話し中すみませんが、槇さん」

僕等が屯《たむろ》しているのを見て、若くて色白の椎木刑事が、ラウンジの入口付近に顔を覗かせた。

そのまままっすぐ洸一の前にやって来る。

「あなたのアリバイを証明してくれる筈の森《もり》さんですが、不在のようですね。それと301号室の蒔丘《まきおか》さんも、現在お出かけ中のようです」

森とは葉留人の苗字だ。そして301号室の蒔丘さんとは、言わずもがな亜沙美のことである。

「早急にお話を伺いたいので、その方々の携帯番号を教えてもらえますか？」

「ああ、いいですよ。まあこんな状況ですから、勝手に教えても文句は言われないでしょう」

洸一はボトムの後ろポケットから携帯端末を取り出して、タップして中のアドレス帳を開いた。


――


椎木刑事の姿が見えなくなるのと入れ替わりで、千帆がゆっくり階段を下りて行く姿が見えた。第一発見者としてたっぷりと事情を訊かれていたようだが、ようやく解放されたのだろう。

フリース生地のトップスにサス付きのワイドパンツという楽な恰好だ。大泰荘の女性陣の中でも、最も女性的な曲線に恵まれ、それを強調するような恰好をしていることの多い千帆だが、さすがに今日はお洒落する余裕がないらしい。

よく見ると両目の下に隈ができている。こんなに憔悴《しょうすい》した千帆を見るのは初めてのことだが、恋人が無慙に殺され、自分が第一発見者になってしまったのだから、それも当然か。

千帆は前述した通り音大の三年生だが、中学生の時に一つ下の弟を、自殺で亡くしている。通っていた中学の校舎の屋上から飛び降りたのだ。その時すでに千帆は、ピアノのジュニアコンクールで優勝して将来を嘱望されており、両親も千帆の才能を伸ばすことにかかりっきりで、弟のことはほとんど抛《ほう》ったらかしになっていたのだが、学校で深刻ないじめの被害に遭っていたらしい。

現場の状況から自殺であることは疑いなかったが、遺書などは見つからず、いじめの首謀者は特定できなかった。学校は内部調査を行ったが、一年近く待たせた挙句、いじめの事実は確認できなかったと発表した。内輪で罪を隠蔽《いんぺい》し合ったのではと両親は疑惑を抱き、再調査を求めて署名活動をはじめ、千帆も制服姿で街頭に立ったが、徒労に終わった。自宅には今さらそんなことしても死んだ人間は帰って来ないぞ、みたいな嫌がらせの電話なんかも掛かってきたらしい。千帆の横顔に時折ふと射す翳《かげ》のようなものの遠因には、きっとその弟さんのことがあるのに違いないが、可哀想に今度は恋人を喪《うしな》うとは――。

「千帆、大丈夫か。紅茶でも淹《い》れようか」

ラウンジの入口に立って声をかけると、既に五、六段階段を下りていた千帆は、首を捩じって僕を見上げながら気丈に答えた。

「ありがとう。でもこれからバイトなんだ」

「こんな日にバイト？　休めないの？」

「無理」

片手を挙げてそのまま玄関の方へと向かって行く。現在の千帆のバイトは確かファミレスのウェイトレスの筈だが、果たしてあんな様子で務まるのだろうか。それともシフト等の関係で、休みたくても休めないのかなあ。

「正直、バイトに行く気分じゃないだろうけどなあ。

棈円形のテーブルに戻って呟くと、洸一は首をちょっと竦めながら答えた。

「俺たちがとやかく言うことじゃない。身体を動かしていた方が気が紛れるのかも知れないし、抛っておけよ」

それもそうである。それにもっと穿った見方をすれば、刑事のうろつく大泰荘にいたくないのかも知れない。

――

続いて304号室に住んでいる伊緒菜姐さんが出掛けて行った。マニッシュスタイルというのか、トレードマークである細身の黒のパンツルックだ。携帯音楽プレイヤーのイヤホンを両方の耳にしていたので、僕も洸一も敢えて声は掛けなかった。

伊緒菜姐さんは江古田にある芸術大学の映像科に籍を置いている。将来の夢は映像クリエーターになることだそうだ。

ただ一口に映像クリエーターと言っても、映像そのものの芸術性を追求する者から、アーティストのPVを専門にする者、プランナーと組んでCM制作等に特化する者、結婚式のオリジナルビデオ制作を請け負う者など正直いろいろで、作品そのものも、CGを駆使する者やあくまでも実写にこだわる者などさまざまらしいが、姐さんは実写派で、将来は世界じゅういろんなところに行って、誰も見たことがないような映像を撮るのが夢らしい。プロ仕様のビデオカメラに編集機材、音楽ミキサーにイコライザー、さらにはカメラ付きのドローンまで持っている（もちろん操縦の資格も）。

全員平等がモットーの大泰荘で彼女だけが〈姐さん〉と呼ばれるのは、大泰荘三年目で実際僕や亜沙美などより一つ年上ということに加えて、その姉御肌によるところが大きい。高飛車なところもあるため、初対面やよく知らない人には誤解されやすいのだが、根は優しいことを僕らはみんな知っている（ちなみに亜沙美は姐さんと一部キャラが被るものの、高飛車なところは全くない。姐さんが命令して従わせるところを、亜沙美にはこちらが率先して何かをやってあげたくなるのだ）。同学年の洸一や龍磨でさえ、（少しふざけながらだが）姐さんと呼ぶのはそのためだ。

ただしこの前判明したのだが、実は現在の学年は僕らと同じらしい。ラウンジで大勢で話している時、三年生はそろそろ将来の進路を真剣に考えないとねーという話になり、姐さんはどうするのと話を振られた伊緒菜は、

「ふっふっふ。大学三年生というのは、世を忍ぶあたしの仮の姿にすぎない。真の姿は、大学二年生よ！」

「あ、留年したんですね」

「あんまり学校行ってなかったからねー」

そんな姐さんの部屋には、デスクトップのパソコンが数台にノートパソコンも数台、タブレッ

トに至っては僕が知っている限りで六台ほどあって（正確な数は知らない）、それにさきほど挙げた機材の数々もあるから、ベッド以外は足の踏み場もないくらいだ。ラウンジの楕円形のテーブルの端っこに座ってノートパソコンに向かい、プログラミングコードを一心不乱に打ち込んでいるところを、何度か見たことがある。

普通の勤め人の家庭で育ち、両親は今でも公営住宅住まいだという伊緒菜姐さん、それらの費用は一体どこから出ているのかというと、何とゲームだというから愕きである。もちろんゲームで遊んでいるわけではなく、ゲームを自作してオンラインで公開しているのだ。

僕はオンラインゲームは一切やらないので、あまり良く知らないのだが、伊緒菜姐さんのサイトは個人が公開しているフリーゲームのサイトとしては、結構有名なものらしい。プレイは完全無料だが、ゲーム中の画面に広告を表示させることによって結構な収入があるらしく、それがいろんなプロ用の機材に化けているというわけだ。

その魅力はゲームそのものに加え、姐さんが自分で撮った迫力ある映像が背景に使われていることだというから、ほとんど一人ゲーム会社である。プログラミングもほぼ独習らしい。

僕がオンラインゲームをやらないのは、膨大《ぼうだい》な時間が必要とされることがわかっているからで、ただでさえ二足の草鞋を履いて応募作の執筆に語学の勉強、さらにその合間に研究書も読まなくてはならない身としては、到底手出しができないと諦めているからだが、ヘビーなゲーマーでもある龍磨の話だと、伊緒菜姐さんの作るゲームは、プレイヤーに達成感と絶望感を味わわせる匙《さじ》加減が絶妙なのだそうだ。

「何だ楽勝じゃんと思っていると、突然鬼のように難しくなる。これは到底クリアは無理だなと思っていると、ひょんなことがきっかけでクリアできたりする。ユーザーは完全に姐さんの掌の上で踊らされている感じなんだが、それが病みつきになるんだよなあ」

さもありなんだと僕は思ったものだった。


――


その伊緒菜姐さんが出掛けるのとまるで入れ違いのように、ラウンジの北向きの窓越しに、亜沙美のカラフルなニット帽を認めて僕はどきりとした。上半身は十月らしくハーフコートを羽織っているが、下は赤いレザーのミニスカートに、すらりとした白い素足が一部透けて見えるようなコードレースのブーツという、さすがのファッションセンスである。そのまま玄関へ入ってまっすぐ階段を上って来ると、ラウンジの僕と洸一の姿を認めて話しかけて来た。

「一体何なの？　いきなり警察を名乗る人物から電話がかかって来て、話が聞きたいと言われたんだけど。何の話？　と訊いても教えてくれないし」

どうやら事件の詳細はまだ知らないらしい。

だがその瞬間僕の脳裏に、亜沙美が謙吾と二人きりで籠っていた仄暗い301号室の妖しさがフラッシュバックで蘇った。これもひょっとして演技なのだろうか？　知らないフリをしているのだろうか？

何と答えようか迷っているうちに、洸一が先に口を開いた。

「それもひっくるめて全部、警察に直接聞いた方が早いと思うぜ」

すると僕等の話し声に気付いてか、すかさず上の階から例の二人組が下りて来た。

「蒔丘亜沙美さんですね」

下柳刑事が腰に提げた身分証を示しながら言う。

「そうよ」

「お忙しいところ済みませんが、お話を伺えますか」

亜沙美は仁王立ちで腕組みしたまま、身体をちょっと斜めにして刑事の身分証を覗き込んだ。

改めて思うのだが、実に絵になる立ち姿だ。コードレースのブーツから内履きのレディースサンダルに履き替えているのに、コーディネートが少しも崩れていないのがすごい。

「どうやら悪戯電話ではなかったみたいね。だったら早くして。そのために戻って来たんだから」

「今日はどちらへいらしていたのですか?」

「だから大学よ。さっきの電話の人にも言ったわよ」

その〈さっきの電話の人〉らしい椎木刑事が、軽く顎を引いて同意を表したが、下柳刑事は見ていない。

「ええっと、美大生だと伺っていますが、今朝は何時ごろにここを出たのですか?」

「朝の七時頃だったかしら?」

「美大生にしてはずいぶん早いですね。その時間帯は電車も混むでしょうし、そんなに早く出掛ける必要があったんですか?」

「何よそれ」

亜沙美が即座に反応し、僕は首を竦めた。うわぁ、この中年刑事、ポーカーフェイスのまま思い切り地雷を踏んだぞ。

「大学は都心に行くのと方向が逆だから、電車は空いてるのよ。それより〈美大生にしては早い〉って、それは一体どういう意味なの？　美大生なんてどうせ穀潰しなんだから、昼まで寝ていろってこと？」

亜沙美は高飛車ではないが、気は強い。そしてアーティストのタマゴや美大生を蔑むような発言に対して非常に敏感で、ちょっとした失言に対しても容赦ないのである——。

4

肝腎な話は他の人のいないところでというので、あたしは刑事たちを自分の部屋に通した。ホームグラウンドで精神的優位に立って、これ以上美大生を侮辱するような発言をしたら、思い切りとっちめてやるつもりだった。

「大学に急ぎの用事でもあったのですか？」

だが草臥れた背広の中年刑事は、あたしの皮肉を全く意にも介していない様子だ。

「作品提出の締め切りが近いから、朝一で大学のアトリエに行って作業していたのよ。何か問題あるの？」

美大というものは、自分の専攻している分野だけをやっていれば良いものではない。あたしは絵画専攻の中の水彩・パステルコースの学生なわけだけど、油絵や日本画など、他の分野の単位もある程度取得しなくては、進級も卒業もできないのだ。ウチの大学はまだマシな方で、美大によっては絵画専攻なのに彫刻や版画、さらには写真までやらされるところもあるらしい。芸術全般に通暁《つうぎょう》することが、専門分野に必ずや良い影響を与えるという、昔のお偉いさんの信念によるものだ。

もちろん選択制で、自由に好きなのを選ぶことはできる。あたしは油絵を選択していて、その授業の作品提出期限が迫って来たのだけれど、実は油絵の道具はここには一切置いていない。ちょっとでも齧ったことがある人は知ってると思うけど、油絵制作はリンシードオイルやテレピン油、溶剤の揮発性油などを大量に使うので、臭いが結構きついのだ。制作中は焼肉屋やお好み焼き屋にいるような臭いがずっと続き、さらに油の分子がいろんなものに染み込むのだろうか、作業が終わった後に換気しても、完全に消えてはくれない。従って生活場所でもあるこの部屋では、油絵の制作は極力控えたいというのが本音なのだ。またそれだけの油を使うのだから、当然引火帝国《インカ》——表意文字ってこういう遊びができるところがいいよね——となり、築三〇年超というここ大泰荘でやるのは、安全性という面でもよろしくない。

だからこの部屋では下絵のデッサンだけをして、今朝早くからそれを基に大学のアトリエで制作していたところに、なるべく早く話を聞きたいという電話がかかって来たのだ。電話して来た刑事は肝腎の用件は一切口にせず、何を訊いてもこれからそちらに伺いますの一点張りだったが、他の学生も大勢いるところに刑事が来るというのは何だか心理的抵抗があったので、あたしの方が出向くことにしたのだ。ちょうどキャンバスの下塗りが終わって、それが完全に乾くまでは何もすることがなかったし、しかも刑事たちは、警察署ではなく大泰荘にいるというのだ。

「それで用件は何なの？　早くして欲しいんだけど」

「まだお聞きになっていないのですか？」

中年刑事が焦らすように言う。あたしは苛々《いらいら》して声を荒らげた。

「だから何をよ！」

「ではお話しします。４０４号室の栗林謙吾さんが、昨夜から今朝にかけて、何者かによって殺害された模様です」

あたしはただひたすらポカンとしていた。何なのその趣味が悪い上にクソ面白くもない冗談は。だって謙吾は昨夜はあたしの部屋で長時間――。

「栗林さんと最後に会ったのはいつですか。それから昨夜の零時から午前三時頃まで、どこで何をされていましたか？」

「………」

「どうせ言われるので、こちらから先回りして言ってしまいますが、要するにアリバイということです。もちろんこれは現在、ここの住民のみなさん全員に伺っていることなので、気を悪くはしないで下さい」

どうやら冗談ではないと認識すると同時に、胃がぎゅっと収縮してせり上がって来る感じがした。酸っぱい胃液が食道を逆流する。思わず前屈みになる。

昨夜謙吾が殺されたって⁉

するとあの後で？

そんな馬鹿な！

「大丈夫ですか？」

若い刑事が心配そうにあたしの顔を覗き込んでいる。

全然大丈夫じゃなかったので、あたしは返事もせずに、部屋に入ってすぐの突き当たりにある、青いタイルに囲まれた洗面台へと駆け込んだ。

逆流して来た胃液を吐いたら、通過した胃酸にやられた食道以外は、大分楽になった。

それならば電話で用件を言わず、ただ早目に話を聞きたいと言うだけだったのも理解はできる。確かにこれは電話で話すようなことじゃない。

あたしは洗面台の蛇口を開いて吐いた胃液を流すと、元の場所に戻り、刑事たちに対する敵愾《てきがい》心《しん》を解いて質問に答え始めた。


――


「すると栗林さんは、昨夜の七時頃からこの部屋で、あなたの絵のモデルをつとめていたんですね？　それが終わったのが九時半過ぎで、その後栗林さんは四階の自分の部屋に戻った筈だと。そしてそれ以降あなたは、栗林さんの姿を見ていないわけですね？」

「そうよ」

あたしは首を縦に振った。

「その時栗林さんは、何か今夜の予定らしきことを言っていませんでしたか？　これから誰かと会うとか、誰それが部屋に遊びに来ることになっているとか」

「何も言ってなかったわ」

今度は左右に振った。

「ではその時は、ちなみにどんなお話をされたんですか」

「そんなこと言われても、会話自体ほとんどなかったし」

「そんな馬鹿な。二時間半も一緒の部屋で過ごされたんですから、何か話はしたでしょう？」

草臥れた背広を着た中年刑事は、中途半端な丁寧語を使いながら食い下がった。

「でも本当だからしょうがないわ」

そう答えざるを得ない。本当にほとんど話はしていないのだから。

確かに普段のあたしは、人とお喋《しゃべ》りするのが大好きだ。この大泰荘の住民で一番饒舌というか口数が多いのは、男性は洸一クン、女性はきっとあたしだろう。千帆は同性のあたしでも、思わず憧れてしまうような芯の強い女性だけど、人前ではなるべく控え目に振る舞おうとするタイプだし、一方伊緒菜姐さんは、寸鉄人を刺すタイプだから。

だけど制作中は集中したいから一言も喋らないし、モデルが勝手に口を開くのも好きじゃない。そもそもプロのモデルならば、ポーズ中に無駄口を叩くことなんか絶対にあり得ないわけだけど、無償でお願いしている素人モデルであっても、その決まりは基本守ってもらう。

「ほんの小さなことでも良いので、その時あった会話の内容を憶い出してもらえませんかね。どうやらあなたが、生前の栗林さんと最後に会った人間らしいのですよ。あ、もちろん犯人は除外して、ですけどね」

中年刑事が眉を寄せながら、さも面白い冗談であるかのように言ったが、あたしはもう一度かぶりを振った。

「だから何度も言うけれど、会話自体、ほとんどなかったんだって」

「では昨夜の栗林さんに、いつもと違った様子はなかったですか？」

「何もおかしなことはなかったわ。いつもと変わらなかった」

あくまでもポーカーフェイスを守ってはいるものの、中年の刑事はあたしの答えに明らかに不満そうだ。一方若い方は一心不乱にメモを取っていて、さっきあたしに大丈夫ですかと訊いて以降は、一回も口を開いていない。

「それでは制作中に、誰か訪ねて来た人はいませんか？」

どうしてそんなことを訊くのだろう。あたしが本当に〈制作〉していたのかどうかを疑っているのだろうか。

だけどやはり刑事たちを満足させるような答えはできそうにない。だって誰も来ていないのだから。普段お喋り好きなあたしが長時間部屋に籠っている時は、大抵制作中だということをここ《ここ》のみんなは良く知っているから、その間邪魔しに来る人間はまずいないのだ。そもそも大泰荘の良いところは、みんなそれぞれやりたいことを持っているから、一人になりたい時はどこまでも一人になれるように、相互不干渉の原則が徹底している点にある。

その一方でバイトなどで疲れて帰って来た時や、作業に倦《う》んで誰かと話したくなった時には、共用スペースに行けば大抵誰かをつかまえることができるから、簡単に気分転換することができるし、それで元気をもらって、またすぐ制作に戻ることもできる。それどころかお喋りをしているうちに、全く新たな創作のアイディアが浮かぶことだってある。芸術家やそのタマゴたちにとっては正に理想的な環境で、エコール・ド・パリの画家たちが共同生活を営んでいたモンパルナスの〈蜂の巣《ラ・リュシュ》〉や、ピカソやモディリアーニたちがいたモンマルトルの〈洗濯船《バトー・ラヴォワール》〉、またジャンルは違うけど、後に大御所になる若い漫画家たちが集まっていた南長崎《みなみながさき》の伝説のトキワ荘なんかも、きっとこんな感じだったのではないかと想像する。

「あ、でもそう言えば」

それが何かの証明になるとは思えないが、憶い出したことがあったのであたしは言葉を継いだ。

「制作中は誰も来なかったけど、制作をはじめるための準備をしている時に、大祐クンが来たわ」

「ああ、303号室に住んでいる加藤大祐さんですね。その時加藤さんは何をしに？」

「差し入れよ」

「差し入れ？」

「そう。彼は料理が得意で、時々多目に作っては、差し入れしてくれるの。昨夜も、野菜をトマトと赤ワインと香草？　とかで煮込んだ地中海風の料理を、作って持って来てくれたの」

ラタ……あれ、何だっけ？　あたしは本当は白いご飯にお新香味噌汁納豆派なので、カタカナの料理の名前はなかなか憶えない。大祐クンの料理の腕前は確かなので、差し入れされたら、とりあえず受け取って有難く頂くけど。

「それを受け取っただけですか？　その時何か話はされましたか？」

「と言うか正確には、受け取ってくれたのは謙吾クンだけどね」

「んん？」

するとあたしがいくら怒ってみせても、ずっとポーカーフェイスを貫いていた中年刑事の顔色が、颯《さ》っと変わった。若い刑事と何やら眴《めくば》せを交わす。

「それは本当ですか？」

何故そんなことで色めき立つのだろうとあたしは訝った。

「どうして嘘をつく必要があるの？　あたしは手が離せなかったから、代わりに謙吾クンに受け取ってもらったのよ」

「ちょっとそれはおかしいですなあ」

中年刑事が目を鋭く光らせた。

「おかしい？」

「ええ。既に加藤さんにはお話を伺ったのですが、その時加藤さんは、昨日は午後二時頃に玄関先ですれ違って以降は、栗林さんの姿は一度も見ていないと仰っていたんですよね」

「へえ？」

あたしは思わず首を傾げた。内容は聞き取れなかったけど、ドアの前で何やら二人で言葉も交わしていたし、姿を見ていないなんてことは絶対にない筈なんだけど——。

「と言うことは、私どもとしては、あなたか加藤さんの、どちらかが嘘をついていると、そう判断せざるを得ないわけで」

それはそうだ。あたしは上の空で頷いた。

刑事には勝手に疑わせておくとして、問題は大祐クンが、どうしてそんな嘘をついたのかだ。そんな重要なことで嘘をつく理由として思い浮かぶことは、たった一つしかない。

それはズバリ、大祐クンが犯人ということだ。

犯人だったら、当然のことながら犯行にまつわること一切を否認しようとするのだろうけど、その際にその少し前に被害者――この言葉そのものにあたしはドキリとした――と思いがけないところで出くわしたことも、うっかり一緒に否定してしまったのだろうか。

初歩的なミスにも思えるけど、人殺しの心理なんてわからない。どちらにしても大祐クンが、刑事相手に堂々と嘘の証言をしたことは、紛れもない事実なのだ。

さらにもしもあそこで謙吾クンと会ったこと自体が、犯行の動機になっていたとしたらどうだろう。その動機は想像もつかないけど、犯行に直結することだけに、ついつい否定してしまうかも知れない。

だとしたら大祐クンはいまラウンジで、あたしが刑事相手に何を話しているのか、気が気じゃない筈だ。さっきラウンジの入口に立った時、何か言いたそうな顔であたしを凝《じ》っと見詰めていたのは、そのことを喋らないでくれという懇願だったのだろうか?

だけどもう遅い。言っちゃったし。そもそも黙っている義理はないし――。

「加藤さんの証言については、こちらで調べますので、あなたは本人には何も言わないでいて下さい」

中年刑事は唇《くちびる》の端に親指と人差し指を当て、それを横にずらした。いわゆる〈お口チャック〉の仕草である。へえーこの人、意外とお茶目なところもあるのね――。

「ではとりあえず昨夜栗林さんをモデルにして制作していた作品というやつを、見せてもらえませんかね」

だがこの一言に、あたしは改めてカチンと来た。

一つはあたしが〈制作〉していたことを、中年刑事がまだ疑っているらしいことがわかったからだけど、それだけじゃない。それ以上に〈制作していた作品というやつ〉、というその言い方に引っ掛かったのだ。本人には失言の自覚はないのかも知れないけど、それは聞きようによっては、まるでそれを〈作品〉と呼んでいるのは、世界でお前だけだと言っているようにも聞こえる。きっとあたしだけじゃない。こう言われて気分を害さない美大生はいない筈だ。元ヤンであるあたしの反骨心に再び火が点いた。

「捜査令状とかあるわけ？」

再び腕組みしながら訊くと、中年刑事は戸惑った顔をした。やはり失言の自覚はないらしい。

「いえ、これは任意の事情聴取です。それにただ作品を見せて頂きたいだけなので、特にそういうものが必要とは思えませんが」

「だったら応じられないわ」

あたしは怒りを伝えるために態度を硬化させた。

「しかし、他人に見せるために制作されているのでは？」

「完成した作品はもちろんそうよ。だけどアーティストにとって、制作中の作品というものは頭の中と同じなの。究極のプライバシーなの。いきなり頭の中を見せてくれと言われて、はいと答える人がいるかしら」

「しかし……」

昨夜謙吾クンにお願いしていたのは、ずばりヌードモデルだった。

別にあたしは筋肉フェチではないけれど、強靱さとしなやかさを併せ持つ謙吾クンの筋肉は、一度描いてみたいと前々から思っていた。あたしも両親の離婚と母親の新しい男が原因でグレはじめる前は、水泳部に籍を置いていたから、男の子の逆三角形の半裸なんて散々見飽きているけど、そのあたしが惚れ惚れとするような、見事な筋肉をしていた。

あれくらいが丁度良いのに、どうして男の人はあれ以上、ちょっとグロテスクと感じるところまで筋肉を付けてしまうのだろう。あたしを含めた世の女性の多くは、ガチムチじゃなくて細マッチョの方が断然好みなのに。筋トレってそんなに気持ちが良いものなのだろうか。

その謙吾クンもいよいよプロのボディービルダーを目指すことに決めたとかで、日に日にあたしの理想から外れて行ってしまう。そんな時に油絵の課題提出。描くなら今しかないと、ダメ元で頼んでみたところ、謙吾クンは二つ返事でOKしてくれたのだ。月曜日は謙吾クンのフィットネスクラブのバイトが休みということで、昨日になった。恋人じゃない女の前でフルヌードになってもらうことについて、千帆に許可をもらおうかと訊いたら、謙吾クンはその必要はないと言って笑った。レンブラント風に仕上げたかったから、天井の電気は消して、二つある窓のカーテンも閉め、一方向からの光源のみで、筋肉——特に棘下《きょくか》筋や外腹斜《がいふくしゃ》筋など——が作る微妙な陰影に特に注目しながら素描していた。

大祐クンが差し入れに来た時、あたしはちょうど光源の調整中で、手を離すと始めからやり直しになってしまいそうだったので、半分服を脱ぎかけていた謙吾クンに、代わりに出てもらったのだ。

その後二時間以上ポーズを取って貰って、何枚か素描を済ませた。筋骨隆々な男性のヌードと言えば、誰でも連想するのは当然ミケランジェロだろう。それをレンブラント風の陰影で仕上げるなんてのは、もしもあたしが油絵専攻だったら、逆に畏れ多くて絶対にできないことに違いない。あたしはこのアイディアに夢中になっていた。

今を時めく売れっ子イラストレーターの個展などに行くと、最初の一枚は大人気のイラストではなく、学生時代に描いた油絵だったりするのだけど、やはりそれくらいアーティストにとって、油絵というのは特別なジャンルであり、課題だからと言って手を抜くつもりは元よりさらさらない。

それからは、ほとんど無言で手を動かした。ミケランジェロの向こうを張るつもりならば、当然局部も葉っぱ等で誤魔化すわけにはいかない。謙吾クンも、初モデルとは思えない我慢強さで、ポーズを取り続けてくれた。

ざっと一〇枚くらいは描いたけど、そのうち満足できる出来栄えのものは、たった一枚だけだった。だがその一枚は自分で言うのも何だけど、収縮する筋肉の軋《きし》む音まで聴こえてきそうな、細胞内でミトコンドリアが作り出しているエネルギーの熱まで感じられるような、もしもミケランジェロが生き返ってこれを見たら、プライドの塊《かたまり》のようなミケちゃんのことだからガン見はしないだろうけど、目の端でちらちらと見て、全く同じ構図でシスティーナ礼拝堂の片隅にこっそり一人描き足すんじゃないかしらと思えるような、そんな出来栄えだった。謙吾クン自身も、出来上がった素描を見て、至極満足そうに頷いてくれた。

あの数時間後に謙吾クンが殺されたというならば、図らずもあの素描は、謙吾クンの生前最後の元気な姿を写し取ったものになるわけだ。ただでさえ人目に晒《さら》すのには心理的抵抗があるフルヌードなのに、ましてやこんなデリカシーのない刑事相手には、絶対に見せるものかという気分にあたしはなった。

「どうしても、見せてもらえませんか」

「お断りするわ。どうしても見たいんなら、それなりの強制力のあるものを持って来ることね」

あたしはきっぱりと告げた。まあその奇跡の一枚は、当然制作のために美大のアトリエに持って行ってそのままイーゼルの上に置いて来たし、それ以外は全て破棄して今朝出がけにゴミとして出してしまったから、そもそもいまこの部屋には、見せたくても見せられるようなものは、何一つないのだけれど——。

中年刑事は溜息をついた。

「では仕方がありません。掌を見せて下さい」

「指紋ってことね」

「いえ、掌です」

「掌？　どうして？」

「理由は申し上げられません」

5

亜沙美が刑事たちと一緒に301号室に消えてからも、僕と洸一はラウンジに留まっていた。朝から非日常的なことが続いているので、なかなか日常に戻ることができないのだ。このまま部屋に戻って何かをはじめたとしても、絶対に集中できないことは、火を見るよりも明らかだ。執筆や勉強はもちろんのこと、読書も今日は無理な気がする。恐らく洸一〈先輩〉も、同じようなことを思ってここに留まっているのではないだろうか。

亜沙美は事情聴取を受け終えると、ラウンジの僕等には目もくれずに一目散に階段を下りて行った。また大学へと戻ったのだろう。急いでいる雰囲気だったので、敢えて声はかけなかった。続いてなかなか部屋から出て来なかったせいで、大分遅れて事情聴取を受けることになった403号室の龍磨が、「急がないと営業の打ち合わせに遅れる」と独り言のように呟《つぶや》きながら階段を下りて行き、そのまま出掛けて行った。

それから五分ほどしたところで、椎木刑事が困った顔でもう一度やって来た。

「釣りに行っているという森さんとは、その後も一向に電話が繋がらないんですが」

洸一は僕の顔を一瞬見て、それから刑事の方に向き直った。

「ひょっとして知らない番号だから出ないとかですかね？　じゃあ僕がかけて、途中で刑事さんと代わりましょうか？」

「お願いします」

洸一はボトムの後ろポケットから再び携帯端末を出して、今度は電話をかけはじめた。

「あれ、本当に繋がらない」

首を捻る。

「やはりそうですか」

「おーい、出ろよ！」

端末に向かって大声で呼び掛ける。だが考えて見るとそもそも繋がっていないのだから、相手に聞こえるわけないわけで、これはきっと椎木刑事向けのパフォーマンスなのだろう。

「出ろ出ろ出ろ出ろー。うーん、やっぱりダメだ」

あきらめて端末を耳から離す。

「どうやら電源を切ってるみたいですね」

「森さんという方は、こんな風に外出時に、携帯の電源を切ることがよくあるんですか？」

椎木刑事は疑り深い目をする。

「いや、普通はすぐに繋がりますよ。でもそう言えば、あいつが釣りに行ってる時に電話したことは、これまで一度もないかも。ひょっとして釣りの最中は電源を切るのかなあ」

「どうしてそんなことをするんでしょう」

「僕に言われても。アタリが来そうな瞬間とかにピロピロ鳴ったら、魚が逃げちゃうからとか？」

「だったらマナーモードなどにしておけば良いではないですか。電源まで切る必要はないのでは」

洸一は亀のように首を竦《すく》める。

「だからそれは僕に言われても」

僕は見兼ねて横から助け舟を出した。

「あれじゃないですか？　僕は釣りをしたことは一度もないんですけど、釣りが趣味という人に話を聞くと、大自然の中で釣り糸を垂れている時は、日常の柵《しがらみ》を忘れて無になれるから、それが良いんだそうですよ。だから釣りの間は携帯の電源も切っている、とか？」

「見たら折り返し電話をするように、ＬＩＮＥしておきますよ。それでかかって来たら、刑事さんを呼びますよ」

洸一がすかさずつけ加えた。

これがもし下柳刑事だったら、まだ実社会の本当の厳しさを知らない学生さんに、一体どんな柵があるんですか、みたいな嫌味を無表情のまま言いそうであるが、僕らと年齢の近い椎木刑事は納得したような顔になり、ではそれでお願いしますと言い残して去って行った。

6

「それでお前は一体、誰が怪しいと思ってるんだ？」

再びラウンジに二人きりになると、洸一がいきなり訊いて来た。

「どうしてそんなことを？」

「どうしてって。お前の顔を見てるとわかるよ。やりたいんだろう？　推理合戦」

何だそりゃ。そう言う洸一本人が、さっきからやりたくてやりたくて堪らないように僕の目には映るのだけど――。

だがとりあえずこの機会を利用して、思っていることを言ってみるのも悪くない――そう僕は思った。どうせいま他にやれることはないし、ミステリーマニアと意見交換をすることで、何か勉強になることがあるかも知れない。

「わからないけど、現状一番怪しいのはやっぱり千帆なんじゃないの？」

「どうして？」

てっきり洸一もそう考えていると思っていた僕は、少し戸惑いながら理由を述べた。

「とりあえず第一発見者を疑えというのが、セオリー中のセオリーなんじゃないの？　それに謙吾と特別な関係があった千帆には、他人には窺い知れない動機があった可能性が充分にある」

特に後者に関しては、〈充分にある〉どころか、ズバリ思い当たるフシがあるから尚更だ――。

それはもちろん嫉妬だ。謙吾と亜沙美の関係についてはとりあえず伏せて話を進めたいので、〈他人には窺い知れない動機〉という曖昧な表現になってしまったわけだが、ズバリ謙吾が自分を捨てて亜沙美に乗り換えようとしていることに勘付いた千帆が、怒りのあまり殺してしまったというセンである。

「それだけか？」

「いや、もちろんまだあるよ」

僕は論を進めた。

「数学なんかじゃあ、解が整数比とか、シンプルな形になった時は大体正解じゃないか。***Veritatis*《ウェリターティス》 *simplex*《シンプレクス》 *oratio*《オーラーティオ》 *est.*《エスト》**――真理の言葉は単純である――そうセネカも言ってるしね。数学と殺人事件はもちろん同じではないけれど、もし合鍵を持っていて自由に４０４号室に出入りできた千帆が犯人ならば、あの部屋は密室でも何でもなくなる。犯人がどうやって鍵のかかった四階の部屋から脱出したのかの謎は、あっさりと霧散して単純化される。めでたく一件落着だ」

それにしても人間心理というものは、実に不思議なものである。謙吾と千帆が付き合っていたことに、早くから気付いていたことを自慢気に語った洸一――そもそもそんなこと自慢になるのだろうか？　単に二人と同じ階に住んでいるから、気付きやすかっただけじゃないのか？――も、昨夜の謙吾と亜沙美の濃密な時間のことは知らないのだと思ったら、自分にとっては極めて不快な事項なのにも拘わらず、ほんの少し愉快な気分になったのだから。

僕は自分のこうした不可思議な心の動きを、あとで部屋に戻ったら忘れないうちにメモしておいて、今後の執筆に生かそうと思った。

「お前のその、ラテン語を時々ぶち込む癖は大目に見るとして、では西の窓のクレセント錠が開いていたのは、どう説明する？」

ミステリーマニアを自任するにしては、基本的なことを訊くものだと思いながら僕は答えた。

「あれは当然偽装工作。合鍵を持っている自分が疑われないように、わざと窓の施錠を外して、犯人がそこから逃走したように見せかけた」

犯行時に開けたのか、その時はそのままにしておいて、翌朝クレセント錠のつまみを下げてから、おもむろに悲鳴を上げたのかははっきりしないが、それはどちらでも良い。とにかく犯人かつ第一発見者なのだから、どうにでも好きなように工作することができたわけである。

ただし千帆の誤算は、西側の外壁が、ロープを引っ掛けるところはおろか、手や足をかけるところも一切ない絶壁だったことである。あれでは窓の鍵がかかっていなかったからと言って、犯人はそこから脱出したと警察が単純に結論付けることは恐らくないだろう。千帆の部屋の窓は東向きと北向きで、朝食の一件でもわかる通り、二人の関係は謙吾が千帆の部屋に行くことがほとんどだったのならば、千帆は西の壁面のことを良く確認することなく、犯行に及んでしまった可能性もある。

「だったらどうして窓は閉めておいたんだ。外部犯に見せかけたいなら、鍵だけじゃなくて窓そのものも開けておいた方が良いだろうが」

僕は言葉に詰まった。確かに窓から逃げた外部犯が、わざわざ外から再び窓を閉める理由はどこにもない。脱出経路を誤魔化したかったとしても、窓の鍵は開いたままなのである。

「うーん、そこはまだ、納得の行く答えはないんだけど……」

だが洸一〈先輩〉はさらにしばらく考えた後、おもむろに大きくかぶりを振った。

「いや、違うね。お前はもっともらしさに囚われて、論理を無視している。俺はロジック派の面目にかけて、千帆は犯人ではないと断言する」

「どうしてそんなことが断言できるの？」

僕はすかさず尋ねた。一体それはどんなロジックだ？

「そもそも第一発見者が怪しいなんてのは、机上の空論に過ぎない。現場に重大な証拠を残し、それを処理するために現場へ戻るところを誰かに見られてしまい、仕方なく第一発見者を装ったとか、何らかの特殊な状況がない限りは、そのこと自体にメリットはない。第一発見者は当然のことながら発見時のことを根掘り葉掘り、何度も何度も訊かれるから、その過程でうっかりぼろを出す危険性も格段に高まる。もし俺が犯人だったら、誰かが発見するまで絶対に知らん振りしてるね」

僕は当然の如く反論した。

「それは一般論じゃないか。千帆に当て嵌まるとは限らない」

「よく聞け。ここからが本番だ。もしも千帆が犯人だったら、発見時、４０４号室のドアに鍵がかかっていたと証言すること自体がおかしいんだよ」

あっと思った。

「ドアの鍵は開いていたので、そのまま部屋の中へ入ったと一言言うだけで、ここの住民全員を等しく容疑者にすることができる。一方鍵がかかっていたので合鍵で開けて入ったと言えば、合鍵を持っている自分の容疑が、他の住民たちとは比べものにならないほど濃くなるのは、誰だって予想がつく。つまり千帆は本当のことを話しているということなんだ」

確かにそうである。僕は感心した。

「なるほど、それがミステリーマニア、それもロジック派のロジックかあ。僕には思いつかなかった」

「まあそういうことだ。まあこんなのは、初歩中の初歩だけどな」

洸一〈先輩〉はそう言って、切れ長の目を光らせた。何だかいつもより、男ぶりが三割くらいアップしている感じだ。

――

しばらく沈黙が続いた後、洸一〈先輩〉が僕に先を促した。

「他には？　まだあるんだろう？」

「じゃあ伊緒菜姐さんはどうなの？　姐さんはドローンを持ってるよね。ドローンを使えば密室を作れない？」

もちろんドローンには航空法に拠った規制がちゃんとあって、夜中に飛ばすには申請が必要だし、そもそも東京都内のほとんどはドローンの飛行禁止区域に入っている。確か都内でドローンを飛ばして良いのは離島と多摩の一部、それに奥多摩だけの筈である。

とは言え殺人犯が、そんな規制を守る筈もない――。

「おいおい、簡単に言うが、ドローンを使ってどうやって密室を作るんだ？　教えてくれよ」

ほんの少し水を向ければ、ドローンを利用した不可能犯罪の例のいくつかを、ミステリーマニアが嬉々として挙げはじめるものと思っていた僕は、今回もまた当てが外れてしまって言葉に詰まった。意外にドローンはミステリーのトリックには使われていないのだろうか。

「何と言うのかわからないけれど、ドアノブ中央の突起を押すことによって施錠するタイプの錠前があるじゃない」

「ああ、円筒錠な」

「たとえばあれだったら、犯行のあと窓を開けたまま一旦自分の部屋に戻って、ドローンを飛ばして現場の窓から侵入させ、カメラのモニター画面を見ながらドローンを操作してドアノブの突起を押させて、また窓から脱出させるなんて芸当もできるんじゃないの？」

現在のドローンの操作性についてはよく知らないが、操縦に習熟した人間ならば、先端が平らになった棒状のものをドローンに装着し、空中停止《ホバリング》させながらそれを使って突起を押させるくらいのことはできそうな気がする。何度失敗しても最終的に押せれば良いわけだし。さらに言えば伊緒菜姐さんの３０４号室は謙吾の部屋の真下に当たるわけだから、他の住民に気付かれずに自室の窓からドローンを飛ばして昇降させることも、比較的容易な気がする。

ところが洸一は、弾かれたバネのように笑い出した。

「わはは。ドローンに円筒錠の突起を〈ポチっとな〉させるのか。それはミステリー的にはおよそ最低なトリックだな。まだ啄木鳥《きつつき》を飼い慣らして突起をつつかせて、その後啄木鳥は窓から逃げたという真相の方がマシだ。それならまだ上手に書けば、バカミスの逸品になり得る」

切れ長の目――それは多くの場合、一重瞼《ひとえまぶた》の美名であるが――を糸のようにして笑い転げている。僕はちょっと憤《む》っとした。

「今はミステリー的にマシだとか、そういう話をしているわけじゃないんだけど」

洸一は片手で脇腹を押さえながら、もう片手を顔の前で左右に振った。

「悪い悪い、そうだったな。だが今回のケース、それはないだろう。大泰荘の各部屋の錠前は円筒錠じゃない。それに最後脱出したあと、どうやって窓を閉めたんだよ」

「それもわかってるよ。だから、たとえばと前置きしたじゃない」

僕は唇を尖らせた。

「何かドローンを使ったトリックの例、ないの？」

「それがだな、意外にないんだよ」

洸一が一気に真顔に戻って答えた。

「実は俺もドローンが実用化された時、これを使ったトリックのミステリーが今後続々と書かれるだろうと思った。そして実際にドローンは作品世界に登場して来てはいるけれど、それはどちらかと言うと舞台装置の一部としてであって、ドローンによる遠隔操作をメイントリックに据えた作品は、少なくとも俺が知る限りでは未だにない」

「へえ、どうして？」

「さすがに誰だって思いつくからだろう。だから逆に書けない。もし近い将来、ドローンの性能がさらに向上して、突起を押すどころかサムターンを回したり、スライド式の閂錠《かんぬきじょう》を閉めたり、鍵を部屋の中に戻したり、さらには窓から脱出した後その窓を外から閉めちゃうような芸当まで可能になったとしても、そういうミステリーはまず書かれないだろうと俺は予想するね。それはロボットに遠隔殺人をやらせて、そのまま遠隔操作で逃走させるというのと同じで、ミステリーとしてのロマンに著しく欠けるからな」

「ロマンとか、関係なくない？　今は現実の殺人事件の話をしてるんだし」

どうも洸一〈先輩〉は、現実とミステリーを混同する悪癖があるようだ。これもやはりミステリーマニアの性なのだろうか。

「ドローンに摑《つか》まって地上に降りることはできないのかなあ。海外の動画で、スノボに乗っている人間を巨大なドローンが引っ張っている映像を見たことがあるんだけど」

「俺も見たことがあるが、あれはもはや、ドローンと呼んで良いものかどうか、甚だ疑問だな。そもそもドローンの定義とは、人が乗れない無人ヘリのことなんだから。俺が見た動画とお前が見たのが同じかどうかわからないが、いずれにしてもそれは規制のガバガバな海外で、ボヤッキーみたいなマッドメカマニアが改造したばかでかいドローンを使って、他に人が誰もいない広い雪原とかで撮影したものだろう?」

僕は曖昧に首肯した。多分僕が見たのと洸一が言ってるのは同じ動画だ。

「やっぱりな。日本ではそんなもの、仮に作ったとしても飛ばすところがないし、試験飛行の段階で通報されて一発アウトだよ。そして姐さんの持ってるドローンは、俺も見せてもらったことがあるけど、ごく普通の市販のやつだった。摑まって地上に降りるなんて無理無理。絶対に無理」

こうして洸一は、僕の千帆に対する疑念に続いて、伊緒菜姐さんへのそれも、一刀両断に斬り捨てた。

では洸一〈先輩〉は、一体誰が怪しいと思っているのだろう――。

7

刑事たちは午後遅くまで大泰荘の内外をうろついていたが、やがて見張りの制服警官一人だけを残して、夕方前には全員引き揚げて行った。司法解剖とやらに回すのだろう、謙吾の死体は既に運び出されていたが、それでも４０４号室の前には見張りの制服警官が立っているので、中に入ることはできない。もっとも今さら入る用事も入る気もないが。

刑事たちの姿が消えると、急に空腹を覚えた。考えてみると今日は朝から、昨日の残りのバゲットしか食べていないのだった。食事のことなどすっかり忘れていたことに気付いた。

だがさすがに今日これから自炊する気分にはならない。どうしようかと悩んでいると、やはり昼を抜いたらしい洸一〈先輩〉が、近くの定食屋に行かないかと誘って来たので、二つ返事でOKした。

洸一はカキフライ定食を、僕は若鶏の甘酢あんかけ定食を注文した。洸一はカキが大好物で、Rがつく月はカキばっかり食べているが、多分本人は、十二ヶ月すべてにRが付けば良いのにと思っていることだろう。現状これ以上事件について話し合っても、堂々巡りが続くだけだろうという予感があったからか、食事中は最近観た映画の話などをして、互いに事件の話は持ち出さなかった。

途中で洸一は携帯端末を取り出して、ＬＩＮＥアプリを立ち上げたが、すぐに首を小さく振った。

「一向に既読にならねえ。葉留人は一体何をやってるんだ？　白鯨とでも格闘してるのか？」

「巨大なカジキマグロかも」

こうして早目の昼食兼夕食を終えた帰り道、夕闇迫る中で、駅の方から戻って来た千帆と偶然一緒になった。

「お疲れ。大丈夫だった?」

並んで歩きながら声を掛けると、千帆は弱々しく頷いた。

「何とかね。こんな顔じゃとてもお客さんの前には出られないから、今日だけ厨房担当に変えてもらったわ」

「へえー、そんな融通が利くんだ。いいバイト先なんだね」

お前さっきは千帆を犯人候補筆頭に挙げていたじゃねえか、調子が良いな、そう言いたそうな顔で洸一が僕を見たが、僕は可能性の問題を云々していただけで、千帆が犯人だと決めつけた心算はさらさらない。その旨を目で訴えると、果たして正確に伝わったのかどうかは不明だが、洸一は小さく点頭した。

前述したように千帆は少女時代にジュニアのピアノコンクールで優勝したことがあり、本人も最初はピアニスト志望だったのだが、他人の曲を演奏するだけではどうしても満足できなくなったとかで、大学では作曲専攻に進んだ。今は旋律だけ作って打ち込めば、自動で伴奏でも変奏でも何でも作ってくれる便利な作曲ソフトがあるらしいが、もちろんそんなものは使わず、いつも楽理とか対位法とか、オタマジャクシでいっぱいの本を携えている。以前はバーでピアノを弾くアルバイトをしていたが、時給は確かに良いものの、煙草《タバコ》臭いわ酔客に口説かれるわ、店長にセクハラされるわで、すっかり嫌になってしまい、いまの〈健全な〉昼間のアルバイトに変えたのだという。

大泰荘に着くと千帆はそのまま階段を上ったが、四階の自室まで一気に上る気力は湧かない様子で、そのまま二階のラウンジにふらふらと入っては、一番手前の椅子にへたり込んだ。それを見て僕は言った。

「昼間の約束を果たすよ」

千帆はぼんやりと顔を上げる。

「昼間の約束？」

「紅茶を淹れるよ」

「ありがとう。それじゃあお言葉に甘えるわ」

「レモンとミルク、どちらが良い？」

「うーん、大祐クンが淹れてくれるなら、きっと美味しいやつよね」

「それはどうだか」

僕は苦笑した。

「だったらストレートで頂こうかしら」

「了解」

僕は一旦階下に降りると、台所でお湯を沸かし、とっておきのティーカップに、とっておきのマリアージュ・フレールのマルコポーロを淹れて運んだ。ちなみに千帆と亜沙美は大泰荘の男性陣のことを基本全員下の名前にクン付けで呼び、伊緒菜姐さんは名字で呼び捨てにする。

「何だ、俺にはないのか？」

洸一が向かい側の席で憮然とする。

「だってさっき定食屋でお茶をがぶ飲みしていたから、もう飲めないだろう？」

「まあそうだけどな。洒落たティーカップだな」

「マイセンだからね」

「これがそうなのか。さすがは意識高い系」

僕はちょっと憤《む》っとした。元々は自分をできるだけ大きく見せようとする滑稽な自意識の持ち主に対して使われていたこの表現を、最近は食や食器にこだわりを持つ人間に対しても使う風潮が蔓延《はびこ》っているが、唾棄《だき》すべき風潮だと思う。早く廃《すた》れればいいのに――。

「ああ美味しいー!」

千帆がマルコポーロを一口飲んで表情を緩ませたので、僕は何だか救われたような気分になった。

「もう隠す必要はないだろう。謙吾と付き合っていたんだよな」

ところがその千帆に、洸一が遠慮なく内角高目の直球をいきなり投げ込んだ。

「まあね。だけど私は隠す気なんて元々なかった。謙吾クンがみんなには内緒にしておこうって言ったの」

「何で謙吾のやつは内緒にしたかったんだろう」

「さあ。他の人からもチヤホヤされたかったんじゃない?」

その言葉を僕は、意外な気持ちで聞いた。今朝、謙吾の死体を前にした時の嘆き方と今の言い方には、正直かなりのギャップを感じたからだ。

「ところで今朝の恰好だけどさ。謙吾はいつもあの恰好で寝ていたのかい?」

「黒のトレーナーに、トレーニングパンツという名前の黒のジャージでしょ。そうね、真夏は肌着で寝ることもあったけど、春秋は大体ああいう恰好だったわね。パジャマ的なものは持っていなかったと思う」

「ベッドは乱れていたし、すると犯人は、謙吾が寝ているところを襲った可能性もあるわけだ。相手がぐっすり寝入っていたら、体力差は何とかなるな」

「何が言いたいの？」

千帆が険のある声で言う。

「だって、犯人は捕まえたいだろう？　昨夜は二人一緒に過ごしてはいなかったの？」

千帆は首を横に振った。

「謙吾クンも何か用事があるみたいだったし、私は器楽科の友達に頼まれた曲を作っていたからね」

「曲を頼まれるなんてすごいね」

散々失礼なことを言っていた洸一が、一転しておべんちゃらを言った。

「器楽科では毎年冬に、全専攻の優秀賞受賞者が演奏するコンサートがあるんだけど、そこでオリジナル曲を演《や》りたいんだって」

「ちなみにどんな曲を書いてるの？」

「クラリネット五重奏曲」

「ふうーん。クラリネット専攻に友達が多いんだね」

洸一がちんぷんかんぷんなことを言った。ちなみに洸一は音楽はハードロック専門で、クラシックは全くと言って良いほど聴かない。

「謙吾はいつも、何時くらいに寝る習慣だった？」

「もちろん日によって違うけど、結構宵《よい》っ張りだったわね。フィットネスクラブは開館が十一時で、十時半にここを出ても余裕で間に合っていたからね」

「朝食はいつも一緒に？」

「まさか。私は朝から大学があったりするし。ただ火曜日は私も午後からバイトがあるだけだから、一緒に朝ご飯を食べる習慣にはなっていたけど」

「千帆は昨夜は何時くらいまで起きてたの？」

「そうね、三時半くらいかしら。興が乗ってたから、中断したくなくてね。でもお蔭で大分進んだわ」

さすがは大泰荘の若き芸術家のタマゴたち、みんな夜更かしである――。

「夜中に何か物音のようなものは聞かなかった？」

「ずっとヘッドフォンしていたからね。裏の空き地に雷が落ちても気が付かなかったと思う」

二階の音楽室は防音対策が施されているが、それでもやはり一定の音は漏れるので、夜の十一時を過ぎたら千帆はピアノを弾かない。自室に電子キーボードを持っているので、興が乗っている時はヘッドフォンをしてそれで作曲を続けるらしい。

「発見した時、部屋の中のものには一切手を触れていないんだよね？」

今度は僕が尋ねた。そうね、西の窓のクレセント錠を開けてから悲鳴を上げたわね、などと答えることは、もちろん万が一にもないだろうが――。

「多分その時は、何も触っていないと思うけど……」

ちょっと口籠りながら答えると、残っていた紅茶を一気に飲み干した。

「じゃあね。美味しい紅茶、ご馳走様。何だか取り調べみたいだったけど」

軽い皮肉を言って席を立ったが、ラウンジの出口の方に行きかけて、思い直したかのように振り返った。

「洸一クン」

「何だ？」

捨て台詞を残されるのかと思ったのか、洸一がちょっと広背筋のあたりを固くした。謙吾には遠く及ばないが、洸一も週に一回程度はジムに通って筋肉をつけようとしている。

だが違っていた。

「今朝、すぐに駆け付けてくれてありがとう」

「いやあ、だって俺はほら、すぐ隣の部屋だから」

先輩は拍子抜けした顔で答える。

「隣にしても、ものの一〇秒もしないうちに来てくれて、すごく心強かったわ。冷たくなった謙吾クンの死体と二人きりで何分もいたら、気がおかしくなっていたかも知れない」

「お、おう」

洸一は鷹揚《おうよう》に片手を挙げたが、その顔は少し紅潮している。

全く、普段は皮肉屋を装っているものの、面と向かって感謝されるとこんな風に照れるのだからら、偽悪家もいいところである。千帆はそのまま廊下に出て、階段を上って行った。

その姿が完全に見えなくなったのを確かめてから、洸一が僕の方を振り返って小声で囁《ささや》いた。

「やはり俺の結論は変わらないな。千帆が犯人とは思えない」

「だけどさっきの言い方だと、謙吾に対する愛情がちょっと冷めかけていたように感じたけど」

「それは本当なんじゃないか？」

その態度に僕は矛盾を感じた。何だかダブルスタンダードじゃないか？　さっきは同じ千帆の発言の、奥に潜む意味を見事に解読してみせた洸一が、今度は発言をそのまま頭ごなしに信じるのは何故なんだ？

「それが本心という保証はあるの？　それだってカモフラージュかも知れないじゃない」

だが洸一は僕の意見を再び一蹴した。

「これだから文学部は、と言われたくなければ論理的によく考えろ。容疑をかけられないためには、謙吾への愛情が冷めていたなんて、思われない方が良いわけだろうが。従って、実際には冷めていたのに首ったけだったというフリをすることはあっても、その逆はあり得ない」

「あ、そうか」

悔しいが、確かにその通りだ――。

「嘘をついても自らの得にならない時は、人は嘘をつかない。これは探偵心得その1な」

洸一は得意気な顔をして続ける。

「それにやはり体力差の問題は否めない。仮に寝ているところを襲ったにしても、首を絞められた瞬間に目を覚まして抵抗するだろう謙吾を、女性の腕力でそのまま絞め殺せるとは思えない」

「それは何とも言えないなあ。実験のしようもないし」

「従ってここで大事なのは、蓋然性《がいぜんせい》の検討ということになる」

「蓋然性の検討？」

「ああ。蓋然性とは、物事の生起の確からしさの度合いだ。必然性に対応する」

「いや、意味はわかるよ」

僕は答えた。文学部を馬鹿にするのもいい加減にしろと言いたい。言葉はこっちが専門だ。

「絞殺とは、腕力差がある時には一番選ばれにくい殺害手段なんだ。言葉を換えて言えば、女性が男性を殺そうと思った時に、絞殺という手段を取る蓋然性は極めて低いということなんだ。どうしても殺したいならば、別の手段を取ることだろう。特に千帆は、日常的に謙吾に食事を作ってあげる機会があったわけだし、殺すならば毒殺の方がはるかに簡単だ」

「だけど合鍵を持っている千帆が犯人じゃないとすると、結局犯人は鍵のかかった部屋からどうやって脱出したのかが問題になるよね」

「そういうこと！　だからやはりこの事件は、密室の謎を解かなきゃダメなんだよ！」

洸一は嬉しそうに叫んだ。

「脱出経路として怪しいのは、鍵のかかっていない西の窓だ。だが西側の壁面には、ロープはおろか、手足を掛けられそうな出っ張りの類いは一切ない。まるでアイガー北壁、いやアイガー北壁の方がまだ、自由にハーケンを打てる分登攀《とうはん》も懸垂《けんすい》下降もしやすいかも知れん」

喋っているうちに、ますます興奮して来たかのようだ。

「しかもその窓は、クレセント錠がかかっていなかっただけで、窓そのものはぴったり閉じられていた。もし窓が開いていたなら、部屋のどこかに長いロープを引っ掛けて二つ折にして垂らし、それを伝って地上に降りてから、片方だけを引っ張ってロープを回収するという手がある。二〇メートル近い長い長いロープが必要にはなるが、不可能ではない。だがそのやり方では、地上に下りたあと窓を閉めることができない！」

　ますます嬉しそうだ。

「となると、施錠のされていないあの窓はダミーで、犯人はやはりドアから堂々と去ったのか！」

　一人で勝手に盛り上がっているのに鼻白んで、僕は口を挟んだ。

「ちなみに亜沙美の足にも、捻挫や怪我をしているような痕は全くなかったよ」

「おい、いつの間に見たんだよ！」

「さっき一度帰って来た時だよ。素足が透けて見えるコードレースのブーツを履いているのが窓越しに見えた」

　すると洸一は、意味ありげな笑みを泛《うか》べた。

「さすがだな」

「何がさすがなんだ？」

「いや、こっちのことだ」

8

　それから洸一が、少しクールダウンしたいから将棋でも指さないかと言って来た。これもまた初めてのことである。僕が同意すると、洸一はリビングの備え付けの棚の隅の方から、年代物のマグネット式の卓上将棋盤と駒を出して来た。

「こんなものがあったんだ」

「俺が入居した時からある。多分以前の住民が置いて行ったんだろうな」

誘って来ただけあって、洸一〈先輩〉は強かった。初戦はあっさり負けた。二戦目は僕が勝ったが、それは中盤で洸一が致命的なミスをしたからだ。何だか手を抜かれたくさい。

三戦目をやっていると、玄関の重い欅のドアが開く音に続いて、誰かが階段を上って来る跫音《あしおと》が聞こえて来た。ラウンジの壁の時計を見ると夜の九時半過ぎ。自分の手番ではなかったので、立ち上がってラウンジの入口から階段口を覗くと、葉留人だった。ポケットのいっぱいついたフィッシングベストを着て、細身の撫で肩からクーラーボックスを提げたサラサラ髪の美青年の姿は、釣り道具店のポスターにそのまま使えそうなほどサマになっている。

気配に気付いてか、404号室の前にいた見張りの制服警官が、すかさず階段を下りて来た。

「森葉留人さんですね？」

ちょうど二階に着いたところで声を掛けられて、葉留人は怪訝そうな顔でその場に立ち止まった。

「はあ、そうですが」

「どうしてずっと電話に出なかったのです？」

「え、何なのこの人？」

そう言って、助けを求めるように僕の方を見る。

「本物の警官？」

「本物だよ。コスプレの人じゃないよ」

するといつの間にか僕のすぐ後ろに来ていた洸一が、盤上に打とうとしていた角行《かくぎょう》を手に持ったまま答えた。

「携帯にずっとかけていたのですが、どうして出なかったのですか？」

制服警官が同じ質問をくり返す。

「実は釣りをしている時に、うっかりスマホを海に落っことしてしまって。だけどどうして警察の人がいるの？」

「それでスマホは見つかったのか？」

「見つかるわけないじゃないか。川ならともかく海だよ海」

「それで俺の送ったＬＩＮＥが既読にならないわけか」

謎が解けた顔で洸一が言う。

「見れないもの」

「何故本物の警官がいるのか教えてやろう。謙吾が殺されたんだよ」

亜沙美に訊かれた時は、全て警察に訊けと言っていた洸一が、何故か今度は自分の口で告げた。

「殺された？　謙吾が？　嘘。一体いつどこで？」

「昨夜、自分の部屋でだよ」

「ということは、この大泰荘で？」

「だから警察が、こんな時刻までお前を待っていたんじゃないか」

「ひゃあ」

葉留人は口を半開きにして喉から奇妙な音を出した。目は大きく瞠《みひら》かれている。その表情は、僕の目には到底演技には見えなかった。

「それではこれから、担当の捜査員がお話を伺いに参りますが、よろしいですね」

言葉遣いは丁寧だが、有無を言わさぬ口調で制服警官が告げた。連絡を入れた結果、こんな時間にも拘わらず、これから葉留人への事情聴取が行われることに決まったらしい。考えてみると、ただ現場を立ち入り禁止にするだけならば鍵を掛ければ良い訳で、警官の配備は不在住民の帰宅を待ち構えるためだったのだろう。

「その前に、部屋に戻って着替えたいんですけど、良いですか？」

警官に対して葉留人が言う。

「もちろんです。お部屋は３０２号室ですよね。のちほどこちらから伺います」

それを聞くと僕は洸一に投了を申し入れ、急いで盤を片付けると、自分の部屋に戻るフリをして、葉留人と並んで階段を上った。

「それでどうだった？　釣りの方は？」

歩きながら水を向けると、葉留人は首を大きく横に振った。

「それが今日は全然ダメだった。見事なまでにボウズだよボウズ」

そう言いながら階段の途中で足を止めると、クーラーボックスの金具をパチンと鳴らしながら上蓋を開けて、その中を見せた。葉留人自身から以前教わったのだが、ボウズとは釣り人の間で釣果ゼロを指す隠語である。

そしてそこにはその言葉通り、疑似餌《ルアー》や替糸、錘《おも》りにウキ、フィッシングカッターなどの道具類しか入っていなかった。

「今日は始発で行ったんだよね？」

「そうだよ」

「どこまで行ってたの？」

「房総」

クーラーボックスの金具を再び止めて歩き出す。

葉留人の両親は離婚していて、葉留人は母方に引き取られたのだが、釣りの趣味は父親譲りらしい。

「僕さ、小さい頃に父親と遊んでもらった記憶が全くないんだよね。父親がどっか連れて行ってやると言えば、それは釣りでさあ。遊園地とか映画館とかは、親と行ったことは一度もないんだ。それで釣りに行って何するかと言うと、別に会話らしい会話もなく、ただ黙って釣り糸を垂れてるだけなんだよ。両親が離婚して月一回だけ父親と会うことになったんだけど、その時もずっと釣りでさあ、高校一年の時に遂に僕がキレて、いい加減にしろよと父親が一番大事にしていたロッドをへし折って帰ってからは、父親とは一度も会ってない」

「だけど釣り自体は嫌いにならなかったんだ」

「そこはまあ、三つ子の魂何とかってやつだよ」

そんなことを以前言っていた。その無口な父親譲りの釣りの腕前がどの程度のものなのか、僕は知る由もないが、僕が知る限りでは、月一の磯釣りでこれまで一匹も釣れずに帰って来たことは一度たりともない。それが今日に限ってボウズだなんて。始発で行ってこんな時間まで粘って、ただの一匹も釣れないなんてことがあるのだろうか？　本当に釣りに行っていたのだろうか？

そんな疑念が否応《いやおう》なく湧いて来る。もしも海辺で丸一日過ごしていたのなら、さすがの葉留人のサラサラ髪も、潮を含んだ海風に吹かれて、もっとベトベトになっている筈ではないのか――？

などと考えているうちに三階に着いた。葉留人の３０２号室のドアは、上り口を右に折れてすぐである。僕はこれだけは訊きたいと思っていたことを、急いで口にした。

「刑事にも訊かれると思うけど、朝出掛ける時、玄関のチェーン錠はどうなっていた？　ちゃんとかかってた？」

すると美青年は、潤《うるお》いのある少し垂れ気味の大きな目を僕に向けた。

「ああ。ちゃんとかかっていたよ。だから外して出た。もちろん外から通常の鍵は掛けたよ」

「昨夜、洸一と夜中の三時まで呑んでいたって本当なの？」

矢継ぎ早に問うと葉留人は、中性的な印象を与える細眉を寄せた。

「本当だけど、何でそんなことを訊くの？」

「いやその……いいお酒が沢山揃ってると洸一が言っていたから……。次は僕も交ぜて欲しいなと思って。この前晴れて二〇歳になったんだ」

何とか咄嗟《とっさ》に誤魔化すことに成功した。まさか君たちはそんなに仲が良かったかなあと思って、などとは言えない。

「わかった。テレビの仕事が入って忙しくなるから、次はいつになるかわからないけど、今度部屋呑みする時は声をかけるよ」

「えっ？　テレビの仕事って？」

　すると葉留人は一気に相好を崩した。

「実はドラマのオーディション、合格《うか》ったんだ。深夜枠で、しかも主役でも何でもないけど、とりあえず一歩前進」

「おめでとう！」

　葉留人が片目を瞑《つぶ》って拳を突き出したので、僕はグータッチでそれに応じた。

　美青年は爽やかな笑顔を残して３０２号室の中へと消えた。

　僕もそのまま自分の部屋に入り、ＰＣを立ち上げて小説の続きでもやろうかと思っていると、それから一〇分もしないうちに、階段を上って来る複数の慌ただしい跫音が聞こえて来た。

　気になったのでドアを薄く開け、その隙間から廊下を窺うと、跫音の主はあの二人組の刑事だった。

　二人組は葉留人の部屋のドアをノックし、身分証を示しながらドアの中へと消えた。

　そのまま視線を上げると、やはり四階の自室に戻っていた筈の洸一が、三階と四階を結ぶ階段の真ん中あたりの段に佇んで、その様子を見下ろしていた。

　やはりミステリーマニアの性で、捜査状況が気になってしょうがないのだろう。恐らく僕を将棋に誘ったのも、あのままラウンジに居座って、状況を見守るための方便だったのだろう。僕がドアから首を覗かせると、すぐに気付いて階段を下りて来た。

「すぐ来たな」

「そうだね」

「一度事件が起こると、刑事は夜も昼もないってのは本当なんだな」

感心したような顔で言う。僕は洸一をそのまま自分の部屋に迎え入れた。

二人でフローリングの床に座るなり、洸一が尋ねて来た。

「さっき、三戦目を慌てて投了したのは何故だ？」

「葉留人にちょっと訊きたいことがあったから」

「やっぱりな。それで何を訊いたんだ？」

「まあいろいろと」

「葉留人を疑っているのか？」

「ちょっと不自然な点があるなあと思って。スマホを海に落としたと言っていたけど、それって結構一大事じゃない？　それなのに本人は割合悠然《ゆうぜん》と構えているのが、何だか不思議な気がして」

「まあ俺だったら、海に飛び込んででも見つけ出して、少しでもデータをサルベージできないか、釣りなんか直ちに切り上げて携帯ショップに駆け込んでるな。そうせずにこんなに遅くまでのんびりと釣り糸を垂れていたというのは、確かに少々不自然ではある」

「良かった。僕だけが受けた印象じゃなかったんだ」

「何故森葉留人は、現代の若者にとってある意味命の次に大事なスマホを海に落としながら、泰《たい》然自若《ぜんじじゃく》としているのか——これは立派な〈日常の謎〉ものになりそうだな。スマホ本体はせいぜい数万円程度のものだが、連絡先にメールやＬＩＮＥの履歴、端末に保存している写真など、本人にとっては値段の付けられないほど貴重なデータが、海の藻屑《もくず》となってしまったのにも拘わらず」

僕は頷いた。命の次というのは少々大袈裟だが、スマホのデータが僕ら現代の若者にとって、これまでの全人生の集約のような大事なものであることは間違いない――。

「だが断言するが、その謎と殺人事件は、何の関係もないぜ」

洸一は顎を撫でる。

「どうして断言できるの？」

「あいつには確固としたアリバイがあるからさ。それはわかってるな？　俺は昨夜の十一時から、朝の三時頃まで葉留人とサシで呑んでいた」

「それは疑っていないよ」

本当は少し疑っている。どちらが主犯でどちらが従犯なのか、あるいは共同正犯なのか、実行犯はどちらなのかそれとも二人がかり――男二人が相手だったら、さしもの謙吾も分が悪かっただろう――だったのか等々はさておき、ひょっとしたら二人は共犯で、口裏を合わせて互いにアリバイを証明しているだけではないのかと、少し疑っている。

だが子供ではあるまいし、そんなストレートな物言いはもちろんしない。

「だけど謙吾の死亡推定時刻が深夜零時から午前三時というのが、絶対的なものかどうかはわからないじゃないか。それだけざっくりしてるのなら、多少の誤差はあるかも知れない」

「それはざっくりじゃなくて、〈敢えて幅を持たせている〉と言うんだよ。胃の内容物から臓器のひとつひとつまで詳しく調べる解剖じゃなくて、検視官による死後硬直や血液の就下などの目視による推定時刻だから、念には念を入れているわけで、解剖の結果が出たら、もっともっと狭まることだろうが、それだけ幅を持たせてあれば、その中にまず間違いなく収まる」

洸一は自分も疑われているとは、つゆほども思っていない表情で続ける。

「つまりお前が言いたいのはこういうことか？　検視官の見立てが間違っていて、実際の犯行時刻はもう少し後で、呑み会が終わった三時頃から始発が動くまでの間に、葉留人が謙吾を殺して、それから釣りに行ったと言いたいのか？」

「もちろんそう決めつけているわけじゃないよ。だけど釣り自体、本当に行っていたのかなあと思って。何らかの事情で今日一日、行方を晦《くら》ませたかったということはないのかな」

僕は葉留人のクーラーボックスが空だったことを付け加え、洸一の反応を窺った。もしも共犯者だったら、きっと葉留人の擁護を続けるだろう。

「何だその、〈何らかの事情〉とは？」

「それはさっき自分で言ったじゃない。あの謙吾を絞殺するには相当な力が必要だった筈で、自分の手にも紐状の凶器が食い込んでその痕が残る可能性がある。だからそれが消えるまで、しばらく行方を晦ませる必要があった。そして早朝から遠方まで行く磯釣りは、そのための絶好の方便になると思った」

するると洸一は目を閉じて、今回もまたしばらく考えこんだ。

そして数分後にようやく目を開けた。

「まず釣りだが、それは間違いなく行っていたと思うぜ」

「もしも釣り自体がカモフラージュだとしたら、逆に絶対にボウズで帰ってきたりはしない筈だからだよ。今夜のおかずを釣って来いと奥さんに厳命されて家を出たものの、敢え無くボウズに終わった悲しいお父さん達がそうするように、そこら辺の魚屋で新鮮な魚を買って、それをそのままクーラーボックスに入れてでも、無理やり釣果があったように見せかけることだろう。だからボウズで帰って来たということは、逆に葉留人は本当に釣りに行っていたんだ」

「どうして？」

なるほど、それは確かにそうかも知れない。だが——。

「釣りに行っていたことはまあ納得したけど、だからと言ってそれは、その前に犯行を行っていないという証明にはならないよね。途中で警察に呼び出しを食らわないように、スマホはわざと処分したのかも」

携帯端末は通話や通信を行っていない時も、常に微弱電波を発している。

「わざと海に落としたというのか？　さすがにやりすぎだろ」

いくら現代の若者にとってスマホのデータが大切とは言え、殺人の嫌疑を逃れるためなら、一台ダメにするくらいのことは何でもないと思うのだがどうだろう。自主的に投棄したのだから、あんなに落ち着いていられるのではないだろうか——。

だが洸一は冷静に首を横に振る。

「どうしてそこまでする必要があるんだ？　スマホの電源を切り、充電をうっかり忘れていて、途中で電池残量がゼロになってしまったんですと言い訳すれば済むことじゃないか」

「あ、そうか」

「探偵心得その2、人は必要のないことは、なるべくしないで済ませようとする。ということは、スマホはやはりうっかり落としてしまったんだよ。まあ失われたデータは復旧できないが、本体の破損や紛失の際には、同じ機種が無償でもらえるスマホ保険にでも入っているんだろう」

「うーん……」

「それに夜中の一時くらいならまだしも、呑み会が終わってからの三時過ぎでは、さすがの夜更かしの謙吾も寝ている可能性が高い。部屋に入れてもらえないことには殺せないぜ」

「それは確かにそうだけど……」

「それにその場合は、自分の手に絞殺の痕が残ることをあらかじめ予想して、磯釣りに行く準備をして、アリバイの証人——すなわち俺だが——まで用意して、それから謙吾の部屋を訪れたことになる。そこまでして謙吾がもう寝ていたら準備が全てパーだ。あり得ないだろ」

「いや、釣りには元々行く気だったんだよ。それは葉留人の趣味なんだから。ところが偶然犯行のチャンスが生まれたので殺害した——そういう順番だったとしたら？」

洸一は片笑んだ。

「いや、やはりそれは、人間心理というものを無視した推理と言わざるを得ないな。道でぶつかって喧嘩になり殺してしまったとかいうのとは違って、計画的犯行の実行には、それなりの心の準備というものが必要だ。朝まで呑んで徹夜で釣りに行くつもりだったが、呑み相手が途中で寝ちゃったので、釣りに行く前にちょっと殺してから行くか、みたいなノリで実行するやつはいない」

「うーん、まあ……」

洸一が言っていることはわかる。だがそれはあくまでも三時までの葉留人のアリバイが成立する場合の話であって、それを証明する人間が共犯者だったならば、話は全然変わって来る筈である。

　だけどそれを口にするのは、ズバリ先輩俺あなたのことを疑ってますと告げることであり、さすがに二の足を踏まざるを得ない。刑事ならば、事件さえ解決すれば関係者にいくら嫌われても構わないのだろうが、僕は今後も大学卒業までは大泰荘《ここ》に住み続けたいのだ。ミステリー小説によくある、クローズドサークルで事件が起こり、仲間の一人が素人探偵として事件を解決するというのは、シチュエーション的にかなり難易度が高いことが、当事者になってみるとわかる。

「まあそうだよね。テレビドラマのオーディションに合格って順風満帆な時に、普通に考えて殺人なんかしないよね」

　だがそう言い繕うと、逆に洸一は怪訝そうな表情に変わった。

「ちょっと待て。テレビドラマのオーディション？　一体何のことだ？」

「だから葉留人、合格って出演が決まったって」

「そんな話、昨夜は一言も言ってなかったぞ？」

「え？　昨日の呑み会はそれの祝杯だったんじゃないの？」

「いや、さっきも言ったと思うが、単に翌日が完全オフだから呑もうという趣向だったよ。始発で釣りに行くからって。結局俺は朝までは付き合えなかったが」

「じゃあ、今日釣りをしてる途中にオーディション合格の通知が来たのかな。それで喜びの舞いでも舞っているうちにうっかりスマホを海に落としてしまったと」

「それだ！」

洸一は切れ長の目を輝かせながら、嬉しそうに僕を指差した。

「きっとそうだ！　見事に繋がったな！　さすがに恥ずかしいから、スマホのことは何でもないような顔をしているというわけだ。はははは」

これは〈日常の謎〉だ、殺人事件とは関係ないと自分で断言しながらも、やはり心の底から謎とその解決が好きらしい——。

9

その日の夜遅く、あと三〇分ほどで日付が変わろうという時刻に、捜査本部《チョウバ》の立った高森《たかもり》署ではこの日二回目の捜査会議が行われていた。

二人掛けのテーブルを二つ並べたものが六列置かれ、捜査員たちが座っている。一列四人の六列だから合計二十四人が座れる計算だが、捜査員の数は十八人ほどだから、若干余裕がある。鑑識課などから出張報告してもらう際に備えて、多目に席を用意してあるのだ。それと向かい合うような形で、より長いテーブルが一つ置かれ、そこに幹部らしき三人の男が座っている。

まずその三人の中の、向かって一番左の男が口を開いた。十月なのに、ワイシャツの袖を捲って、毛むくじゃらの太い腕を見せている。

「監察医務院での司法解剖の結果は明日の昼過ぎには上がって来る筈だが、科捜研における索条溝からの凶器の推定には、まだもう少し時間がかかる見込みだ。現場近くの収集所を今朝の八時にゴミ収集車が回っており、所轄が現場に到着して事件を確認して急いで手配した時には、一回目の回収を終えて既に処理場を後にしたところだった。もし犯人が朝一番に凶器をゴミに出していたならば、そちらの面からの追跡は、ほぼお手上げだ」

凶器は銃剣類ではなく紐状のものだから、処分は比較的容易である。これはすでに共通認識になっていた事項らしく、捜査員たちは一斉に点頭した。

「それではまず地どり班からの報告」

二列目の左側に座っていた二人の刑事が、弾かれるように立ち上がった。下柳刑事と椎木刑事だ。椎木刑事の手帳のメモを見ながら、下柳刑事が発言する。

「一回目の会議で報告した通り、第一発見者の度会千帆とマルガイは付き合っていたわけですが、最近別れ話が持ち上がっていたことがその後判明しました。度会千帆は交際は順調に行っていたような口ぶりでしたが、渡していた合鍵を返すようにとマルガイが度会千帆に告げているのを、304号室の比嘉《ひが》伊緒菜が偶然小耳に挟んでいました」

「つまり度会千帆には動機があるということだな」

三人の幹部の真ん中の、七三分けの男が眉を寄せた。

「そうです」

「第一発見者で、しかも動機もある……」

最前列右端に座っている若い刑事が呟くのを、すぐ隣に陣取っている眼光鋭い先輩刑事が窘めた。

「おいリョウタ、短絡的な見方は止めろよ。マルガイはプロのボディービルダーを目指していたほどのマッチョな男性だ。果たして女性の力で絞殺できるだろうか。本スジはあくまでも男と考えるべきだぞ」

「女性の力でも、油断しているところを真後ろから襲えば、何とかなるのでは」

「お前らの意見はいま訊いていない」

左端の幹部が低い声で告げて、下柳刑事に先を促した。下柳刑事は軽く顎を引いて続ける。

「これも既に報告しましたが、301号室の蒔丘亜沙美は美大生で、事件当夜マルガイをモデルに、ずっと作品制作をしていたと主張しています。しかし我々に制作中の作品を見せるのを頑なに拒んでおり、その理由も曖昧でした。作品を見たいと言ったら突然態度を硬化させたのです。ひょっとすると作品制作をしていたというのは真っ赤な嘘で、そんなものは初めから存在しないから、見せられないのかも知れません」

「制作をしていなかったとすると、一体何をしていたんだ?」

左端の幹部が疑問を呈する。

「いや係長、野暮なこと言わないで下さいよ。若い男女が密室に二時間半も一緒にいたんですから、あとは推して知るべしでしょうに」

係長と呼ばれた男は毛むくじゃらの腕で腕組みをした。

「なるほど。するとマルガイは、同じ屋根の下で乗り換えようとしていたということか。全然知らない女ならともかく、それは捨てられかけている度会千帆には、より強い怨恨が生じるな」

「そういうことになります」

だがこれには、さきほど若い刑事を窘めた眼光鋭い刑事が疑問を唱えた。

「そういう三角関係の時には、女性は男ではなく、相手の女の方に殺意を抱くものではないスかね？」

「それも一理あるな。それにその場合は蒔丘亜沙美が、捜査に非協力的になる理由はない。自分に心を移しつつあった男が殺されたならば、前の女が怪しいと我々にタレ込むなり、むしろ積極的に我々に協力しようとしても良い筈だ」

「嫁入り前の娘のたしなみとして、死んだ男との関係性はとりあえず否定しておこうとしたのでしょうか？」

「いやいや、そんなタマには思えませんよ、あの娘は」

下柳刑事が立ったまま首を横に振る。

「よし、次はA号の報告」

下柳刑事たちは着席し、別の二人組が立ち上がった。A号とは前歴照会のことである。今度の二人組は歳は同じくらいだが、身長差が二〇センチ近くもあった。

「該当者が一人だけいました」

その背の低い方が報告する。

「ほう、それは？」

「正にその蒔丘亜沙美です。S2で引っ掛かりました」

「ということは、ゾク関係か」

S2とは暴走族照会のことなのだ——。

「そうです。未成年の時ですから前科こそ付いていませんが、いわゆる暴走行為の防止に関する条例違反、それに傷害で何度も補導を食らい、家裁で1号観察処分を受けています。高校も退学処分になり、現在の美大には大検を取って入ったようです」

「ふむ……」

「女性だけで走るグループ、いわゆるレディースというやつですが、そこでリーダーまでやっていたとか。今は引退して堅気に戻ったことになっていますけど、今でも慕っている後輩たちが、時々訪れて来るらしいですよ」

「傷害の〈前〉がある元ヤン……」

リョウタと呼ばれた最前列の刑事が呟いて、眼光鋭い先輩刑事にまたもや怒鳴られた。

「お前さっきからうるさいぞ。まさかお前、元暴走族で〈前〉があるから、人殺しくらいは平気でするとか思っていないだろうな」

若い刑事は首を竦め、立ち上がっている背の低い刑事が割って入る。

「ただ、もしもマルガイと恋愛関係になっていたとしたら、蒔丘亜沙美にも動機は存在しますよね。度会千帆とは別れると言っていたくせに、一向に別れずにダラダラ二股をかけ続けていることを咎めて口論になった結果、つい殺してしまったとか……」

「だがそれは結局のところ、度会千帆の時と同じ問題にぶつかるな。女性の腕力であの筋骨隆々たるマルガイを絞殺することが果たしてできただろうか。寝込みを襲ったならばともかく、口論になってついかっとなったという形では、腕力差は如何ともし難い」

真ん中の七三分けの幹部が答え、会議室を広く見回しながら続けて問う。

「男の住民の中には、動機のありそうな奴はいないのか？」

「いますよ」

一度腰を下ろした下柳刑事が、中腰になって容喙《ようかい》した。

「たとえばあの加藤大祐という眼鏡の文学青年はどうです？　加藤は蒔丘亜沙美に恋愛感情を抱いていた。本人は隠しているつもりだったようですが、傍で見ているとバレバレだったと、複数の住民が証言しています。そして昨夜、愛しの蒔丘亜沙美に食事を差し入れに行った時に、部屋の中に彼女とマルガイが二人きりでいるのを見てしまった。蒔丘亜沙美が本当に作品を〈制作〉していたのか否かはさておき、文学青年は二人の関係をそういうものと認識して、マルガイに殺意を抱き、その夜のうちに実行した」

「恋敵を消せば自分にもチャンスが生まれると考えたのか。何とも短絡的な思考だな」

係長が呆れ顔で云う。

「もっとも恋愛感情というのは、一種の病気みたいなものだからな。多かれ少なかれ、正常な思考ではない。そもそも加藤大祐は事件直後の事情聴取で、昨夜マルガイとは会っていない、その姿を見てもいないと、我々相手に堂々と嘘をついた」

「あんなすぐにバレる嘘を、どうしてついたんですかね」

「何故嘘をついたのかと、本人に直接訊いてみたらどうでしょうか」

最前列の若い刑事が懲りずに提案し、目付きの鋭い先輩刑事が、すかさずカミナリを落とす。

「おいリョウタ。お前は捜査の鉄則を何もわかっていないようだな。それはまだ時期尚早だ。加藤大祐が怪しいという別の証拠が出てきた時に、最後のトドメとしてぶつけるために取っておくんだよ！」

「まあまあ宮《みや》サン、そこらへんもじっくりと教育してくれや」

だが当の宮サンは、憤懣《ふんまん》やるかたない様子で、猛禽《もうきん》類のような鋭い目の下の皮膚をぴくぴく動かした。

「全く、何で俺がこいつの教育係なんですか！」

「一度決まったことをごちゃごちゃ言うな。とりあえずこのヤマが終わったら考えてやる」

係長が場を収めたところで、四列目の無精髭《ぶしょうひげ》を生やした刑事が手を挙げた。

「犯人の脱出方法ですが」

「うん？」

「マンションなどで火事になった時に、上の方の階の住民が窓から脱出するための避難器具がありますよね」

「ああ、窓枠にフックみたいなもので固定して、袋みたいなものの中を、ロープでスピードを調整しながら滑り落ちるやつだな」

「それです。あれならばベランダも何もなくても、窓枠だけあれば取り付け可能です」

「むかしどこかの民放局の女子アナが、朝のワイドショーの生放送で、下りるのに失敗して大怪我したやつだよな」

胃腸が悪いのか、異常に痩せている三列目右の刑事が口を挟んだ。

「それです。しかもひどいことに、その時その様子をスタジオで見ていた番組の司会者たちは、演出だと思って笑っていたんですよね。おっと話は逸れましたが、あれを使ったのでは」

係長は太く毛深い腕を再び組んだ。

「だがあれは窓枠に固定して使うものだろう？　もしあれで脱出したのなら、犯行現場の部屋の窓に、避難器具がそのまま残っていなければおかしい」

「地上から何とか回収できないものか、メーカーに問い合わせてみましょうか」

「万が一の時に、命を救うためのものだ。避難後に回収することなんて、メーカーは想定していないだろ」

「いちおう問い合わせてみます」

「おいちょっと待て」

野太い声が響いた。これまで一言も喋らなかった右端のオールバックの幹部だった。

「大事なことを忘れてるぞ。犯行現場の部屋の窓自体は閉まっていた。仮に避難器具は脱出後に下から回収できたとして、その後どうやって地上から四階の窓を閉めるんだ？」

「それは……」

瘦せた刑事は口籠った。

「そうだ、パラシュートを使ったのでは」

最前列の若い刑事が、懲りずにまた裏声のような甲高い声を出した。どうやら思ったことを黙っていられない性分らしい。

「リョウタお前、それでよく刑事になれたな！」

宮サンのカミナリが三度《みたび》落ちた。

「あの高さでパラシュートが開くわけねえだろうが！　そのまま地面に激突して一巻の終わりだ

よ！」

「そ、そうなんですか？」

「お前は捜査のイロハ以前に、一般常識に問題があり過ぎだ。いいか、ベースジャンプと言って、命知らずの連中が建造物や崖などからパラシュートで降下する危険極まりない競技があるんだが、あれでも最低五〇メートルの高さが必要とされているんだ。それでも高度が足りなくてパラシュートが開かず、地面に激突して命を落とす競技者が毎年のようにいるんだ。たかだか十数メートルの高さでは、パラシュートは絶対に開かない。もう少しマシな意見を言え！」

「す、すみません」

リョウタ刑事が身を縮めた。

10

夜が明けて、事件が起きて二日目の朝が来た。

朝一で昨日の刑事たちがやって来て、昨日は採らなかった住民全員の指紋を採って行った。ということは照合すべきもの――凶器となった紐状のもの――が発見されたのだろうか？

さり気なく訊いてみたが、さすがに教えてはもらえなかった。

今日は大学は一時限と二時限なのだが、指紋採取に協力しているうちに、一限に間に合う時間を過ぎてしまっており、何となく気が進まないので、今日も自主休講と決め込むことにした。二日連続で休むなんて初めてのことだが、まあ例外中の例外だ。どうせ二限目の仏文学特殊の授業は、担当の五〇代の教授が、今から二〇年近く前、まだ新進気鋭の若手研究者だった頃に書いた本の内容を、何の進歩もなくただなぞり直しているだけで、その本を読めば年間の講義内容が、二時間でほぼ全てわかってしまうのだ。

部屋の窓からぼんやり外を眺めていると、Tシャツにデニム姿の龍磨が、肩まで伸ばした金髪を風に棚曳《たなび》かせながら、裏の空き地でジャグリングの練習をしている姿が目に入った。その両肘には黒いゴムのサポーターが巻かれている。暴走族が集合場所にしはじめた時に、亜沙美が一人で乗り込んで行って、ものの五分で全員立ち退かせてしまった例の空き地だ。

砂時計のように中央が括《くび》れていて、両端に行くに従って太くなる円筒形の物体を、縄跳びの握りのようなハンドスティックが両端に付いた細い紐一本で操っている。これはディアボロ、二つのお椀の底同士をくっつけたような形で、日本古来の楽器である鼓にも似ている。

最初は紐の上を右へ左へと転がっているだけだったディアボロが、龍磨が紐の両端を左右に強く引くと、突如として空中高く舞い上がった。

これはハイアップという技らしいのだが、何と三階の窓から見ている僕の視点よりも、はるか高く上がっている。ちょっと前に見た時は僕の視線とほぼ同じ高さだった記憶があるから、最近また腕を上げたのだろう。龍磨はその場でくるりくるりと二回転すると、重力に従って落ちて来たディアボロを、再び細い紐一本で受け止めた。

実に上手いものだと感心する。機械のように正確に真上に抛り上げる技術がなければ、その場で二回転もして受け止めるなんて芸当は、絶対にできないことだろう。

受け止め自体も、当然高く上げれば上げるほど難しくなることと思われるが、龍磨は紐を斜めにして、その上を滑らせるようにしてディアボロの勢いを上手く殺している。この時まるで生卵を受け止めるような優しさ（本人談）がないと、ディアボロはバウンドしてどこへ飛んでいくかわからないのだそうだ。龍磨のディアボロはプロ仕様のカーボン製で、うっかり受け止めに失敗してもそれ自身が破損する心配はないらしいが、万が一お客さんの方に飛んで行って怪我でもさせるようなことが一回でもあったら、もうジャグラーとしては終わりで、二度と〈営業〉の仕事は来なくなるという（やはり本人談）。

その後も足の下を通したり、ハンドスティックの上でくるくると回転させたり、片手のスティックを放して、ディアボロを軸にしてスティックの方を回転させて再びキャッチしたり、紐をX字型に交差させてその上でディアボロを転がしたり、いろんな技を一通り、まるで自分の使える音域を発声練習で確認して行く声楽家のように行った龍磨は、ディアボロ一式を地面に置くと、次に少し離れたところに横たえていた高さ二メートル半くらいの梯子《はしご》を、空き地の地面に立てた。

立てたと言っても、壁などに立てかけたわけではない。更地の地面の上に、ただ垂直に置いただけだ。

それからその梯子にするすると登り、一番上の段で逆立ちをした。金色の長髪が垂れ下がって風に戦《そよ》ぐ。梯子のてっぺんで、小柄な龍磨の身体が実に大きく見える。

これはフリースタンディングラダーという大道芸の一種だ。繰り返すが、梯子を支えるものは何もない。よくバランスを取れるものだと感心する。体重がまっすぐ下にかかっているから倒れないのだろうが、少しでも前や後ろに偏ったら、忽《たちま》ちのうちに倒れて怪我をすることだろう。

　だが実は龍磨が一番得意にしているのは、ディアボロでもフリースタンディングラダーでもなく、シガーボックスだ。これは簡単に言うと、同じ大きさの三つの長方形の箱なのだが、それを三つ並べて、左右の箱を摑んで宙に持ち上げた状態――中央の箱には手は触れておらず、左右の箱に挟まれて浮いているだけ――で、その中央の箱を空中に飛ばして、落ちて来るまでの僅かな間に箱の左右を入れ替えたり、飛ばした箱を摑んで別の箱を飛ばしたり、とにかくいろんなことをやる。何度か見せてもらったが、三つのシガーボックスが目にも止まらぬ速さで右から左、そして空中へと次々移動するさまは、いつ見ても手品かと思うほどだ。しかも手品と違ってタネも仕掛けもなく、純粋に訓練の賜物なのだから余計にすごい。

　もっともそれもその筈、龍磨はジャグリングの国内競技会の、クラスBと呼ばれる十三歳以上十八歳未満の部で、優勝したことのある実力の持ち主なのだ。大泰荘は三年目だが、すでにセミプロとして活動していて、ときどき郊外のホームセンターなどに呼ばれて、店の前でお客さんを楽しませるパフォーマンスを行って出演料を貰ったり（龍磨はそれを〈営業〉と呼んでいる）、都心の路上でゲリラ的にパフォーマンスを行って、投げ銭を稼いだりしている（それは〈自主興行〉と呼んでいる）。そしてアメリカで定期的に開かれている世界大会に、いつか出場して優勝するという夢に向けて、日々こうして技の鍛錬に余念がないのだ。

「もしそれで優勝したらどうなるの？」

　ある時訊いてみたところ、龍磨は長髪を搔き上げながら、遠くを見つめるような眼差しで、

「当然世界じゅうで引っ張りだこだよ。もう二度と日本の土を踏むことはないだろうなあ」

「どうして？　日本でも活動すればいいじゃない。どうしてダメなの？」

「この国はクソだ。わずか一分程度のゲリラパフォーマンスでも、道路の使用許可を取れとかうるさい。〈営業〉の時はもちろん許可は要らないが、ホムセンの客はジャグラーの帽子を、お釣りの硬貨の処理場くらいにしか思っていない。この国はジャグラーに対する敬意が基本的に欠けている」

「外国は違うの？」

「アメリカなんか、芸を楽しんだら最低でも一ドル札を入れるのが常識だよ。客のノリも全然違うしな」

「ふうーん」

いつも温厚な龍磨が、自分の国の悪口を言う時だけは饒舌《じょうぜつ》で口汚くなるのが不思議で、そうなると逆に特に愛国主義者ではない僕も反撥《はんぱつ》を覚え、確かにお客さんのノリは違うだろうけれど、今の日本の貨幣制度では、紙幣を入れるとなると、いきなり千円札になるわけで、硬貨ばかりになるのはある程度仕方がないのではないか、それにアメリカの一ドル札は価値的には日本の百円硬貨とほぼ同じだから、それほど実入りに違いはないのではないのか、などと思いながら聞いていたものだ。

練習に一区切りついたのか、龍磨が汗を拭い、片手にディアボロ一式、もう片手に梯子を持って、大泰荘の方へと戻って来るのが見えた。敷地の隅にプレハブ製の倉庫があって、各自が部屋に入り切らないものをそこに入れているのだが、梯子をそこに仕舞うと、ディアボロとハンドスティック付きの紐は手に持ったまま、玄関の方へとゆっくりと歩いて来る。

龍磨の部屋は４０３号室、つまり僕の部屋の真上にして謙吾の部屋の左隣に当たるわけだが、死体発見の時はなかなか姿を現さなかった。僕の事情聴取を終えた後、下柳刑事と椎木刑事が部屋のドアを何度も何度もノックすると、大分間を空けてから金色の野鳥の巣のようなボサボサ頭で部屋から出て来て、欠伸しながら事情聴取に協力している姿は目にしたが、それも終わると、〈営業〉の打ち合わせに遅れると言いながら急いで出かけて行き、いつの間にか帰宅していた（多分僕と洸一が定食屋で夕飯を食べている間だろう）ので、事件後僕はまだ一度も言葉を交わしていない。僕は部屋を出ると、階段を早足で駆け下りた。

するると龍磨が玄関先で内履きに履き替えているところに、ちょうど出会うことに成功した。

「龍磨」

僕の呼びかけに龍磨は、快活な声で応じた。

「よう、大祐。今日は大学は行かなくて良いのか？」

「サボっちゃったよ。これで二日連続だ」

「ははは、どんどんサボれ！　たまには良いだろ」

「何か飲まないか？」

「いいね」

練習の後で喉が渇いているのだろう、龍磨は一も二もなく同意した。

「じゃあラウンジで」

龍磨は点頭すると先に二階へ上がって行った。僕は台所の冷蔵庫からトニックウォーターを出して二つのタンブラーに注ぐと、ラウンジの楕円形のテーブルへと運んだ。

相当喉が渇いていたのだろう、小柄な身体には似合わない龍磨の太い喉仏が、ぐびぐびと上下した。

「窓から見ていたけど、ディアボロの最高到達点、また上がったんじゃないか？」

「いやあ、まだまだだよ」

「ところで昨日の朝のことだけどさ」

「うん？」

グラスを傾ける手を止めて僕を見る。

「すっごい騒ぎになったから、四階はうるさかったでしょ」

この表現で、暗にあの時何をやっていたのかを訊いているつもりだった。

するとそれが伝わったらしかった。

「それが熟睡していたから騒ぎに全く気付かなかったよ。ドアをどんどんとノックされて、初めて目が覚めたんだけど、朝っぱらから誰だよ畜生と思いながらドアを開けたら警察なんだもん。あれにはびっくりしたよ」

ありがちな言い訳ではあるが、とりあえず矛盾はないようだ。

「このところ睡眠不足でさあ。まあ姐さんの新作ゲームをプレイしてるからなんだけど」

そう言えば龍磨はヘビーなゲーマーでもあった。一昨日の夕方、台所で料理をしながら耳にした龍磨と姐さんの会話を憶い出す。

「一体誰があんなことをしたんだろうね？」

「見当もつかないよ」

龍磨は両肘に巻いていたサポーターを外しながら答えた。フリースタンディングラダーは危険なので、本番でも練習でも、万が一の時の保護のために必ず巻くようにしているらしい。

「それがさあ、中年の刑事からまず職業を訊かれたんだけど、ジャグラーと答えたのにわかってもらえなくて、路上パフォーマーと言ってもやっぱりダメで、仕方なく大道芸人と言ったら、ようやくわかってもらえたよ。頭が古くて固いな、あの刑事」

苦々しい顔で言う。下柳刑事のことだろう。亜沙美も気分を害していたが、どうもあの刑事は第一印象があまり宜《よろ》しくないようだ。もちろん刑事として優秀かどうかは別だし、事件さえ解決すれば関係者にいくら嫌われようと構わないのが刑事だ。

それから四方山《よもやま》話に移行したが、その間僕の頭の中では、ずっとある疑念が渦を巻いていた。

龍磨だったら、犯行が可能なのではないか？

ジャグリングの技にどんなものがあるのか、僕は良く知らない。だがあれだけのことをやってのけるのだから、四階の窓を後ろ手に閉めて安全に地上に降りるくらいのこと、龍磨なら朝飯前とまでは言わないが、何とかなるのではないか？

龍磨がフリースタンディングラダーに使っていた梯子は、長さが約二メートル半。一〇メートル近い高さの四階の窓にはまるで届かないが、何か別の技と組み合わせたら、それも可能になったりはしないだろうか？

どうして真っ先にその可能性に思い至らなかったのだろう。これまで僕の意見をことごとく斥けて来た洸一は、ひょっとして龍磨を本ボシだと思っているのだろうか？

そう言えば洸一は、もし自分が犯人だったら、絶対に第一発見者なんかにはならないという旨のことを述べていた。もし犯人だったら、死体の発見時には目立つ行動は絶対に避け、なるべく部屋から出るのも遅くしようと考えるのは、極めて自然な思考のようにも思われる——。

——

午後の三時を過ぎた。明日は絶対に大学に行くつもりでいるが、時間のある今日はやはり自炊しようと思い立って、僕は駅前のスーパーへと向かった。

景気づけに今日は肉でも焼こうかと思って、ステーキ用の牛肉のリブロースを二枚買った。もちろん僕自身と亜沙美への差し入れの分だ。

だがただ肉を焼くだけでは料理男子の名が廃《すた》る。そう思いながら野菜売り場をうろついていたら、プンタレッレを見つけた。これは珍しい。さっそくマイタケと共に買い込んで、それとアンチョビでサラダを作ることにした。いつものように帰りはパン屋さんに寄って、焼き立てのバゲットを買って戻る。

プンタレッレはシャキシャキ感を保つために水にさらしてから、茎の部分からタテに割く。皿に敷き詰め、買い置きしてあるアボカドの種をくり貫《ぬ》き、ざっくりと刻んでその上から散らす。アンチョビも生のカタクチイワシから自作すればより本格的なのだが、今から仕込んで今夜の夕食に到底間に合う筈はないので、今日は缶詰を使うことにする。もっとも缶詰も決して馬鹿にしたものではない。アンチョビの缶詰の中のオイルがプンタレッレやアボカドに絡んで、それはそれで美味いのだ。

だがまだこれだけでは面白くない。僕は冷蔵庫から、買い置きのグアンチャーレを出して、サイコロ状に細かく刻んでフライパンで炒め、シンプルに塩とこしょうで味付けすると、その上に均等に振りかけた。メインのおかずにもなり得る特製サラダの完成だ。カリッと焼いたグアンチャーレとアンチョビを、シャキシャキのプンタレッレとトロリとしたアボカドと絡めて食べるのは、かなりイケる筈である。

牛肉は冷蔵庫の中で、一時間以上前からマイタケを直に上に載せてある。こうするとマイタケの中に含まれるプロテアーゼが、肉のタンパク質を分解して、肉が格段に柔らかくなるのだ。もちろんそのマイタケは、肉を焼いたフライパンでそのままバターソテーにして、ステーキの付け合わせにする。肉汁をほんの少しも無駄にしないためだ。

料理をしながらも、頭の中はやはり事件のことを考えてしまう。一体誰が犯人なのだろう。

朝釣りに行く時に、玄関のチェーン錠がちゃんと下りていたという葉留人の証言、とりあえずあれは信じて良いだろうと僕は思った。

洸一の推理方法を応用したのだ。もし葉留人が事件と無関係ならば、玄関の施錠状況について、嘘をつく理由はない。

一方もし葉留人が犯人だとしたら、少しでも容疑者の幅を広げるために、朝出掛ける時、実際にはかかっていた玄関のチェーン錠を、かかっていなかったと嘘をつく可能性はある。そうすれば僕がチェーン錠をかける前に忍び込んでどこかに隠れていて、謙吾を殺《あや》めて玄関から逃げた——密室の404号室からどうやって脱出したのかはさておき——外部犯の存在を匂わせることができる。

だがその逆の、実際にはチェーン錠はかかっていなかったのに、かかっていたと嘘をつくことは考えられない。その嘘は、犯人にとって何のメリットもないからだ。

ということは、葉留人が朝まだ薄暗い中出掛ける時に、玄関のチェーン錠がちゃんと下りていたということは、どちらの場合においても正しい、一〇〇％の真実ということになるわけである。

するとやはり、外部犯の可能性は排除されるということになりそうだ。何故なら仮に深夜前に忍び込んでどこかに身を潜め、犯行後玄関から逃げたのならば、たとえその人物が玄関の鍵を何らかの手段で手に入れていたとしても、葉留人が出掛ける時に、チェーン錠は外れた状態のままになっている筈だからである。

ただしその事実によって、自分たち住民の中に犯人がいることを、否応なく再確認させられる訳だが——。

「よお槙。そう言えばあんた、大学ではミステリー研究会だったよな」

玄関の方から聞こえて来た声は、今回もまた伊緒菜姐さんだ。

「そうだけど？」

「犯人教えろよ」

「い、いきなり何だよ」

さしもの洸一も、姐さん相手だと分が悪いようだ。

「とりあえずあんたの考えでいいからさ」

二人はそのまま連れだって階段を上って行った。

それから少し経ったところで、洗濯物の籠を抱えてランドリー室に入る亜沙美の後ろ姿が見えた。亜沙美が洗濯物を洗濯機に入れ終えるのを待ってから声をかける。ランドリー室とキッチンは続きの間だ。

「幻のローマ野菜とアンチョビ、豚の頬肉のソテーでサラダを作ってみたんだけど、食べてみる？　メインは牛のリブロースステーキ。いつも通りバゲットとチーズも付けるよ」

ラングルは一切加熱や殺菌をしていないナチュラルタイプのチーズで、冷蔵庫の中でも熟成が進み、一日経っただけでも味が微妙に変わるから、その変化が楽しめるのだ。

だが亜沙美は、洗濯機の蓋をばたりと閉じてから首を横に振った。

「どうもありがと。でも今日は遠慮しておくわ」

そのまま背を向け、空の籠を持って無表情のままランドリー室を出て階段を上って行く。

僕はその場にしばし茫然と立っていた。サラダはすでに完成、肉は焼くだけの状態で、一時間前から室温化《シャンブレ》させていたラングルも、純白の中心部がトロリと溶けて、実に美味しそうな断面を見せているのに――。

メインの説明を先にするべきだったか？　サラダの方が手間がかかっているから、そっちの説明に熱が入り過ぎた？　食材の能書きが多すぎて嫌われた？

それとも、ランドリー室にいるところに声を掛けたのがいけなかった？　プライバシーを侵されたような気がした？

いやそれともやはり謙吾のことを愛していたのだろうか。謙吾があんなことになってまだ二日目。食欲が湧かないのだろうか――。

――――

あー危ない危ない。今まであの人畜無害そうな外見と、料理男子にして文学青年という属性に騙されていたけど、もし彼が殺人鬼だとしたら、次のターゲットには毒殺を計画しているかも知れないじゃない。今後は差し入れの類いは全て断らないと――。

もちろん差し入れだけじゃない。ちょっと味見に誘われただけでも危険だ。断固として断らないと。

両親が離婚して、母親はすぐに新しい男を家に連れて来た。顔が良いだけで、生活力のまるでない男だった。

派手好きなくせに自分では一円も稼がない男の歓心を買うために、母親は水商売で働きはじめた。その間男はパチンコをしたり家でずっとブラブラしたりしながら、虎視眈々とあたしを狙っていた。何度か危機一髪の状況を経て、家に帰るのがすっかり嫌になり、友達の家を転々としながら、取り立ての単車の免許で夜の街を爆走するようになった。

あの頃はこんなクソみたいな世界、いつオサラバしても良いやと思っていた。事故で死んでもケンカで死んでも、後悔なんて全くない、そう思っていた。

だけど今は、死にたくないし絶対に死ねない。

昨日も今日も大学のアトリエでは、びっくりするくらい筆が進んだ。いろんな絵の具を幾層にも塗り重ねて行けるというのが、日本画などとは決定的に違う油絵の一大特徴なわけだけど、こここでこの色を使ってみたらどうだろうというアイディアが次から次へと湧いて来て、それが面白いように嵌るのだ。大袈裟だと嗤われるだろうから他人には決して言えないけど、感覚としてはミケランジェロのデッサンにレンブラントが陰影を付けて、マティスが色を載せている感じ。最終的にどんな作品になるかはわからないけど、とにかく完成するまでは止められない。

一体誰があんな非道《ひど》いことをしたのかはわからないけど、いまあたしに絵筆を握らせているのは間違いなく謙吾の力だと感じる。千帆の存在があったから、生前の謙吾に特別な感情を抱いたことは一度もないけれど、今のあたしは謙吾という一人の人間の存在を、作品によって後世に伝える義務があると感じている。

昔の自分を想うと、ずっと好きだった絵の勉強を、大学でしているということ自体が信じられない。それは既に別の家庭を築いている実の父親が、学費は出すから好きなことを勉強しろと言ってくれたからだけど、お蔭であたしはようやく自分の生きた証になるものに巡り合った気がする。夜の空気、スピード、爆音などでは、結局は埋められなかったもの――。

だから少なくともあの絵を完成させるまでは、絶対に死にたくないし、死ねない。

あたしは以前、夜道での痴漢撃退用に購入したものの、最近すっかり持ち歩かなくなっていた護身用スタンガンを、久々に押し入れから引っ張り出して、念のために出力のつまみを〈強〉にしておいた。

11

砂を嚙むような味気ない夕食を一人で終えてぼんやりしていると、誰かが部屋のドアをノックした。

開けると洸一〈先輩〉が立っていた。珍しく物思いに耽《ふけ》っているような顔をしている。

「ちょっと気になったことがあるんだが」

部屋に入り、フローリングの床に座るなり言った。

「何？」

「謙吾の部屋の壁に、ボディービルダーたちのポスターが貼ってあったの、憶えてるか？」

「もちろん」

さすがにもう見張りの警官は立っていないが、部屋は施錠され、さらにドアの前に立入禁止の黄色いテープが張られている。

「昨日の朝、警察が来る前に俺は現場の写真を端末で撮っただろう？　それを画像検索にかけて調べてみたところ、何と全員が若くして亡くなったビルダーたちだったんだよ。中にはマッスルKのポスターもあった」

「マッスルK？」

僕は首を傾げた。

「知らないのか」

「申し訳ないけど、興味のジャンルが違うとしか……」

「過酷な減量によって三〇代で死亡した、伝説の日本人ボディービルダーだよ。過酷なトレーニングとダイエットによる低血糖症で生死の境を彷徨《さまよ》いながら、コンテスト前に自分の身体にほんの少しでも余分な脂肪が付くことを恐れて、家族が舐めさせようとするアメ玉一つすら、口に入れることを拒否して亡くなったと言われている。ものすごい身体を誇ったまま、死因は餓死というアンバランスさがすごいだろ」

僕は絶句した。それは壮絶だ——。

「それは伝説になるのも頷けるね。だけど、どうしてそこまで自分自身を追い詰められるんだろう」

「真面目だからだよ。ボディービルダーというのは、心底真面目でストイックな人間が多いんだ。そうでなきゃ、あそこまで努力できない。三日や一週間ならできるかも知れないが、とても継続できない」

確かに謙吾は真面目だった。当番の時はムキムキの身体を丸めて、掃き掃除や拭き掃除を一生懸命にやっていた姿が今でも目に浮かぶ。

「しかもだ」

洸一は一度言葉を区切って続けた。

「部屋のポスターは、他のビルダーたちは一人一枚なのに、マッスルKのポスターだけは二枚あった」

「だから？」

「この前俺は、謙吾には自殺する理由がないと言った。だがマッスルKに激しい憧れを抱いていたのならば、話は少し違って来る。死への故もない憧憬のようなものはあったかも知れない」

それはちょっと飛躍しすぎではないかと思って僕は反論した。

「うーん。そのマッスルさんは、壮絶な最期を遂げたことによって、逆に伝説になった一面もあるんだろうから良いとして、いや家族からしたら全然良くはないんだろうけど、本人的にはある程度は本望だとして、謙吾はまだ道半《なか》ばも半ばじゃないか。ここで死んでしまったら、何も残せない。いくらその人に憧れていたとしても、死ぬ気にはならないと思うよ」

反駁《はんばく》したのは、常日頃から僕自身が、同じようなことを思っているからである。この世に生を享けた以上、生きた証を残すまでは死にたくないし、死ねない。それは僕の場合は当然、納得の行く作品を書き上げるということになるわけだが、高い目標を持ち、日々それに向かって努力し続けている人間全員に当て嵌まることだと思うのだ。きっと僕は、会心の作品を書き上げた時に初めて、これで死ねると思えるのだろう。

それにそもそも絞殺だから自殺はあり得ないと言ったのは、当の洸一自身ではなかったか？

「だが、自分と永遠が繋がったと確信できるようなことが、もしもあの夜あったとしたらどうだ？」

「そ、それは一体何？」

僕は訊き返した。

「それはわからん。だがもしも、そんな確信が得られたとしたら？」

「わからないよ……」

二人とも、しばらく黙り込んだ。

「ところで、龍磨のことはどう思うの？」

僕は水を向けてみた。

「どうって？」

「龍磨だったら、四階の窓を後ろ手に閉めて安全に地上に降りるくらいのこと、できると思わない？」

だが意外なことに洸一は、龍磨犯人説にも否定的だった。

「果たしてどうかなあ。ジャグリングはあくまでも道具を操る技術だろう。確かに龍磨は身のこなしも軽いが、いくら何でも映画のスパイダーマンのように、何もない壁を攀《よ》じ登ったり降りたりできるわけではない。龍磨がフリースタンディングラダーに使っている梯子は全長二メートル五〇センチ程度のもので、四階の窓まではとても届かない」

「うん、まあそれはそうなんだけど……」

だがこのままでは、犯人はいないことになってしまうではないか――。

「実はさあ、さっきラウンジで伊緒菜姐さんと事件について話をした」

二人で階段を上って行く音は僕も耳にした。

「それで？」

「それで得た新情報なんだが、姐さんは事件の前日に、謙吾が千帆に向かって合鍵を返してくれと言っているのを、偶然小耳に挟んだそうだ。どうやらあの二人には、別れ話が持ち上がっていたらしい」

「そうなの？」

「ああ。昨日はああ言ったが、こちらもちょっと状況が変わって来た。千帆には強力な動機があったことになる」

まあ僕は初めから、千帆に動機があるのはわかっていたけど——そう言いそうになったが何とか我慢して僕は言った。

「その千帆だけどさ。発見時には、部屋の中のものには手を触れていないと言ったよね？」

「言ってたな」

「もちろん洸一も触れていないよね？」

「当たり前だろ。お前だけだよ、死体の傍らに転がっている謎の紙を、うっかり拾い上げるような粗忽《そこつ》者は」

僕は洸一の皮肉に構わずに続けた。

「発見時、謙吾の部屋の天井の電気は消えていた。犯行時刻は真夜中なのに。つまり犯人は現場を立ち去る際に、部屋の電気をちゃんと消したことになる。一体どうしてだろう？」

すると洸一は、見直したような目を僕に向けた。

「ほう、それはなかなか面白いところに目を付けたな」

まあ寝落ちした時の母親の小言からの連想なのだが。犯人にとってはその時、暗闇の方が都合が良いことがあったのだろうか——？

「だが、大した意味はないかも知れない。部屋を出る時は電気を消すといういつもの習慣が、うっかり出ただけかも知れない」

「その部屋をどうやって出たのかが、わからないわけだけどね」

「まあな」

そう答えると洸一は、突然ボトムや胸のポケットを探りはじめた。そしてどこにもないのを確認してから言った。

「スマホを部屋に忘れて来た。いま何時だ？」

僕が黙って洸一〈先輩〉の背後にある置時計を指差すと、先輩は振り返って、

「もうこんな時間か。ってお前の部屋、置時計があるのかよ！」

変なところに感心すると、自分の部屋に戻っていった。

独りになると僕は突然あることに思い至り、たった今閉まった自室のドアを、まじまじと見つめた。

別にドアに何か異状を見付けたわけではない。頭の中を整理するのに忙しく、視線を動かすことすら忘れていたのだ。

僕の読書経験からすると、探偵役が閃く前に、その目の前で何か示唆的な事件が起きるというのが、ある種のミステリーのお決まりのパターンであるような気がするのだが、ひょっとして今の一件が、正にそれなのではないか？

今の一連のやり取りが示す通り、僕もそうだが洸一は、腕時計をする習慣がない。外出時に時間を知るのは、もっぱら電子機器、特に携帯端末頼りだ。

それでも僕は部屋にアナログの置時計を持っているだけ、まだマシな方で、洸一はそれすら持

っていない。部屋に遊びに行った時に見たが、もちろん掛け時計もなかった。

つまり洸一は外出時のみならず、時間は二十四時間いつも、パソコンや携帯端末頼りということだ。

ただ僕らの世代では、そのこと自体はそれほど特殊なことではない。〈若者の腕時計離れ〉というネット記事を読んだことがあるけれど、別に腕時計だけではない。携帯端末が多機能になりすぎた影響で、こだわりのある奴以外は、単体の時計や単体のカメラなどは不要品なのだ。スマホで文章も打てるし、コンビニに持って行けば印字もできるから、大学生のくせに課題もレポートもパソコンなしでこなしている猛者もいる。「現代の若者にとって命の次に大事なスマホ」という洸一の言葉が、決して大袈裟ではない所以《ゆえん》だ。

だがそれに、葉留人主催の呑み会の掟である〈スマホ持ち込み禁止〉が加わったらどうだろう？

洸一はあの夜、葉留人と午前三時まで呑んでいたと主張している。

そして犯行時刻は深夜零時から午前三時の間。その後の捜査でもっと幅は狭まっているかも知れないが、とにかくその間には確実に収まるだろうという。従って二人が共犯ではない限り、洸一と葉留人のアリバイは成立している。

だが葉留人の部屋の時計が進んでいて、お開きになったのが実は二時だった、みたいなことはないだろうか？

いや、進んでいたんじゃなくて、わざと進ませたということは？

やったのはもちろん部屋の主である葉留人だ。洸一が単体としての時計を持っていないことに目を付けて、酔っ払わせてアリバイ工作の証人に仕立て上げようとしていたとしたら？

洸一はアルコールは好きだが、それほど強くはないと自分でも認めている。限度量以上飲ませれば、やがて眠くなって部屋に戻り、改めて時刻を確認することなどなく、そのまま寝てしまうことは充分に予測できる。

単純なアリバイトリックだが、すれっからしのミステリーマニアを騙してアリバイの証言者に仕立て上げるには、逆に単純なトリックを大胆に行う方が、成功する確率が高かったりしないだろうか？

僕はそれからPCを立ち上げて少し作業をしたが、念のため普段在室の時は寝る時以外かけないドアの鍵を、早目にかけることにした。

昨日は刑事たちが夜遅くまで大泰荘内にいたし、いろんなことがいっぺんに起きて脳が情報を整理するスピードが追い付かなかった感じだったのだが、二日目になってそれが大分整理されて来たせいか、一つ屋根の下に殺人犯がいるという事実が、急に恐ろしく感じられて来たのだ。

それに謙吾は施錠した部屋の中で殺されていたわけで、殺人鬼に目を付けられたら、ひょっとするとドアの施錠など何の意味もないのではないかと思うと、背筋の寒さが止まらない。

明日に備えて早目にベッドに潜り込んだが、なかなか寝付かれなかった。

誰かが階段を上って来る（下りて来る？）跫音がする。だがその跫音が、突然ふっと消える。

続いて廊下が軋む、みしりという音がする。

みしりという音が再び、今度はさっきより近くで鳴った。

廊下で殺人鬼が、部屋の中の様子を窺っているのだろうか？

施錠した筈のドアの鍵が、今にも暗闇のなか、逆方向に静かに回り出すのではないか――そんな思いに囚われる。

僕はベッドを抜け出して、息を潜めてドアの前に近づいた。

覚悟を決めて、施錠を解くと同時にドアを全開にした。部屋の電気も点ける。

するとそこには――。

誰もいなかった。

12

夜が明けた。

あの後も、いつもは気にならない遠くの物音や、建材が軋む音に悩まされて、夜半までまんじりもしなかったのだが、人間の心は意外と図太くできているようで、恐怖を感じながらも、いつの間にか眠っていたらしい。

同時に自分が生きていることを確認して吻《ほ》っとする。大泰荘の殺人鬼は、謙吾以外は殺す気はないのだろうか。これで終わってくれるのだろうか――。

僕は準備をして、三日ぶりとなる大学へと向かった。

この大学の約三割を占める女子学生たちは、みんなお洒落でそれぞれ思い思いのファッションに身を包んでいるが、一方男子学生たちは、七割もいる割には意外に型に嵌まっていて、服装によって幾つかの派閥に分類することが可能である——そんな旨の記事を、入学したての頃に大学新聞のコラムで読んでなるほどと思い、その後周囲を観察しつつ、それを個人的に補足発展させて来た。元の記事を切り抜いて保存したりしていないので、今ではどこまでが記事でどこからが自分の観察によるものかわからなくなっているが、とりあえず以下のものである。

まず第一派閥は、スタジャンやスウェット、パーカー等、モノは違えどお揃いのウェアに身を包んでいる連中だ。テニス、スキー、ゴルフ、ヨット、それに団体競技であるダンス系のサークルや同好会の構成員は、ほとんど全員自動的にこのカテゴリーに属すると考えて良い。当然そのお揃いのウェアのどこかに、サークルのロゴが入っている。

この派閥の構成員の主な関心事は、学業ではなくもっぱらサークルであり、活動時間は言わずもがな、昼休みの僅かな時間さえ、学食の一部を〈溜まり〉と称して勝手に区切ったところに集まってサークル活動に勤しむ。もちろん実際の行動もできる限りシンクロさせるので、揃いのウェアが固まってぞろぞろとキャンパスを移動する姿は、さながら囚人の散歩の時間を見るかのようである。

しかし彼等の顔は、自分たちこそが大学生の龜鑑《きかん》であるという自負と、親の臑《すね》はもちろんのこと膝蓋靱帯《しつがいじんたい》から腓腹《ひふく》筋、ひらめ筋にアキレス腱まで全てをしゃぶり尽くして四年間遊びまくるぞという決意で光り輝いている。

次いで詰襟の上下黒の学生服、いわゆる学ラン派である。これはれっきとした大学公認の体育会に属する連中であるが、基本合宿所と練習所を往復する毎日で授業には滅多に出ないので、キャンパスではなかなかお目にかかれないニッポニア・ニッポンのような存在である。我々一般学生とのコンタクトが生じるのは大学創設者の誕生日——授業を休みにして記念式典をやる——とか命日——ハタ迷惑なことに、墓参りしないと留年するという言い伝えがある——などの行事の時だが、そういった日には、ここぞとばかり大挙してキャンパスや菩提寺《ぼだいじ》に押し寄せて、その存在を天下に知らしめる。彼等は第一派閥のお揃いウェア派が海に山にと青春を謳歌《おうか》している間、彼等に対する軽蔑《けいべつ》と一抹の羨望を胸の奥に秘めながら、悶絶猟奇失神失禁ハゲおやじの厳しい練習に耐え、陸の王者などと自称しながら大学の名誉を一身に背負っているつもりに勝手になって、都の西北にあるW大学（葉留人が籍だけ置いているところ）との対抗戦に臨んで、大抵の場合見事に敗れ去る。

負けた言い訳はいつも同じで、「向こうはスポ科（スポーツ科学部）があるからしょうがない」。

さらに年度末には、体育会同士の鉄の連結によって生まれる完璧ノートを携えて期末試験に臨み、やはり見事にD（不可）を取る。但し進級・卒業に直接かかわる必修科目は何故か落とされないし、就職に関してもまず困らない。大学を就職予備校と捉えるならば、彼等は間違いなく〈勝ち組〉であるが、厳しい上下関係と合宿所に蔓延るインキンとの四年間に亘《わた》る戦いと引き換えに、M商事やN証券に就職《はい》るのが割に合うかどうかは、ひとえに個人の考え方に依る。

第三派閥はブランド派である。この連中は男の癖に、毎朝起きると一時間以上鏡とにらめっこする。そして全身ブランド物で固めて電車に乗り、大学に行く代わりに渋谷や六本木に行ってナンパに励む。リザンツァのブリーフにパンセレラのソックスと、人目に付き難いところにも細心の注意と多額の出費を払っている（もちろん本人は見せる気満々というわけだ）。靴はフェラガモの紳士用。この連中の生き甲斐はひたすらものにした女の子の数を増やすことだけで、そのためには何故か女性ウケが良い大学名を最大限に利用して、恬然《てんぜん》と恥じることがない。僕らの大学は、いちおう私立では最難関と言われる大学なのに、どうしてこいつらが入れたのか不思議でしょうがない。

たまに単位が心配になって大学にやって来るが、その時も服のほつれを気にしたり、髪型を直したりと教室で一人浮いている。勉強は当然の如くできないが、あらかじめ楽勝科目しか履修しない等の要領の良さを発揮して、留年もせずに卒業していく。

バイトは時給の良い家庭教師。見栄えがするので親御さんの受けは良いが、教え方はいい加減である。要領の良さを生かして名の通った企業に就職《はい》るが、大抵の場合はすぐに出世コースから外れる。あとは会社の経費で如何に飲み食いするか、そして三つ子の魂何とやらで、会社の名前を利用して如何に女性をナンパするかが、その後の人生の二大目標となる。

四番目はスーツ派である。スーツと言っても第三派閥がたまに着ているイタリア製のブランド物ではなく、ドブ鼠色のつるしのスーツや、身体に異様なまでにぴったり合ったオーダーメイドの三つ揃いである。大抵は経済学部か法学部——文学部にはこの人種は皆無である——で、親と一緒の自宅住まいである。就職したら否応なく毎日スーツを着るのだから、学生時代くらいラフな恰好で良いだろうと僕なんかは思うのだが、彼等の肉体は既にスーツと癒着が始まっていて、引き離すことは不可能になっているらしい。まだ二〇歳そこそこなのに、怪しげな店の前を歩くと必ず客引きに声を掛けられる。さらに朝は英会話の早朝コース、夜は各種専門学校に通い、いろんな資格をコレクションしている。Ａ（優）の数は軽く四〇個以上、卒業式の日に貰える首席の金時計が目の前にちらついている。

バイトは塾講師。まじめで勉強熱心だから教え方も上手いが、そのバイト代はすべて専門学校の授業料に消える。解禁日を控え、みんながそろそろ就職活動しなくちゃなぁと思い始める頃に、一人だけもう五つも六つも内定を持っている嫌味な存在である。学生の模範として、周囲の畏敬の念を一身に集めながら卒業して行くが、卒業後はクラス会の連絡が一人だけ来なかったりする。

さて第五の派閥が、それ以外のすべての学生が属する大衆的無個性ファッション派である。授業は出たり出なかったり。名もなく貧しく美しくもなく、前科もないが特殊技能もない。洸一は成績だけを見ればスーツ派なのだが、外見的には没個性をモットーにしているので、僕同様にこの最後の最大派閥に属することになる。

十月のキャンパスは、夏休みにお金を使いすぎたお揃いウェア派がまじめに授業に出ているらしく、彼らとスーツ派の比率がいつもより高かった。まあ元より学ラン派とブランド派は、キャンパスでは滅多に見かけないわけだけど——。

さてそんな熾烈な派閥争いの現場を後にして帰宅すると、刑事たちが待っていて、僕の気持ちは否応なく殺人事件へと引き戻された。下柳刑事が何やら紙片のようなものを手にしている。

「すみませんが、この通りに書いてみて下さい」

そう言ってその紙を渡してくる。B5よりもちょっと小さいくらいの紙だ。見ると紙の中央に、パソコンで打ったものだろう、《***delenda Kengo***》という文字が、16ポイントくらいの活字体で印刷されていた。

さらにもう一枚の紙が差し出された。こちらはほぼ同じ大きさの白紙で、どうやらこれに書けということらしい。

「はあ、何でこんなことを」

「理由は言えませんが、とりあえずご協力願います」

「この綴りのまま書けばいいんですね？」

「そうです。住民の方全員に書いてもらっていて、あなたで最後です」

「字体も真似するんですか？」

「いえ、御自分流の書き方で書いて下さい」

「だけど、何でこんなラテン語もどきを書かせるのです？」

そう尋ねると、下柳刑事は忙しく数回瞬《まばた》きをした。感情を表に出さないこの刑事にしては珍しい。

「ラテン語もどき？」

その時ようやく思い当たった。

「ひょっとしてこれって、謙吾の死体のすぐそばに落ちていた紙に書いてあった文字ですか？」

「よくおわかりで」

「現場に駆け付けた時にちらっと見ましたから。紙が丸まっていたので、中を見ようと拾い上げて、洸一に叱られてすぐに手から離したんですが、なるほどこんなことが書いてあったんですね」

「ええ、そう伺いました。その言葉を裏付けるように、紙片にはあなたの指紋が付いていました」

　つまり住民全員に同じ文字を書かせ、それを筆跡鑑定に回して、紙片と似た筆跡がないかを調べようというのだろう。だから書き写すべき文字は、わざと特徴のない活字体で印刷されているのだろう。

　だが僕は正直首を捻らざるを得なかった。こんなことをして、果たして意味があるのだろうか？

　何故ならこの文字を書いて現場に残した人間――それは十中八九、真犯人だろうと思われるが――は、文字の字体を当然知っているわけであり、わざと似ないように書くことが可能な筈だからである。

　とりあえず僕は、適当に自分流に崩した字体で書いた。紙を手渡しながら尋ねる。

「例の紙片からは、僕以外の指紋は検出されなかったんですか？」

「それはお答えできません」

「はあ」

　椎木刑事が紙片を大事そうに黒いバインダーに挟んで仕舞った。一方下柳刑事は、さっきからずっと、腹に一物あるような目で僕を見ている。

「ところであなたはさきほど、これがラテン語であることを瞬時に理解していましたね」

「ええ」

「ひょっとして意味もわかりますか？」

「まあ敢えて訳すならば、《ケンゴ滅ぶべし》でしょうね」

「《ケンゴ滅ぶべし》⁉」

珍しく素《す》っ頓狂《とんきょう》な声を挙げた。

「するとやはりこれは、犯人の犯行声明文と思って良いのですね！」

「それは当然そうでしょう」

「それにしても我々は意味はおろか、そもそも何語なのかもわからなかったのに、一瞥《いちべつ》しただけでラテン語であると見抜いたのみならず、意味までたちどころにわかるとは、大したものですね。全員に書いてもらったのですが、あなた以外の全員、内容はチンプンカンプンという顔でしたよ。いやもちろん ***Kengo*** が栗林謙吾さんのことを指すというのは、我々でも大体予想はできましたが」

本当だろうか？　大丈夫か警察？　警察にはラテン語くらいできる人間はいないのだろうか？と思ったが、海千山千らしい下柳刑事の顔を見ているうちに、あるいは僕を試しているのかも知れないと思い直した。内容などとうの昔に解読済みで、僕が嘘を教えようとするかどうかを見ているのかも知れないではないか。

「有名な文句をもじっているだけですから、ラテン語を少しでも齧っている人ならば、わかって当然ですよ。元のフレーズは ***delenda***《デレンダ》 ***Carthago***《カルタゴ》——《カルタゴ滅ぶべし》です。省略されている動詞の ***est*** が、どこかに入ることもあります」

「どこかに、とは？」

「ラテン語は格変化が煩瑣《はんさ》な分、語順は至って自由なんで、どこに入れても構わないんですよ。文頭でも文末でも途中でも、本当にどこでも良いんです。動詞が文頭に来て、その動詞の主語が一番最後に来ても良いんです」

「はあ」

「この言葉はローマの政治家だった大カトーが、毎回演説の最後の締め括りに使ったことで知られていますよね。その日の演説の内容が、カルタゴとは全く何の関係もない時でも、最後は必ずこの〈***delenda Carthago***〉で締めた。そしてその刷り込みが効を奏したのかどうかは定かではありませんが、この言葉通りローマ帝国は紀元前146年にカルタゴを滅ぼして、その住民の大半を殺戮《さつりく》し、生き残った住民はすべて奴隷にした上、さらに鬼畜なことに土地に塩を撒いて、今後一切の作物が育たないようにした。地中海の覇者であり、世界の海に君臨したフェニキア人の都カルタゴは、世界地図上から永遠に姿を消した」

「詳しいですね」

「だから有名なフレーズなんですって。山川の世界史用語集なんかにも載っていますよ。僕は世界史受験組ですし」

「でもそれは、日本語に訳された形で載っているわけでしょう?」

「それはもちろんそうですけど」

「いくら有名なフレーズと言っても、原語を見てすぐにわかるというのは、やはり大したものですよ」

　下柳刑事は何故か今日、僕をおだてようとしているみたいだが、僕はそれには乗らずに続けた。

「だけどこれ、文法的に間違ってますよ。さっきから〈ラテン語もどき〉とか、〈敢えて訳せば〉とか、散々言っている理由はそれです。これはラテン語ができる人が書いたものではありません」

「一体どういうことですか？」

下柳刑事は身を乗り出したが、次の瞬間顔を曇らせた。

「あ、でも専門的な話は厳しいので、私にもわかるようにご説明願えますか？」

「うーん、それではなるべく簡単に言いますが、最初の ***delenda*** というのは、〈壊す〉とか〈滅ぼす〉という意味の動詞 ***deleo***《デレオ》 の動形容詞形なんです。動詞を形容詞化したものと言えばわかりますか？」

中年刑事はわかるともわからないとも言わない。

「そしてラテン語の動形容詞は、〈〜されるべき〉という、義務や適正、必要などを表す受動的な意味になるのですが、これはあくまでも形容詞扱いですから、かかる名詞に性数を一致させなくてはならないのです」

「はあ……」

できる限りわかりやすく説明したつもりだったが、下柳刑事はお得意の臍が痒いような顔になった。

「そして ***delenda*** は女性単数主格の形なんですよ。それは〈カルタゴ〉が女性名詞で、それに一致しているからであって、もし《謙吾滅ぶべし》だったら、謙吾は男性ですから、こちらも男性単数形にして、〈***delendus***《デレンドゥス》 ***Kengo***《ケンゴ》〉にしないと駄目なんです」

下柳刑事が眉間に皺を寄せながら答えた。

「私の頭では完全に理解できたわけではありませんが、要するに犯人は単純に〈カルタゴ〉を栗林さんの名前に変えただけでOKだと思っていたところ、ラテン語の文法は奥が深くて、それだけではダメということですね？」

「まあそういうことです」

「では犯人は何のために、現場にラテン語の文章なんか残したのでしょうね？　住民であなたしか意味がわからない犯行声明なんて、一体どんな意味があるんですかね？」

「こっちが訊きたいですが、恐らく僕に罪を着せるためでしょう」

僕は答えた。もちろん愉快な事案ではないが、それだけにちゃんと言っておかないと真犯人の思う壺に嵌まってしまうことになる。

「この大泰荘でラテン語なんか勉強しているのは多分僕だけですから、こんな紙片を残せるのも僕だけだと、警察が単純に考えると思ったのでしょう。そこでネットか何かの、ラテン語格言集みたいなところから、犯行声明文に使えそうなラテン語の文章を拾って来て、細かい文法なんか知らないから、〈***Carthago***〉を〈***Kengo***〉に変えただけで悦に入っていた、デレンダ・カルタゴとデレンダ・ケンゴ、音も似てるから行けると思ったんでしょうね。でも間違いなんです」

「ははあ。何とも浅はかな犯人ですなあ」

僕も珍しく下柳刑事と全く同じ意見だった。

「まあ殺人なんか犯している時点で浅はかだとは思いますけどね」

――


刑事たちが帰って行ったあと、ラウンジに行くと洸一がいたので、紙片のことについて話してみた。

「ああ、あれね。俺も書かされたよ。ふうーん、そういう意味だったのか。しかも文法が間違っていたって？　へえー」

洸一は感心したような顔で言った。

「やるなあ。さすがは文学部」

僕は鼻白んだ。散々文学部を馬鹿にしていた癖に――。

「だけどみんなに書かせて、いちおう筆跡鑑定のつもりなんだろうけどさ、あれって実は何の意味もないよね」

「どうして？」

洸一はきょとんとした。

「だって、あの文字を書いて現場に残した人間――要するにそれは恐らく犯人なんだろうけど――は、当然その字体を知っているわけだから、わざと似ないように書くことだって可能じゃないか」

するとK大ミステリー研きってのロジック派は、悠揚《ゆうよう》迫らぬ態度で切れ長の目を光らせた。

「まあそうだけどな。あるいは逆を狙っているのかも知れないぞ」

「逆って？」

「だから乱歩の『心理試験』パターンだよ。あれは嘘発見器を騙そうとした犯人が、やりすぎて墓穴を掘る話だが、今回の場合本物と似ても似つかぬ字体で書けるのもまた、犯人だけということだから。だから全然似ていないように書く奴が、むしろ怪しいということになるわけだ」

今度は僕が感心する番だった。なるほど、そうか——。

何だその高度な頭脳戦は。意外と凄いじゃないか警察。だけどその目論見をあっさりと見破る洸一もまた凄い。


——


再び高森署における捜査会議。全員がこの前と同じ順序で座っている。特に席が決められているわけではないが、何となく捜査本部《チョウバ》では、立った初回に座った位置に、二回目以降も全員座ることが多いのだ。

「するとあの紙片は、加藤大祐に罪を着せようという真犯人の工作ということか？」

向かって左の係長が、今日もまた毛むくじゃらの太い腕で腕組みをしながら言った。ちなみに幹部三人の並び順も前回と同じだ。

「それが加藤の意見でしたが、私もその可能性が高いと思います」

下柳刑事が答える。

「果たしてどうかな。それも含めた自作自演の可能性はないのか？」

「それも含めた自作自演、と言いますと？」

「シモ、お前、仮に自分が真犯人だとして、考えてみろ。ラテン語の文章を現場に残すことで、ラテン語を勉強している奴に罪をかぶせようと考えたりするか？」

下柳刑事は苦笑いしながら顔の前で手を振った。

「いやーまずしないでしょうね。もし加藤大祐に罪を着せようと思ったとしても、きっと別の方法を取ることでしょう。ラテン語の犯行声明なんて、私には思いつきもしませんよ」

「俺も同感だ。英語もロクにできない俺たちには、そんな発想はそもそも湧かない。つ、ま、り、逆説的なことだが、それは既にある程度、ラ、テ、ン、語、が、で、き、る、人、間、の、発、想だということだ」

この指摘に捜査員たちはあっけに取られたような顔になり、次の瞬間そのほとんどが首肯した。

「さすが係長。言われてみれば確かにそうですね」

「なるほど、それで自作自演と……」

「だけど一体、何のための自作自演なんです？」

そのざわめきの間を縫って、四列目の無精髭の刑事が野太い声で訊く。

「だから、わざわざ間違えた形で文章を残すことで、これはラテン語を知らない人間が書いたものだから、ラテン語ができる自分はシロだと主張するためだよ」

無精髭の刑事は頭に手をやった。

「うわあ、何とも迂遠《うえん》でいやらしい、でも確かに、如何にも頭でっかちの文学青年が考えそうなことですね」

「だろう？」

その時右端のオールバックの幹部が割って入った。

「まあ待て待て。それ以上の議論は、正式な筆跡鑑定の結果を見てからだ」

さすがに懲りたのか、今日はリョウタ刑事は最後までおとなしく座っていた。

13

さらに二日間が経過した。

今のところ事件に動きはない。一昨日は下柳・椎木ペアとは別の刑事たちがやって来て、洸一の予言通り、事件当日に訊いたことをまた訊いて来た。僕は初日と全く同じように答えた。

そして昨日はとうとう刑事たちは、一人も大泰荘にやって来なかった。まさかこのまま迷宮入りするなんてことは、ないと思うが――。

さて僕はこの二日間というもの、寝食を忘れてずっとパソコンに向かっていた。

急に作品のアイディアが湧いて来たのだ。

それはいま正に絶滅の危機に瀕している、僕ら現代の文学青年の生き様そのものを、テーマにする小説だ。敵は巨大な物質文明。主人公はその巨大な敵相手に、巨象に立ち向かう蟷螂《かまきり》のような、絶望的な戦いを挑む。騎士道物語を読みすぎて頭がおかしくなったドン・キホーテさながら、〈ブンガク〉に耽溺《たんでき》しすぎて、時代とずれてしまった文学青年の姿を、コミカルかつ哀愁に満ちた筆致で描けたら――。

　タイトルも即座に決まった。

《当世文学青年気質《かたぎ》》というものだ。もちろん言わずもがな、坪内逍遙《つぼうちしょうよう》の『当世書生気質』のもじりである。

　二日間で、あっという間に二〇〇枚書いた。正直これならばいくらでも書ける。何しろ主人公のモデルは自分自身なのだから。

　予定ではあと二〇〇枚書いて、応募原稿にするつもりだ。これまで五〇枚前後の短編の賞にばかり応募していた僕にとっては、初の長編ということになる。

　執筆の合間に疲れた頭の片隅で、亜沙美のことをつらつら考えていた。もしも僕がこれで、新人賞を獲ることができたなら――。

　あれから時間が経つにつれ、実は亜沙美と謙吾の間には、何もなかったのではないかと思えて来た。ひょっとして、僕が勝手に邪推していただけではないのか？

　そもそも意中の男が部屋に来ている時（あるいはこれから来るという時）に、わざわざ台所にいる他の男にちょっかいを掛けて、部屋に差し入れを持って来させたりするだろうか？

　普通はしないだろう。だが亜沙美は女王様気質だ。私にはあんた以外にも忠実な僕《しもべ》が何人もいるのよと、意中の男に見せつけようとしたのだろうか？

　その可能性は皆無ではない。

　だがそんな小細工は何と言うか、亜沙美には似合わない気がするのだ。亜沙美は自分が魅力的だということを、十全に意識している女性である。男を落とすには自分の魅力だけで充分だと考え、それ以外の姑息な手段に頼ることは、プライドが許さないタイプに思える。それに亜沙美の女王様気質は、日常的に他人に傅《かしず》かれていた人間だけに自然と身に着くような、大らかかつ上品なものであって、僕はそれに惹かれていたのである。そうでなければ、ちょっと料理の腕を褒められたくらいでいい気になって、その後一方的に差し入れなんかしない。

あの時謙吾が、もう俺は夕食を済ませたと言ったのも妙だった。もしそういう関係だったならば、食事から一緒にと思うものではないだろうか？

ただしプロのボディービルダーを目指していた謙吾のことだから、プロテイン中心の高タンパク特別メニューを摂っていたのかも知れない。だがそれにしたところで、そういう関係ならば亜沙美の方がもう少し気を遣ってしかるべきではないか？

真実を知る唯一の方法は、亜沙美に直接訊くことである。謙吾に訊くことができない以上はそれしかない。

だが一体何と言って訊いたら良いのだろう。

あの夜、謙吾と二人きりで、カーテンを閉め切った薄暗い部屋に閉じ籠って、一体何をしてたの？

――いいや、とても訊けない。訊ける筈がない。どうしてそんなことが気になるのと逆に問い詰められたら、きっとしどろもどろになってしまうことだろう。そのままやけくそで、ムードも何も無しの最悪のタイミングで告白する羽目になるかも知れない。

しかもこの前差し入れを断られた件といい、何だか最近その亜沙美から避けられているような気がするところがまた問題だ。警察に嘘をついてまで守ろうとしたのに、あんまりである。

ただしそれも亜沙美本人から嘘をついてくれと頼まれたわけでも何でもなく、僕が勝手に庇おうとしただけであり、その嘘に見返りを求めること自体が卑しい心根であることも、もちろん自覚していた。

もっと不思議なことは、刑事たちがあれ以降、その件に関して僕に何も言って来ないことである。亜沙美にも事情聴取をして、僕の言っていることが嘘だとわかった時点で、どうして嘘をついたのかと問い詰めに来ることを半分覚悟していたのに。あのラテン語もどきを書かせられた時だって、そのことについては一言の言及もなかった。

どうやら僕の嘘はまだバレていないらしい。

ということはやはり亜沙美は警察に、あの夜謙吾が長時間部屋にいたことを秘匿しているということなのだろう。

するとまさか、亜沙美が真犯人なのだろうか?

いやいやそんな筈はない。僕が信じなくてどうする。謙吾が殺されたのは真夜中のことだし、言わなくても良いことをわざわざ言って、痛くもない腹を探られるのが嫌だから、そうしているだけなのだ。そうに違いない。

だがさらに逆説的なことを言えば、嘘をついてまで庇おうとしたということは、僕は心の奥の奥では、亜沙美のことをほんのちょっぴり疑っていることになるのかも知れないと気が付いた。一〇〇%潔白だと信じているならば、庇おうともしない筈なのだ。またもや人間心理の不可思議さに唖然とする思いだが、例の暴走族の一件など、亜沙美にはちょっと底の知れないところがあるのだ（それも魅力の一部なわけだけど）。

関係修復のために、とりあえず僕ができることは何かと考えると、やはり料理ということになる。そこで執筆を一旦中断すると、いつものスーパーの近くの魚屋から新鮮な白身魚を買って来て、清蒸《チンジョン》を作ることにした。僕が亜沙美に差し入れをするきっかけとなった、葉留人が釣って来たアイナメを調理してあげた時の、亜沙美の吃驚《びっくり》した顔を憶い出したからだ。あの顔をもう一度見たかった。

腕によりをかけて料理をした。切り込みを入れた魚に五香粉をまぶし、千切りにした生姜を載せる。日本酒をふりかけ、蓋をして中火で蒸す。これほど料理の心得があって良かったと思ったことはなかった。この前は馴染みの薄い食材だったのがいけないのであり、今日は大丈夫、食べてもらえる筈だ。

途中で伊緒菜姐さんがやって来て、隣でパスタを茹ではじめた。

「おい加藤、まーた何か凝ったの作ってんなあ」

「いや、こんなの大した料理じゃないよ」

「その謙遜はむしろ嫌味だぞ」

姐さんは食に対するこだわりはあまりないらしく、自炊する時は大抵がパスタだ。ミートソースを自作しているところも見かけたことがあるが、今日は何とかの洞窟とかいうレトルトで済ませる心算らしく、それを別の鍋で湯煎にしている。

するとそこに葉留人がやって来た。こっちはもっともっと手抜きらしく、カップ麵を手に持っている。お湯を沸かしに来たのだ。

「大祐お前、また旨そうなの作ってるな！」

葉留人もまた、そう言って僕のフライパンを覗き込む。

「実はこれ、去年アイナメを貰った時に試して上手く行ったやつ」

「あーアイナメ。これから釣れる時期だなあ。今度この前のリベンジで釣って来るよ」

「じゃあもし沢山釣れたら、この調理法で良かったら僕が料理して、みんなに振る舞うよ」

「いいね」

「ところで森さあ、前から訊きたかったんだけど。何でいつもそんなに髪サラサラなの？」

パスタを茹でるお湯が吹き零《こぼ》れないように火力を調節していた伊緒菜姐さんが、調整を終えて唐突に話題を変えた。

「何かやってるの？　あたし癖毛だから超羨ましいんだけど」

葉留人は前髪をつまみ、唇を尖らせてふっと吹いた。

「んー特別なことは何もしてないよ。シャンプーのあと、ドライヤーの前にスプレーボトルに入れた精製水ミストを髪に振りかけることくらいかな。水道水は塩素が入っていて、そのままドライヤーすると髪が傷むからね」

「馬鹿野郎！　だからそれを何かやってるって言うんだよ！」

姐さんが何故か憤慨する。僕は横から思わず口を挟んだ。

「そう言えば釣りに行った日も、サラサラの髪のまま帰って来たことがあったけど、あれはどういう仕組みなの？」

すると葉留人は、不思議そうに僕を見た。

「別に仕組みなんてないよ。釣りの間はずっとキャップを被っているからじゃない？」

お湯が沸き、葉留人はカップ麺の容器に入れて去って行った。

パスタが茹で上がり、温めていたレトルトソースをかけて姐さんも去って行った。

僕の方も完成が近い。火を止め、皿に移してダシ汁と醬油をかける。最後に白髪ネギと糸唐辛子を載せて、熱々にしたゴマ油を上から垂らす。

出来上がった清蒸を皿に移し、プレートに載せて階段を上った。別皿に付け合わせの温野菜を盛り、いつものようにバゲットとチーズも添えた。今日のチーズは、先日大学の帰りに渋谷で買って来た、世界三大ブルーチーズの一つであるイギリスのスティルトン。プレートを片手に持ち替えて、３０１号室のドアをノックした。

亜沙美が顔を覗かせた。今日はトレードマークのニット帽はかぶっていない。

「あ、これ、差し入れ。勝手に作って勝手に持って来ちゃったんだけど、食べてもらえるかな？」

亜沙美は無表情のまま、その手だけがすぅと伸びて、そのままプレートを受け取るのかと思ったが、その手はプレートの脇を素通りして、僕の首筋へまっすぐに伸びた。

えっ、いきなりハグ？

だったらプレートを一旦下に置かないと——。

だが次の瞬間、亜沙美の手が触れた首筋にひんやりとした感覚が走り、続いて針で刺されたような鋭い痛みが襲って来て全身が痺れた。プレートが手から落ちて、けたたましい音を立てた。廊下に清蒸や温野菜やブルーチーズが散乱した。

そのままどん、と胸を押された。

僕は後方に飛ばされ、たたらを踏んだ。

それほど強く押されたわけではない。普通の時ならば、せいぜい一歩か二歩、後ろに退《さ》がる程度のものだろう。

だが下半身もすっかり痺れていて、力が全く入らなかった。足が縺《もつ》れて完全にバランスを崩し、僕はそのまま真後ろに倒れた。

倒れる瞬間に、床で後頭部を打つことだけは何とか避けようと思って顎を引いた。

そのお蔭だろう、何とか頭だけは護ることができた。

ちょっと吻《ほ》っとした。

と思ったが甘かった。半回転して止まる筈の虚空が、そのまま後ろへ後ろへと流れ、廊下の天井を捉えていた視線が、剣山のように並ぶ階段の各段の直角の段鼻を捉えた。

頭の後ろには、もう床がなかったのだった。

そしてその先は良く見えなかった。眼鏡が飛んでしまったからだ。

スタンガンで全身痺れたまま、階段を下まで一気に転げ落ちた加藤大祐は、全身を強く打ち、何故自分が死ななければならないのか、さっぱりわからないという眼をしたまま絶命した。

第二部

ここはどこだろう。

あたりいちめん真っ暗だ。

僕がいまいるのは何もない空間。本当に何もない。地面すらない。それどころか、どっちが上でどっちが下なのかもわからない。

まるで無重力の宇宙空間にいるかのようだが、僕は宇宙服のようなものは一切身に付けていない。

生身の人間が宇宙空間で、何の装備もなしで生きることは一瞬たりともできない筈だから、どうやら宇宙にいるというわけでもないらしい。

頭の中も、厚くて白い靄《もや》がかかっているかのように明瞭《はっきり》しない。

一体ここはどこなのか——。

頭にかかっていた白い靄が少しずつ霽《は》れて来て、少しずつ記憶が蘇って来た。

亜沙美に何か金属製の器具を首筋に押し当てられて、冷たいと思った次の瞬間全身が痺れ、それから胸をどんと押されて、そのまま階段を転がり落ちて——。

あの局地的な痛みと全身の痺れ。まるで雷に打たれたかのようだった。

あれはきっとスタンガンだったのだろう。高ボルトの電流が、僕の身体を貫いたのだろう。もっとも一瞬のことだし、アンペア数は低いから、それだけならば命に別状はない筈である。元々スタンガンとは、相手を一時的に無力化することが目的の武器であって、その命まで奪うものではない。

だが足も縺れてしまって踏ん張りが利かず、階段を一番下まで転がり落ちた。骨の何本かは確実に折れたことだろう。途中で何度か頭も打った。

それなのにいま、身体はどこも痛くない。というか、身体の感覚自体がない。

これらのことから導かれる結論はただ一つだ。

僕は死んだのだ。

死因は脳挫傷か何かだろう。途中に踊り場などない、一直線の階段であることが災いしたのだろう。

この認識はもちろんショックだったが、それはすぐにもっと大きな愕《おどろ》きによって上書きされた。

人間は死んだら、意識も何もかもなくなるものだと思っていた。

だがいま僕は、こうしてあれこれ考えている。意識がある。

Cogito《コギト》***, ergo***《エルゴ》 ***sum***《スム》***.***——我思う故に我あり——有名なこの言葉の最後の ***sum*** は繋合動詞《コピュラ》ではなく、〈存在する〉を表していて、このすべてを疑い得る世界の中で、考えている自分の存在だけは一〇〇%確実であるという意味である。

そう、こうして考えているということは僕は存在している。

つまり死後の世界はあったのだ。

物心ついて、親しい人間も自分も、いつか死んでこの世から消えてしまうことを知って子供心にショックを受け、ベッドの中で幾晩も眠れない夜を過ごし、そういうものだと人間の条件を受け入れてからも、それからいつどこで何をしていても、個としての死は常に意識の底の方に、まるでバロック音楽の通奏低音のように纏綿《てんめん》し続けていたが、死後の世界の存在は、いま初めて知ったことである。だからこちらの方により吃驚してしまい、自分が死んだというショックは、完全に吹っ飛んだままでは行かないものの、幸か不幸か、大分薄まった感じだった。

なあんだ。だったら思春期に、あんなに死を恐れる必要はなかったんだ。死後の世界の実在を信じたい気持ちと、そんなものあるわけがないだろうという科学的・実証的な思考の内的相克に、どれだけの時間を費やしたことだろう。

もっともその相克が僕の人格の一部を形成したのであり、まるで無駄な時間だったとは思わないけれど——。

とそのとき暗闇に慣れた目が、向こうの方から歩いて来る一人の白髪白髯の老人の姿を捉えた。古代ローマ人が着ているトーガのような、一枚布のゆったりとした服を身に纏っている。足の下に地面があるわけではないから、正確には歩いているわけではないのだろうが、それらしき動きをしながら近づいて来た。

「あ、神様」

思わずそう口にすると、白髪白髯の老人は、皺の奥の目を瞠いた。

「ほう。何故儂《わし》が神様だとわかった？」

「だって、普通このシチュエーションで登場するとしたら、神様以外にないじゃないですか」

「そうとは限らん。閻魔《えんま》様かも知れんじゃろ」

ひょっとして地獄落ちだったかも知れないということか。僕をからかっているのか。

「だけど閻魔様だったら、もっと怖い顔をして、笏《しゃく》みたいなものを持っているのではないですか？　あるいは嘘吐きの舌を引っこ抜く巨大なペンチとか」

「ふうむ。どうやらお前さんは、地上で流布しているイメージにどっぷりと毒されておるようじゃな」

老人は、やはり真っ白くて長い眉毛を寄せながら、したり顔で続ける。

「じゃが閻魔様は自分で舌は抜かんのじゃないのか？　傍らにいる鬼に命じてやらせるイメージ」

「言ったそばから、自分も毒されていると告白しちゃってますけど」

「あれ？」

老人は虚を衝《つ》かれたように首を傾げた。

「話は戻りますが、神様で合っているんでしょう？」

「まあそれに近い存在ではあるかな」

老人は気を取り戻した様子で薄い胸を張った。

「神様って、いたんですね」

もう大して愕かない。まあ僕なんかに簡単に揚げ足を取られている時点で、神様としては少々、いやかなり頼りないが――。

「この世界にはな」

「すると、神様がいない世界もあるのですか?」

「当然じゃ」

そういうものなのか。ということはキリスト教的な唯一神ではなく、日本古来の八百万《やおよろず》の神に近い存在ということか。

まあ死後の世界があるのなら、当然神様だっていることだろう。死後の世界だけがあって神様なんかどこにもいないという世界の方が、何だか寄る辺がなさすぎて不安に陥りそうである。

「でも神様って、やっぱりそういう姿をしているんですね」

「ふぉっふぉ」

すると神様は、突然くぐもった変な声を出した。

「儂は一にして多である。儂はどんな姿でも取れる。今はとりあえず、お前さんのイメージする〈神様の姿〉を取っているのにすぎない。お前さん自身もそうじゃ。今はまだ人間の形を取っているが、それは自らを安心させるためじゃ。じきに意識だけの存在になる」

それまで言葉を吝《お》しんでいたのが、急に饒舌《じょうぜつ》になった。すると現在のこの姿は、僕の意識が作り出している幻ということなのだろうか。四肢の一部を失った人が、失った後もそれがあると誤認する幻肢のように、自分の身体も、まだあるように錯覚しているだけで、本当はもう僕の肉体は存在しないのだろうか。

ならばこの意識はどうなのだろう?

今はこうして考えることができているが、この意識だって、いつまでもあるという保証はどこにもないのだろうか？

自我の消滅という根源的な恐怖が、改めて僕を襲った。

だが神様が意外に親しみやすい存在だとわかったのは、一つ大きな収穫である。少なくとも猶太《ユダヤ》教的な、一方的に罰する神様ではなさそうだ。それどころか何か頼んだら、多少のことなら叶えてくれそうな、そんな気安い雰囲気まで漂わせている。もうちょっと威厳が欲しい気すらするくらいだ。

それともう一つ愕いたことがあった。

「神様って、日本語喋るんですね」

すると神様は、再びあの妙なくぐもった声を出した。

「ふぉっふぉっふぉ。それも正確には違う。儂は喋ってなどおらん。儂は自分の意思を、お前さんたちが〈言語〉と呼んでいるものに変換して、お前さんの意識に直接流し込んでいるだけじゃ。もしも希伯来《ヘブライ》語や阿拉姆《アラム》語の方がお好みなら、そうすることもできるぞ？」

「いえ、どうか日本語のままでお願いします。でも神様がこんな軽佻《けいちょう》な話し方をするなんて意外だなあ」

「ふぉっふぉ。それもお前さんが、神様が軽佻な喋り方をしたら面白いのになあと、生前常々思っていたから、それが反映されておるんじゃ。繰り返すが儂は喋っておらん」

そういうものなのか。確かにもう肉体を失ったならば、聴覚自体がないのだろうが――。

「ところで神様って、何でもできるんですよね？」

「何じゃ？　何か頼みたいことでもあるのか？」

しめた。この機会を逃してはならない。僕は即答した。
「僕を生き返らせて下さい」
だが神様は、厳めしく首を横に振った。
「それはできん。既に書かれた部分を改変することになるからな」
にべもない答えである。いくら神様でも、過去を改変することはできないということか。では
やっぱり僕は、会心の作品を世に遺すという希《ねが》いを、果たすことができないのか。あっという間
に構想がまとまった《当世文学青年気質》も、未完成のまま誰にも読んでもらえずに終わるのか
――。
神様が過去のことを〈既に書かれた部分〉と表現したのにはちょっと引っ掛かったが、生前フ
ランス文学なんか勉強して、「世界は一冊の書物に至るために作られている」というマラルメ的
な考えに慣れ親しんでいたお蔭か、特に問題なく理解することができた。さすがマラルメ。
「じゃが、知りたいことを教えてあげることはできるぞ。何かあるか?」
「あります」
僕は気を取り直して再び即答した。
「謙吾を殺した犯人が知りたい」
「それを知ってどうする?」
「別にどうもしません。ただ知りたいんです」
死んでみて初めてわかったのだが(この言い方自体が逆説的だが)、死とはすべてが中途半端
のまま終わるということである。キツい模擬試験を受けたのに、答案が返って来ずに正解も教え

てもらえないような虚しさ。このままだと謙吾の事件も、謎だけ与えられて解けないまま終わってしまう。それは嫌だ――。

「ふうーん、それじゃあ訊くがお前さんは、誰が犯人という世界が望みなんじゃ？」

「えっ？」

僕は戸惑った。

「望むとか望まないとか、そういう問題なんですか？」

「そうじゃよ。今回は特別にお前さんに、それを決める権利をやろう」

神様からの予想だにしない申し出に、僕は仰天した。

「じゃ、じゃあ……」

喉がからからに渇きはじめていた。

「じゃあ、誰を犯人にすることもできるわけですか？」

「物理的に可能な人物ならばな。その時刻に地球の反対側にいた人間を犯人にすることは儂にもできん」

「でもさっき、過去を改変することはできないと言いませんでしたっけ？」

「改変することにはならんよ。栗林謙吾はあの夜、死ぬ運命にあった。それは既に決まったことじゃった」

「誰がそれを決めたんです？」

「儂じゃ」

むう。僕は唸った。さすがは神様。ただのボケ老人かと侮《あなど》っていたが、やっぱり結構すごいんだ。人間の生殺与奪《せいさつよだつ》の権利を握っているんだ――。

「じゃが死がどのようにして齎《もたら》されるのか、それは決まっておらんかった。そして儂の前にはそれについて幾つもの選択肢が、〈重ね合わされた〉状態で存在している。儂はその中から、いつもならば適当に一つを選んでそれを固定化するんじゃが、今回は特別にお前さんに、その権利をやろうと言っとるんじゃ」

「だったら……」

僕は唾を飲み込みながら続けた。喉がひりひりした。もう死んでいるのだから唾も出ていない筈だし、喉も痛まない筈なのだが、生前の習慣でそんな気がしたのだろう。

「だったらひょっとして、あの日僕が階段から落ちて死ぬことも、あらかじめ決まっていたんですか?」

「うんにゃ」

神様は首を横に振った。

「お前さんは偶発的な死者だ。儂は世界を一〇〇%制御しているわけではないんじゃ。流れというものがあってだな」

流れで死んだと言われるのは、それはそれで悔しいものがあるが、今は言葉に拘っている場合ではない。

「だったら、僕が死なない結末を選ぶこともできるんじゃないですか?」

「いや、お前さんはもう死んでこっちの世界にいるから、それはできん」

パラドックスではないのか? 謙吾の死の運命は決まっていたが、どうやって死ぬかは決まっておらず、今でも選択可能だと言い、時間軸的にはそれより後に起きた筈の僕の死は、変更不可能だという。正直言ってよくわからないが、理屈で捉えようとすること自体が間違っているのだろうか？

すると神様は、そんな僕の気持ちを見透かしたかのように続けた。

「お前さんの死はもう書かれて発表されてしまったから取り消せない。栗林謙吾の死の真相は、まだ書かれていない。その違いじゃよ」

うーん。わかるような、わからないような――。

「でも、そもそもどうして初対面の僕に、そんなに良くしてくれるのですか？」

「こっちは初対面じゃないからな。それどころか、お前さんのことをずっとずっと見ておった。なにしろ神様じゃからな。ふぉっふぉっふぉっふぉ」

「それにしても、ただ良くしてくれるだけじゃなくて、犯人を決める権利をくれるなんて、相当じゃないですか」

「あーそれか。それはだな、まあ何と言うか、決めるのが面倒臭くなったんじゃ」

「誰が？」

「もちろん儂がじゃ」

「決めるのが面倒臭いって……あなた、本当に神様ですか？」

「か、神様じゃ」

老人は突然周章狼狽《しゅうしょうろうばい》した様子で答える。万が一にも疑われることなどないと思っていたのだろうか。そんなに慌てるとは思わなかった僕は、逆に面食らった。

「ただし必ず単独犯な。共犯者の存在は、ミステリーとしての純度を著しく下げてしまうからな」

ミステリーとしての純度を気にする神様？

僕の中で疑念がさらに高まった。ひょっとしてこの老人――。

「う、疑うならとりあえずほれ、あれを覗いてみい」

上擦った声で老人が指し示す指の先には、三脚付きの天体望遠鏡のようなものが置いてあった。ただし普通天体望遠鏡は、筒の先つまり対物レンズが付いている方が、上に向けて置かれているのが一般的な姿だと思われるが、それは筒の先が下を向いていた。

その時ようやく自分が、ごくごく薄い雲の上にいることに気が付いた。暗闇の中で下の方だけうっすらと白が流れているので、それとわかったのだ。もっともこれもまた、地上で流布《るふ》している〈天国〉のイメージに毒されている僕が、自分自身で作り出している幻なのかも知れないが――。

「とりあえず、これを覗けばいいんですね？」

「そうじゃ」

僕は接眼レンズを覗いた。望遠鏡（らしきもの）は雲の端に載っているので、雲が視界を遮ることはない。

だが何も見えない。真っ暗な虚空が広がっているだけだ。

いや、全く何もないわけではない。目を凝らすと、空間のところどころに、ゆらぎのようなものがあることがわかった。

生前に読んだ宇宙の本によると、星を作り、星団星雲を作り、銀河を作ったのは、全てこのゆらぎなのだそうだ。ではそのゆらぎを作り出したのは何かと言うと、超ひも理論とかそれこそいろんな説があるわけだが、とにかくゆらぎが無ければ、ビッグバン後の宇宙は、エネルギーがどこまでも拡散してそのまま熱的死に陥り、何一つ生まれることはなかっただろうという。

正にそのゆらぎのようなものが、下の空間に幾つか浮かんでいる。いちめん均一な氷に見える巨大な氷河の中にも、ブラインと呼ばれる他よりも塩分濃度の高い塊の部分が必ずあるように、そこだけ空間が微妙に歪《ひず》んでいるのでそれとわかる。

僕はとりあえずその中の一つに対物レンズを向けて、ピニオン・ノッブを回して焦点を合わせはじめた。

するとまず最初に浮かび上がったのは、こんな文字列だった。

〈誰を犯人にしますか？〉

これは〈犯人当て〉ではありません。〈犯人決め〉です。
あなたはこの世界を望み通りにする権利を手に入れました。
この先あなたの前には、七つの異なる真相、異なるエンディングが、重なり合った状態で存在しています。

そのうち一つを選んで、犯人を決めて下さい。

言葉を換えて言えば、これは一種の〈犯人選挙〉です。一番犯人にしたい人物に投票してください。

犯人を選ぶということは、〈世界〉を選ぶということと同義です。あなたは誰が犯人になる世界がお望みですか？

改めて言いますが全員が単独犯です。共犯者はいません。また各部屋の部屋番号を示すプレートは、記述通り太い釘でドアに固定されているため、付け替えることは不可能です。

また現場が密室になった理由も、犯人たちの動機も殺害方法も、それぞれの〈世界〉ですべて異なりますので、可能な限りそれも推理してみて下さい。

①天枢界《てんすう》　犯人は度会千帆
②天璇界《てんせん》　犯人は山田《やまだ》龍磨
③天璣界《てんき》　犯人は槇洸一
④天権界《てんけん》　犯人は比嘉伊緒菜
⑤玉衡界《ぎょくこう》　犯人は森葉留人

⑥開陽界《かいよう》　その他の人物が犯人
⑦揺光界《ようこう》　犯人不在

――――


何だこれは。犯人決め⁉

選択肢が七つ並んでいて、それぞれに何やら物々しい名前がついている。これはそれぞれの〈世界〉の名前ということらしい。

この七つの並びをどこかで見たことがあるような気がするが、何だっただろう。憶い出せない。全部で七つというのがヒントのような気もするが……。

その選択肢を仔細に見て、その中に自分の名前も亜沙美の名前もないことを確認してちょっと吻《ほ》っとしたのも束の間、次の瞬間全身の毛が逆立つような戦慄を覚えた。

誰を犯人にするのか、僕が決めることができる？

犯人を選ぶことは、〈世界〉を選ぶことである？

それは別の言い方をすれば、僕自身が神様になるようなものではないか。

僕が神様――何だか凄い。凄すぎる。だが嬉しいかと尋ねられたら、手放しで喜ぶ気分には到底なれない。むしろ責任の重大さに恐懼《きょうく》する。

すでに死んだ謙吾が生き返ることは絶対にないと、神様は言っていた。それはもう確定した〈事実〉であるらしい。

だが犯人はこれから決まるのだ。ということは僕の選択が、選ばれた人間を殺人犯にして、その人生を破滅させるのだ。

これは、いい加減に選んではいけないやつだ。

よく考えないと――。

文字列が自動的に下から上に流れはじめた。何だこれは。スクロール？


――


ちなみにこの作品では、いわゆる叙述トリックの類いは、一切使われておりません。

一人二役や二人一役などの錯誤トリックも使われておりません。

もちろん地の文は嘘をついていません。従って視点人物は犯人にはなり得ません。加藤大祐と時丘亜沙美の名前が選択肢にないのはそのためです。

第三部（解決篇）

①天枢界　犯人は度会千帆

ゴシック体の文字列が再び勝手にスクロールして消えた後、僕は改めてゆらぎの一つに望遠鏡（のようなもの）の対物レンズの先を向け、ピニオン・ノッブを回した。ズーム機能も付いているらしく、ゆらぎの中まず渦巻き状の銀河系が見え、太陽系が見え、地球が見え、日本が見え、東京が見えた。望遠鏡で太陽なんか見たら一発で失明する筈だが、既に死んでいるからなのか、それは大丈夫だった。

水平微動ハンドルと上下微動ハンドルで細かい調整をする。目指す先はもちろん大泰荘だ。小さい頃に、子供用の天体望遠鏡を買ってもらったことがあって扱いに慣れていたことが、死んだ後に役に立つなんて。それともう一つ、操作しているうちに普通の天体望遠鏡にはない第三のハンドルが付いていることに気が付いたが、それはとりあえず触らないでおく。

完全にピントが合うのと、大泰荘の前に一台のパトカーが止まるのは、ほぼ同時だった。

見ていると、下柳刑事と椎木刑事、それに初めて見るがっしりとした体格の刑事に、女性の制服警官を加えた計四人がパトカーから降りて来て、全員厳めしい顔で車のドアをばたりと閉めたかと思うと、そのまま全員で四階まで上った。中年で運動不足らしい下柳刑事は、四階に向かう段の途中で息切れを起こし、苦しそうに肩を上下させていたが、上り切るとしゃきっとした顔に戻った。

そして彼らは４０２号室のドアの前に一列に並び、そのドアをノックした。

中から顔を覗かせた千帆に対して、下柳刑事が背広の懐から、三つ折りにされていた紙片を出して広げて見せた。

すると千帆は何も言わずに小さく頷くと、そのままがっしりとした体格の男と女性警官に挟まれるような形で階段を下り、パトカーの後部座席に乗り込んだ。下柳刑事はどや顔で助手席に座り、椎木刑事がステアリングを握って車は出発し、そのまま角を曲がって見えなくなった。

「そんな馬鹿な。千帆が犯人だったなんて！」

ラウンジの窓越しにその様子を眺めていた洸一が、パトカーのテールランプが見えなくなるなり、素っ頓狂な声を出した。

「千帆には確かに動機があった。それはわかるが、だったら一体どうして謙吾の死体を発見した時、４０４号室のドアには鍵がかかっていたなんて、馬鹿正直に証言したりしたんだ。何だってわざわざ、合鍵を持っている自分が疑われるような証言をしたんだ！」

洸一の気持ちはわからないでもない。僕もまた接眼レンズを覗き続けながら、それを指摘した時の洸一のロジックが、実に鮮やかだったことを憶い出していたのだから。

「正にその裏をかこうとしたんじゃないの？」

龍磨が長い金髪を掻き上げながら、飄々《ひょうひょう》とした口調で答えた。

「謙吾と特別な関係にあって、本来真っ先に疑われる立場にある自分を安全地帯に置くために、わざと自分が不利になるような証言をしたんじゃないの？」

何かがストン、と胸に落ちた気がした。洸一もまた、あっけに取られたような顔で龍磨を見ている。

洸一のロジックは確かに鮮やかだった。だがそれは人間というものは、常にロジカルに話し、ロジカルに行動するものだという大原則を前提としていたのだ。

机上のロジックとしてはそれで良いのだろう。だが現実には人間は、必ずしも一〇〇％論理的な言動をするとは限らないのだ。ぎりぎりのスリルを味わうような行動を取ることもあるし、浅慮によって自ら墓穴を掘るような行動を取ることだってある。さらに世の中には、自分とは一切何の利害関係もない事項に関して、わざわざ委曲《いきょく》を尽くした巧妙な嘘をつく、ただ嘘をつくことそのものが目的という虚言癖の人間だっている。

それを思えば犯人が、通常のロジックのさらに裏をかこうとする可能性だって、当然あるわけである。すなわちわざと自分に不利な証言をすることによって、そんな証言をする以上は、本当のことを言っているに違いないと思い込ませる、そんな犯人の存在である。

もっとも龍磨の話に即座に合点が行ったのは、僕がもう死んでいて、いわば世の中の因果律から解き放たれた自由な立場にいるからであり、生きている間は、そこまで考えが及ばなかったことも事実である。生前の僕は洸一が自説を展開した時、そのロジックに素直に納得してしまい、そのまま何となく千帆を容疑の埒外《らちがい》に置いてしまっていた。

だがまだ生きている洸一には、これは受け容れ難い結末だったらしく、納得できない表情で頭を抱えた。

「困るなあ。そんなことされたら、純粋にロジックだけで犯人を特定するのは、ほとんど不可能ということになってしまうじゃないか！」

どうやら洸一にとっては、仲間の一人である千帆が犯人だったことよりも、完璧と思われた自分のロジックが破れたことの方が、よりショックが大きいようだ。何を勝手なことをほざいているんだ、犯人はロジック派の存在意義を守るために犯罪に手を染めるわけじゃないぞ――そう言ってやりたかったが、どうせこちらの声は現世には届かない。

さて水平微動ハンドルと上下微動ハンドルを操作することによって、座標軸上を自由に移動することができるのは、死者の大いなる特権である。何と言っても警察の取調室も俯瞰《ふかん》することができるのだから。生きていたら新聞や雑誌の記事を渉猟《しょうりょう》し、それでもはっきりしない時には裁判所に何度も何度も足を運んで、時には傍聴券を求めて行列したりしなければ、決してわからないような事件の真相が、望遠鏡（のようなもの）を覗くだけで簡単にわかるというのは、なかなかに便利である。

警察が一番怪しい第一発見者を逮捕するのに、こんなにも時間がかかった（かけた）理由は、女性の力であの筋骨隆々とした謙吾を絞殺できるのかという疑問が、一貫してあったからしい。

結局捜査本部はその手口に関しては曖昧なまま、さまざまな状況証拠の積み重ねによって逮捕に踏み切ったらしく、その疑問が解けたのは、観念した千帆の自供によってだった。

もはや肉体を持たない僕には、珍妙な行為にしか思えないのだが、人間が完全に無防備になる状況としては、性行為に没入している時がその一つに挙げられることだろう。そして正に千帆はその行為の最中に、相手の首を絞める性癖の持ち主だった。同様の性癖の持ち主として有名なのは、かの妖婦阿部定《あべさだ》で、警察の取り調べに対して定は、性交中に男の首を絞めると、男の下腹部がピクピク動いて快感が増大したという旨のことを述べている。しかも絞められる方も、脳の酸素不足がオーガスムを高め、時にそれが癖になるらしい。阿部定が愛人を絞殺してその局部を切り取ったのは、その性癖とは直接の関係はない嫉妬と独占欲によるものだったらしいが、千帆は謙吾の同意の下、紐を使って絞めていたところ、うっかり力が入り過ぎてしまったのだ。だから正確には過失致死なのだが、真相を知られたくない千帆が、そのまま紐を持ち去って他殺に見せかけたのだ。

だからと言って大泰荘の住民の誰かに殺人の嫌疑が掛かるのは困るという考えが、部屋を立ち去る時に、ドアの鍵は掛けて、西の窓の鍵は開けておくという行動になって現れた。こうしておけば、外部から侵入した犯人が凶行に及び、また外へ逃げ出したように見せかけることができるのではと踏んだのだ。

その際天井の電気を消してから、引いてあった西の窓のカーテンを開けて、クレセント錠を外した。そんな時間でしかも四階だから、外から目撃される危険性は低いが、念には念を入れたのだ。翌朝第一発見者を装ったのは、自分たちが付き合っていることは、洸一をはじめ何人かの住民には知られていると思われるので、自分が発見しないのは逆に不自然だと考えたからだ。

千帆が何よりも恐れていたのは、事件の詳細がマスコミに漏れて、出歯亀な週刊誌やテレビのワイドショーに面白おかしく取り上げられることだった。かつてマスコミは、司法立法行政の三権分立に次ぐ第四の権力と言われたものだが、今では権力を通り越して、時に暴力になり得る

――千帆はつい最近、そんな内容の本を読んだばかりだった。自分の性癖が日本じゅうに晒されることを考えたら、必死で他殺に偽装しようという気持ちになるのも無理はない。

第一発見者であり、密室を簡単に作れるという単純な理由で、千帆犯人説を一時本命にしていた僕だが、この真相は全く思いも寄らないものだった。別れ話の縺れが動機ではなく、そもそも二人の間には別れ話など持ち上がっていなかったというのである。

では伊緒菜姐さんが耳にしたという鍵返却云々のくだりは何だったのかと言うと、それはもう少し後になって明らかになる。

さて千帆が連行されて行った後の大泰荘の様子を、僕はしばらく覗き続けたが、気になる亜沙美の姿がどこにも見当たらない。

僕は心配になった。ひょっとして、僕を死に追いやった件で逮捕されてしまったのだろうか？

再び二つのハンドルを操作し、あちこち探し回ってようやくその姿を見つけることができた。やはり警察署の一室にいたのだが、逮捕はされておらず、勾留されて取り調べを受けている段階だった。

その取り調べの一部始終を聞くことで、僕は自分が死んだ時の正確な状況を、初めて知ることができた。亜沙美は僕が謙吾殺しの犯人ではないかと疑心暗鬼になっており、食事の差し入れに毒殺の恐怖を感じたのだという。しかも亜沙美が僕を疑うようになった根本の原因が、僕が彼女を庇おうとしてついた嘘だったことを知って、僕はがっくり来た。

やっぱり嘘なんかついて、良いことは一つもないらしい。人間、正直が一番なのだ。死んでからそれに気付いても、もう遅すぎるけれど……。

結局は不起訴処分になって、亜沙美は無事大泰荘に戻って来た。

僕は安堵の溜息をついた。僕が死んだのは自業自得であって、彼女を恨む気持ちはさらさらない。


――


「どうする？　それに決めるか？」

接眼レンズから目を離してぼんやりしていると、背後からいきなり訊かれて衝《は》っとした。振り返ると白髪白髯のジジ……いや神様が立っている。そうだった。僕が〈世界〉を選び、犯人を決めるのだった。

「うーん」

僕は首を傾げた。いきなりR指定の結末を覗いてしまったのは偶然だからしょうがない。とは言え、これを唯一無二の解として選びたいかと言われると――。

「別に他の世界を見たら、もうこの世界は選べないとか、そういうわけじゃないんでしょう？」

「うむ、そういうわけではない」

一応確認した。

「だったら、他の世界も見てから決めたいです。これはこれで辻褄は合ってますけど、千帆が犯人じゃない〈世界〉も見てみたいので」

すると神様は渋々諾った。

「選ぶ権利をやると言ったのは儂じゃからな。まあ仕方がないのう」

僕は再び望遠鏡（のようなもの）の接眼レンズを覗き込み、別のゆらぎの方向に対物レンズの先を向けた。

⑦揺光界　犯人不在

だがそこに見えたのは、さっきと細部に到るまで完全に同じ光景だった。パトカーからさっきと同じ四人組が降りて来て、さっきと同じように全員厳めしい顔で四階に上った。下柳刑事は盛んに肩を上下させながら息を整えて、さっきと同じように４０２号室をノックした。

中から出て来た千帆に対して下柳刑事が逮捕状のようなものを見せると、千帆は何も言わずに小さく頷き、そのままがっしりとした体格の男と女性警官に挟まれるような形でパトカーの後部座席に乗り込み、おとなしく連行されて行った。

それをラウンジの窓から見ていた洸一が、「そんな馬鹿な！　千帆が犯人だったなんて！」と叫んだ。

完全にデジャヴであり、うっかりさっきの世界〈天枢界〉をもう一度覗いてしまったのかと訝ったが、それから先、警察に着いてからの取り調べの内容が、まるっきり違っていた。

そもそも容疑が違っていた。〈天枢界〉では殺人罪での取り調べだったわけだが、この世界〈揺光界〉で千帆が問われているのは、死体を勝手に動かして放置した罪、つまり死体遺棄罪だった。

四階の各部屋は、天井を支える太い梁が剝き出しになっている以外は、三階の各部屋と間取りや造りは同じという記述があったと思うが、あの夜謙吾は、その剝き出しの梁に紐をかけて、首を吊っていた。ベッドが乱れていたのは、実行前に本人がその上でしばし煩悶《はんもん》していたからである。クラリネット専攻の友人に頼まれていた作曲が上手く行って気分が高揚していた千帆が、深夜にイタズラ心を起こして恋人の部屋に夜這いとしゃれ込んで、縊《くび》れ果てている謙吾を発見し、既に縡切《ことき》れていたその遺体を床に下ろしたのだ。

洸一〈先輩〉が途中でいみじくも指摘したように、いつの間にか謙吾の心の中には、密かな自死願望が巣食っていた。男性ホルモンのテストステロンは、攻撃性を助長するという学説があるらしいが、過剰分泌されたその攻撃性が、自分自身へと向けられてしまったものと言えるのかも知れない。例のマッスルKさんの最期だって、ある意味消極的な自殺みたいなものだし、三島由紀夫の最期は、極度の肉体の鍛錬が、その肉体の持ち主に時にエロスよりもタナトスの方角を向かせてしまうことを、象徴的に示しているようにも思われる。

生きている間は、あの夜301号室で何が行われていたのか、最後までわからないままだった僕は、今ごろになってその真実を知って、再びがっくり来た。まさかあの仄暗い中、謙吾は亜沙美の絵のモデルをつとめていたなんて――。

ところがモデルを終えてその素晴らしい出来栄えを見た謙吾は、自分の肉体が現在、最も美しい刻《とき》を迎えていることを知った。今がピークと咲き誇る二〇歳の雄々しい肉体。そして後はひたすら下り坂という人間存在の残酷極まりない現実。見た目の筋肉は、これからまだ幾らでも太くすることができるだろうが、身体の内側はゆっくりと、だが確実に酸化して朽ちて行くのであり、悲しいかな残りの人生は、その老化の過程にすぎない――あろうことか、そんな考えに囚われてしまったのだ。

それならばいっそ亜沙美の絵の中に一〇〇%の自分の姿を残して、下り坂の本体の方は、他人の目にもう二度と触れることのないように、いっそ消去してしまおう――亜沙美の絵の出来の素晴らしさが招いた悲劇であるとも言えた。

若さと純粋さ故の、それこそ三島由紀夫の小説の主人公が撰《えら》びそうな死の理由であり、多くの人には理解不能だろう。だが僕には何となくわかる。あの峻厳でストイックな謙吾ならば、そういう理由で死を撰ぶこともあり得ると思うからだ。

そもそも謙吾は、ちゃんと遺書も遺して、死を撰ぶ理由もそこに認《したた》めていた。そこには両親と恋人の千帆に対して、先立つ不孝を詫びる言葉も綴られていた。

ところが小さい頃に弟を自殺で亡くし、子供に自殺された親の悲しみを身近で嫌というほど見て知っていた千帆は、悲しみに打ちひしがれながら、床に下ろした遺体の首から懸命にロープを外して遺書と共に持ち去り、必死に他殺に見せかけたのだ。

子供に自殺された親は、感情のぶつけどころがどこにもなく、ただただ自分自身を責め苛む。それに比べれば、犯人を憎むことができる他殺の方がまだましだ――それが千帆の考えだった。

ロープは切り刻んで翌朝のゴミに出したが、遺書は処分しておらず、何年か経って悲しみが少し癒《い》えた頃にでも、謙吾の両親の許を訪れて、それを渡しながら真相を伝えようと思っていたのだという。自分も謙吾の両親も、悲しみが完全に癒えることは一生ないのかも知れないが、それでもその伝え方が、御両親にとっては最善であると信じた。恋人本人のみならず、その家族に対する千帆の深い愛情が、あの状況を作り上げた。

現場を去る時、西の窓のクレセント錠を開けておいた理由は、さっきの世界〈天枢界〉と同じ。カーテンを開ける前に電気を消した理由も同じだ。

〈天枢界〉と違うのは、発見時にドアに鍵がかかっていたと正直に証言した時、千帆に通常のロジックの裏をかこうという気など、さらさらなかったことだ。それはただひたすら僕ら他の住民たちを守るためであり、他殺には見せかけたいが、他の住民に嫌疑がかかるのは絶対に避けたかったのだ。

もちろん万が一住民の誰かが誤認逮捕されるような事態になったら、その時は仕方がないので、動かぬ証拠である謙吾の遺書を見せて、全てを告白する心積もりではいた。

翌朝の千帆の憔悴した表情を僕は憶い出した。謙吾の死体を前にしての「どうして、どうして」というあの嘆きは、改めてその選択に対して投げかけられた、嘘偽りのない心の叫び、大いなる疑問符だったのだ。

では何故西の窓自体は閉めておいたのか。当然そんな疑問が湧いて来る。先ほど見た世界〈天枢界〉の犯人＝千帆もそうだが、外部犯による絞殺に見せかけたいならば、鍵だけではなく窓も開けておくべきではないのか――。

それはやはり、千帆の深い愛情のなせる業だった。たった一晩とはいえ、死体の腐敗は不可逆的に進む。その間に窓から甲虫などが入って来て謙吾の死体に群がるようなことがあったら、絶対に嫌だと考えたのだった。

しかしこれらの工作は結局通用しなかった。絞殺と縊死とでは、首に残る索条溝の角度が違うのだ。慎重に捜査を進めた警察は、謙吾が縊死であることを突き止め、第一発見者が証言する発見時の状況と矛盾することに、当然気付いたのだった。

僕は複雑な思いを抱きながら、対物レンズの先を警察から大泰荘のラウンジへと戻した。

すると残った住民たちが、沈痛な面持ちで楕円形のテーブルに集まっているのが見えた。

「今回の千帆の行為は確かに法律には触れるわけだけど、その理由が謙吾の両親の気持ちを慮《おもんぱか》ってということが考慮されるのは、まず間違いない」

そんな中、沈黙を破って口を開いたのは、法曹界志望の洸一〈先輩〉だ。

「だからそれほど心配する必要はないと思う。万が一起訴されたとしても、まず確実に執行猶予はつくことだろう」

「じゃあ、どっちにしても千帆はここに帰って来るのね！」

亜沙美もこの世界ではまだ勾留中なのか、テーブルに紅一点の伊緒菜姐さんが、ぱっと花が咲くような表情を見せた。

「うん。少なくとも一度は戻ってくるよ」

「可哀想な千帆。いろんなことを一人で背負いこんで、辛かっただろうね。戻って来たらみんなで慰めてあげようね」

「そうだな。慰めてあげよう」

洸一がすかさず同意した。

「戻って来たらぎゅっと抱き締めてあげたいな」

「そうだな。みんなで代わるがわるぎゅっと抱き締めよう」

するとかき伊緒菜姐さんが、目尻を眦《き》っと吊り上げた。

「槇てめえ、どさくさに紛れて何言ってんだよ！　おめえは駄目だよ。セクハラじゃねえか」

「どうしてだよ！　男女差別だ。不公平だ！」

「うるさいバカ」

二人のやり取りを聞いて、龍磨と葉留人が笑い転げた。

僕は静かに接眼レンズから目を離した。


――――


老人がしたり顔で近づいて来た。

「何じゃお主、寂しいのか」

どうやら僕は、そういう表情をしていたらしい。

「寂しいというか……結構あっという間にいつもの調子に戻るんだなあと思って」

「死んだ人間はみんなそう言うんじゃよ」

「みんなが元気になるのは嬉しいんですけどね」

「それでどうじゃ。もうこれに決めたらどうじゃ？　悪い奴は誰もいなくて、最後はみんなが笑顔。ハッピーなエンディングじゃろ」

「犯人不在ってそういう意味だったんですね。ようやくわかりました。でもハッピーエンドということはないでしょう」

曲がりなりにも謙吾と僕は死んでいるのである――。

「じゃが読後感は良いじゃろう？　悪人がどこにもいない優しい世界。さあ、これに決めなはれ」

読後感？

それって、神様が気にするような事項だろうか？　さっきから僕の中で育ちつつあった疑念が、より一層増大した。

「だけどどうしてそんなに早く決めさせようとするんですか？　まだ二つしか見ていないのに。とりあえず、残りの〈世界〉も見てから決めたいです」

すると神様は渋い顔をした。

「うーん、早く帰って寝たいんじゃがなあ」

「え、神様が寝るんですか？」

僕は目を剝いて〈神様〉を見た。

「あなた、本当に神様ですか？」

すると神様は、一瞬しまったという顔をしてから、早口で答えようとして、思い切り嚙んだ。

「く、くゎみ様じゃ」

やっぱり怪しい。思い切り怪しい――。

「ところで捜査の過程で下柳刑事が、謙吾のことを〈殺害された〉とはっきり言っていませんでしたっけ？　この結末ですと、あの台詞はアンフェアになりませんか？」

老人は首を横に振った。

「うんにゃ。それは事件直後の事情聴取においてじゃろ？　それに正確には〈殺害された模様です〉と言っていた筈じゃ」

「狡いなあ」

「何が狡いんじゃ！　これはテクニックじゃ！」

神様は額に青筋を立て、躍起になって僕の言葉を否定した。

「解剖の結果が報告される場面が、描かれておらん理由を考えんかこのボケ！」

何と品のない神様だろう。僕も少しムキになって言い返した。

「だけど剝き出しの太い梁が出て来た時点で、この結末はほんの少し予想しましたからね。読後感は良くても、ミステリーとしての意外性はイマイチになるかと」

「ううむ。読後感を優先させると意外性が犠牲になるのか。正にジレンマ」

老人は悔しそうに唇を曲げた。「くそお。梁の描写は、建物の説明の中に何気なく紛れ込ませたつもりだったのに！」

「ダメですよ。剝き出しの太い梁なんて、出て来た時点で誰かが首を吊るとわかりますよ。これはもう〈チェーホフの銃〉と同じですよ」

すると老人は、うんざりした目で僕を見た。

「あーあ、これだから嫌なんだ、文学青年は」

②天璇界《てんせん》　犯人は山田龍磨

なおも何か喚いている老人を適当にやり過ごし、次に僕が対物レンズを向けたゆらぎの中にあったのは、前の二つと同じようでいて、細部が微妙に異なる世界だった。大泰荘の前でパトカーが止まるところまでは、前の二つの世界と全く同じなのだが、中から出て来たのは、四人全員男性の刑事たちだったのだ。

彼らは一気に四階まで上り、403号室のドアをノックした。

中から顔を覗かせた龍磨は、何故か両手にシガーボックスを持っていた。そろそろ刑事が自分を迎えに来ることを、ある程度予想していたような顔つきだった。

ここが刑事の見せ場とばかりに下柳刑事が逮捕状を出して示すと、龍磨は一切抗弁することなく、まるで今生の名残《なごり》を惜しむかのように、その場で刑事たちを前に、得意のシガーボックスを使った一連の見事なパフォーマンスを行った。

まるで見せ場対決を挑んでいるかのようだったが、それを終えると長い金髪を風に靡《なび》かせながら、おとなしくパトカーの後部座席に乗り込んで連行されて行った。

「そんな、龍磨が犯人だったなんて！」

今回もまたラウンジの窓越しに、角を曲がって行くパトカーのテールランプを見送った洸一が声を上げた。

「そうか、細くて丈夫な紐を、日常的に使っている人間がいることを忘れていた！」

愕然とした表情だ。恐らく洸一の頭にはいま、龍磨が見事に操っていたディアボロの姿が頭に浮かんでいるのだろう。

そうなのだ。普段から目にしていたので逆に盲点だったのだが、ディアボロを意のままに操るあの紐、細いが、一〇メートル以上の高さから落下するディアボロをしっかりと受け止めるだけの強度のあるあの紐、しかも両端にハンドスティックが付いていて握りやすく、力も罩《こ》めやすいあの紐を使って背後から襲えば、いくら相手が身体を鍛えていた謙吾であっても、絞殺することは充分に可能だったのだ。

しかもハンドスティックのお蔭で、紐が自分の手に食い込んだ痕なども一切残さずに殺《や》れたのだ。

だが龍磨が真犯人だとしても、まだわからないことは沢山ある。たとえばどうやって鍵のかかった404号室から脱出したのか。合鍵を持っていた千帆ならば問題にならなかったその謎が当然生じて来る。他に合鍵はないと考えて構わない筈だから、窓から脱出するしか手はないが、一体どうやって四階の窓から無事に地上に降りたのか。何度も言うが西の外壁には、手をかけられるような凹凸は一切ないのである。

その手口が明らかになったのは、やはり警察の取調室においてである。取り調べ万歳！

「はは。地上に下りたんじゃない。上ったんだよ、屋根に！」

今さら言い逃れする気は毛頭ないらしく、龍磨はその手口を得意気に語りはじめた。

ディアボロの紐を使って謙吾を絞殺した龍磨は、大胆にも現場はそのままにして、一旦同じ四階の自分の部屋（403号室）に戻った。ちなみに犯行時刻は一時半頃だったが、現場の密室工作を行ったのは、それから一時間半ほど経過して、みなが寝静まった（実際には千帆はまだ作曲を続けていたし、葉留人も釣りに行くために起きていたのだが）午前三時過ぎのことだという。そこに時間差があるという可能性は、正直僕は全く予想していなかった。

　頃合いを見計らっていた龍磨は、やがておもむろに自室の東向きの窓を開け、両手を窓の外に出してディアボロを操作し、頭の後方すなわち大泰荘の屋根に向かって、ハイアップで思い切り投げ上げた。

　そのディアボロには、細いが頑丈なロープが結んであった。路上パフォーマンスを行う際に、お客さんの立ち入りを制限する場所を劃《かく》するためのロープだ。そのもう一方の端は、自室の備え付けのベッドの脚にしっかりと結んである。

　投げられたディアボロは、大泰荘の屋根の大棟を越えて向こう側の斜面に転がり、反対側の軒先から垂れ下がる。屋根に当たった時の音を和らげるために、ディアボロの両端の一番太くなる部分には、いつもフリースタンディングラダーの時に使用しているゴムのサポーターを巻いていた。

　だがそれでも音を完全に消すことはできず、スレート葺きの屋根の上を転がるゴロゴロという音はした。みなが寝静まる時刻まで待ったのは、この音をなるべく聞かれないようにするためである。

　葉留人との呑み会を切り上げて部屋に戻った洸一が、寝入りばなの夢うつつの状態でそれを聞いた。それがあの、遠い雷鳴の音の正体である。屋根に接する四階の住民のうち、謙吾はすでに死亡し、４０２号室の千帆はヘッドフォンをしていたから、結果的に洸一だけが音を耳にしたのだった。

さて龍磨の４０３号室と謙吾の４０４号室は、屋根の大棟を軸として線対称の位置にあるから、投げられたディアボロは、４０４号室の西向きの窓の目の前にロープで垂れ下がっている。もちろんこれは、正確に真直ぐ後方に投げられる龍磨だからこそできた芸当でもある。

後は自室の窓は開け放したまま謙吾の部屋に戻り、ドアのサムターンを回して内側からしっかり施錠すると、西向きの腰高窓の窓枠に乗って、目の前に垂れ下がっているロープに飛び移るだけだ。飛び移る前にふと思いついて、ベッドを乱しておいた。

飛び移るところを万が一にも目撃される危険を減らすため、天井の電気は消してから、暗闇の中で飛び移った。ロープを伝って屋根に上る途中で、足を伸ばして西の窓を外側から閉めた。あとは屋根の上で、ロープを身体に巻き付けるようにして回収しながら東側の斜面に移動、そのまま暗闇に再び身を躍らせてロープ一本でぶら下がり、それを伝って自室に戻るだけだ。こうして地上には一度も下りることなく、犯行現場を密室にしながら自室に戻ることに成功したのだ。

だからもしもこの時、龍磨の部屋の真下に当たる３０３号室の僕が、東側の窓から外を眺めていたら、ロープ一本でぶら下がって自室へと戻る龍磨の姿を、ひょっとしたら目撃できたかも知れない。だが朝日の直撃であまりにも早く目が覚めるのを防止するため、僕は夜になると東側の窓のカーテンを必ず引いておく習慣だったし、龍磨はそれも計算に入れていた。まあ仮にその日に限ってカーテンを引き忘れていたとしても、その時僕は予習に疲れて寝落ちしていたわけだから、どちらにしても目撃はできなかったことだろうが――。

ただし龍磨は一つだけ余計なことをした。それはロープにぶら下がったまま足を伸ばして、外から窓を閉めたことだ。何故なら警察が龍磨を逮捕する決め手となったのは、その時窓の外側についてしまった、内履きのスニーカーの靴裏痕の一部だったのだから。こんなところにスニーカーの痕がついているのはおかしいということになり、痕を慎重に採取して住民たちの内履きや外履きすべてと照合したところ、龍磨の内履きの裏と一致したので、一〇〇％手口がわかったわけではないものの、逮捕に踏み切ったのだ。

だからもし窓を閉めなければ警察は決定的な物証を得られず、逮捕に至らなかったかも知れない。龍磨は不可能状況を作り出すことに夢中になるあまり、ついつい余計なことをしてしまったのだ。

だがまだわからないのは動機である。どうして龍磨は謙吾を殺さなくてはならなかったのだろう。そしてどうしてそんなに不可能状況を作ることに拘ったのだろう。

それらが明らかになったのも、やはり警察の取調室においてである。ビバ取り調べ！

一見してそれとわかるほど敵対していたわけではないのだが、実は龍磨と謙吾の間には、以前から軋轢《あつれき》が存在していた。主に龍磨の方が謙吾を毛嫌いしていたのだが、その原因は以前ラウンジで何人かで呑んだ時に、謙吾がジャグラーを貶めるような発言をしたことだった。口は災いの元と言うが、酒の席でのそういう発言は、言った方は軽い気持ちでその後すぐに忘れてしまうが、言われた方はいつまでも執念深く憶えているものだ。

しかもその時その場に居合わせた洸一が、真相が明らかになってからラウンジで葉留人相手に述懐したところによると、それはそれほど大した発言ではなかったらしいのである。

「『ジャグリングの大会って、みんな自分の道具を使うんだって？　でもそれっておかしくない？　みんな同じ道具でやらないと不公平なんじゃない？』——そのとき謙吾が言ったのは、たったこれだけだよ」

「え？　それだけ？」

葉留人は愕きの顔を見せながら、

「別にそれ、ジャグラーを貶めてなんかいないじゃないか」

「俺もそう思う。謙吾はただ、競技の公平さは保たれているのかを問うただけだ。ディアボロならディアボロで、大会ではみんな同じメーカーの、同じ重さのものでやるべきじゃないかと言いたかっただけで、むしろジャグリングのことを真剣に考えた発言ですらある」

「うん」

「だが龍磨はそれを、自分の肉体一つで勝負するボディービルダーに、道具を操るジャグラー全体がバカにされたように感じたらしいんだよ」

「何てことだ……」

葉留人は整った顔を顰めた。

「肉体自慢の男が、そのジャグラーの道具によって殺されて、ジャグラーの技術によって不可能状況で発見されるなんて、痛快そのものだろう？」

その龍磨は、取調室でそう言って笑っている。ミステリーマニアではなく、特に密室にロマンを感じるタイプでもない龍磨が、リスクを冒してまで現場を不可能状況にすることに拘った理由もそれだった。

僕は暗澹《あんたん》たる気持ちになって、接眼レンズから目を離した。

何だか見ているのが辛い。

これは謙吾と龍磨、双方にとって不幸な行き違いだったと言える。普段は温厚だがルサンチマンの強い龍磨は、その殺戮に至る反感をひた隠しに隠していたのだろうが、何とか僕らの手で、行き違いを解消させることはできなかったのだろうか――。

それにしても対立の種というものは、どこに転がっているのか、わからないものである。むしろ人間というものは、何もないところにも対立の種を〈発見〉する生き物なのかも知れない。

また同時に、自分のものの見方が如何に表面的だったかを痛感させられた。表面だけを見て、大泰荘には住民同士の陰湿な対立はないなどと信じ込んでいたのだからおめでたい。

やはり僕には人間に対する観察眼がないようだ。こんな有様では、仮に小説家デビューできていたとしても、所詮大した作家にはなれなかっただろうなと思って暗い気分になったが、すぐにその考え自体のナンセンスさに気付いて苦笑した。そうなのだ、もう死んだのだから、そんな心配も不要なのだ――。

だが何も心配しなくて良いというのは、裏を返すと実に寂しいことだということを、僕は死んで初めて（この言い方も逆説的だが）知った。いま心配事を沢山抱え、生きるのが辛いと思っているすべての人に、僕はこう言ってあげたい。今はどんなに辛くても、将来の心配ができるうちが花ですよ――。


――

「うーん、龍磨は人気なかったなあ。得票率わずか2・5%のダントツの最下位。登場する機会が少なかったからなのか、大道芸人という属性が、いかにもレッドヘリングと思われてしまったのか……」

僕が黯然《あんぜん》としているのを尻目に、〈神様〉はブツブツと独り言を言った。

「得票率って？」

僕は訊き返した。

「先行読者投票のじゃよ。これは犯人選挙だと言ったじゃろ？」

読者とか言っちゃってるし。この〈神様〉、いよいよ正体を隠す気もなくなって来ているらしい。僕の中で老人の扱いが、〈神様〉から〈自称神様〉へと格下げになった。

「うーん……」

「そろそろ決めてくれんか。儂は眠いんじゃ」

僕の表情を見て白髯の〈自称神様〉は顔を顰めた。

「何だ、まだ不満なのか」

「いや不満ってわけじゃないですけど、龍磨もやっぱりそれなりに怪しかったんで。もっとも僕も、龍磨の手口や動機については、全く見抜けていなかったんですけど」

すると老人は開き直った。

「何じゃまた意外性云々か？　マルチエンディングにおいては、すべてのエンディングが等価なんじゃ。意外なものもあれば、意外じゃないものもあって当然なんじゃ！　いま問題なのは、お主が誰を犯人にしたいかなんじゃ！」

「それはわかってますけど……」

すると〈自称神様〉は諦《あきら》め顔になって言った。

「えーい、それでもあくまでも意外性が欲しいと言うならば、他の世界を見るしかないじゃろ」

「合点承知の助」

あれ？　うっかり僕自身が死語を使ってしまった——。

だが実際に使ってみると、案外悪くない。一周回って何だか新しい気もする。

僕は目を接眼レンズに近づけ、次のゆらぎを探した。

言うのが遅くなったが、僕は死んでからは裸眼である。階段を落ちる時に眼鏡も吹っ飛んで粉々になってしまったからだろうが、いつの間にか裸眼視力が回復していて、ちょっとだけ嬉しい。

望遠鏡（らしきもの）の扱いにも大分慣れて来た。ピニオン・ノッブの脇にあるボタンを押すと、その時視野の中央にいる対象がロックオンされ、ちょうど天体望遠鏡のシンクロナス・モーターのように、その後対象が移動しても、自動で追尾してくれることもわかって来ていた。

③天《てん》璣《き》界　犯人は槙洸一

これまで見て来たすべての世界と同じように、パトカーが大泰荘の前に止まり、中から四人の捜査員が降りて来た。〈天旋界〉の時と同じく、四人全員が男性である。

そして彼らは四階まで一気に上った。下柳刑事は盛んに肩を上下させ、呼吸を整えてから401号室のドアをノックした。

「まさか、洸一〈先輩〉が犯人だったなんて！」

今度はラウンジの窓越しに叫ぶ人がいないので、代わりに僕が接眼レンズに目を当てたまま小さく叫んだ。

するとあの口達者な洸一が一切抗弁せず、薄笑いを泛べながら黙って連行されて行ったのだが、その笑顔を見て僕は慄《ぞ》っとした。焦点の合っていないその目の光が、狂気を感じさせるものだったからだ。

洸一が今回弄した密室トリックは、ミステリーマニアにしては意外なほどシンプルなものだった。謙吾を殺した洸一は、壁のフックに掛けられていた謙吾自身の鍵を取って廊下に出ると、その鍵で施錠し、鍵はそのまま持ち帰った。その際に西の窓のカーテンとクレセント錠を開けておいたのは、当然外部犯の可能性を排除させないための目晦ましであるが、窓自体は閉めたままにしておいたのは、現場をよりミステリアスで謎めいたものにするためだ。警察が少しでも多く頭を悩ませることが、洸一にとっては快感だったのだ。

朝になり、千帆が合鍵でドアを開け、恋人の死体を発見して悲鳴を上げると、洸一は間髪入れずに駆け付けて、謙吾がいつも鍵を掛けていた壁のフックに、持っていたそのカギを素早く戻した。フックの位置は壁の入口付近だったし、千帆は目の前の禍々しい光景に釘付け、あるいは恋人の変わり果てた姿を目の前にして茫然自失、あるいは悲嘆に暮れて両手で顔を覆っている——想定されるいずれのケースであっても、気付かれずに鍵をフックに掛けるチャンスは充分にあると踏んでおり、そして実際それは問題なく成功した。

だがもしも冷静な第三者の目がその場にあったら、話は全然違って来る。鍵を戻す現場を見られる危険性が一気に高まる。だから二人と同じ階で、火曜日は謙吾と千帆が一緒に朝食を摂ることを知っていた洸一はあの朝、誰よりも早く駆け付けられるよう、ドアを薄目に開けて様子を窺っていたのだ。ものの一〇秒足らずで駆け付けてくれたことを千帆に面と向かって感謝された時は、一体どんな気持ちだったのだろう。あの時洸一は少し顔を紅潮させていたが、あれは照れていたわけではなく、千帆のおめでたい勘違いを嗤笑《ししょう》して愉快な気持ちになっていたのだ。

もちろん千帆が、自分が部屋に入った時はフックに鍵はなかったと証言する可能性はわずかながら残る。だが人間の注意力というものは、同時に全方向に向けられることは決してない。死体を発見し、部屋が密室だったと気付いて初めて鍵の有無に考えが及ぶのであり、その時はもう鍵はいつもの場所に戻っているという寸法だ。

それにしても、それならばどうして洸一はその後、事件に関する僕の推理を、片っ端から否定したりしたのだろうか。大泰荘の住民一人一人に対する僕の疑念を否定し、彼等の潔白をロジカルに証明してみせた洸一は、まるで超一流の弁護士のようだったが、一体どうしてあんなことをしたのだろうか。

それはやはり、誰もが怪しいが決め手がないというあの状況を、心の底から楽しんでいたからだ。僕に見当違いな推理を述べさせ、それを片っ端から否定することに、得も言われぬ快感を覚えていたからだ。

その後専門家の調べや精神鑑定で明らかになったことだが、洸一は他人の痛みに共感できず、人を殺すことに何の躊躇いも良心の呵責《かしゃく》も感じることのない、サイコパスの一種だったらしい。実はサイコパスは、非常に高い知能を有し、日常生活においては魅力的で口達者な人物であるケースも多いのだ。

謙吾との体力差をカバーしたのは、かつてインドや中東諸国などで暗躍していた暗殺者集団タギーが殺しに用いていた、ルマールという武器だった。これは一見すると何の変哲もない平織りの絹スカーフなのだが、中央に大きめのコインを縫い込んである。タギーたちは、普段は何食わぬ顔でこれを頭に巻いていて、狙った旅人などが通り過ぎると背後からそっと近付き、蛇が絡まるようにルマールを相手の首に絡め、中央のコインで気管を潰して絞殺していたのだが、この時片手は掌を上に、もう片手は下に向けるのがポイントだという。僕は洸一の、大きくて骨張った手を憶い出した。

タギーは世界史上でも最凶最悪の呼び声も高い暗殺者集団で、歴史上の記録に現れた1550年から、イギリス統治下の19世紀に壊滅するまで、少なくとも200万人の人間が彼らによって殺害されたと見做《みな》されているが、それだけの数になった理由は彼等の殺人が、相手を殺して金品を奪うという実利的な目的の他に、宗教的な意味あいもあったことが大きい。なにしろヒンドゥー教の死の女神カーリーへの供物として、全ての構成員に毎年必ず一人以上の殺人を義務付けていたというのだから恐ろしい。彼らが絞殺に拘ったのも、流血した死体は女神への供物として不適切なものになってしまうためだという。

さらに今回洸一は、ルマールの両端に握りやすいように木製の握りを付けていた。こうすると一見持ち運び可能で、空いた時間にちょっと鍛えることができるような、筋トレの道具のようにも見える。それを持って深夜一時過ぎに宵っ張りの謙吾の部屋を訪問、それを見せながら『日常的に携帯可能な筋トレの道具を自作してみたんだが、ちょっと見てくれ』と言って（週に一回ほどだがジムに通っていた洸一は、謙吾とは筋トレ談義に時折花を咲かせる間柄だった）、謙吾の興味を惹いて部屋の中に入れてもらい、『あ、でもその前に酔い醒ましの水を一杯くれないか』と言って、背中を向けた謙吾に襲い掛かってそのままその首を絞めた。両端に付けた木製の握りのお蔭で、手に痕は残らなかった。犯行後直ちに一式を分解してコイン（５００円玉）だけ回収し、残りは翌朝のゴミに出した。

謙吾が狙われたのは、大泰荘で一番マッチョな男が殺されたらさぞ面白いだろうという、ただそれだけの理由だった。伝説の暗殺者集団に対する憧れと、このやり方で本当に膂力に差のある相手を殺すことができるものなのか、試してみたい気持ちが主な動機だというのだから、可哀想に謙吾からしたら、全くの殺され損である。

葉留人に誘われた呑み会を、アリバイ工作に使うことを考えた。メールチェックのために自室に戻ったと見せかけて、短時間で殺害してまた呑み会に戻ったのだ。何でそんな慌ただしいことをと思ってしまうが、道徳心の完全に欠落したサイコパスにとって、殺人はゲームなのだから仕方がない。ゲームでも殺人でも、イージーモードは面白くないんでね、と取調室の中で洸一は不敵な笑みを泛べた。翌朝警察が来るのを待ちながら現場を写真に撮っていたのは、後学のためでも事件の推理のためでもなくて、自らの犯行現場を朝の自然光の下で記録に残すためだった。

僕が葉留人に対する疑念を口にした時には、『（殺人の）実行には、それなりの心の準備というものが必要だ』と嘯《うそぶ》いていたその当の本人が、ほんの一〇分ほどの時間で人を殺していたのだから、あのやり取りをいま憶い出すだけで背筋が慄《ぞ》っとする（僕に背筋がまだあるのか否かはともかく）。〈天璇界〉の龍磨と同じく、捜査を混乱させるためにベッドを乱しておいた。僕と千帆と三人の時に、自らそれを指摘して僕らの推理を誘導したりもした。

こうした事情がわかってから振り返れば、謙吾の死体が発見されて事情聴取を受けた直後の洸一のあのはしゃぎっぷりは、実際少し異様だった。あの時はただ非日常に興奮しているのだろう程度に思っていたが、あの時の一連の言動は、充分サイコパスの兆候を示していたようにも思えて来る。千帆の悲鳴を聞いて駆け付けた僕に「謙吾が死んでいる」と告げた時の、まるで「アサガオが咲いている」と言うかのような感情の籠らないあの冷酷な口調。さすがは先輩落ち着いているなと思った自分が恥ずかしい。この先《オリーブの首飾り》を聞く度に、嫌な気分になりそうだ――。

などと思ったが、考えて見ると僕はもう死んでいるのだから、聴覚だっていつまであることやら。「死とはモーツァルトが聴けなくなることだ」というアインシュタインの名言が身に沁みた。

――

〈自称神様〉が近づいて来た。

「先行読者投票で洸一に投票されたみなさま、おめでとうございます！　見事一位獲得です！　なお図書カードおよびサイン本の当選者の発表は、発送をもって代えさせていただきます！」

「これが一位なんですか？」

「そうじゃ。お前さんもこれに決めるか？」

「どうして得票順に発表しないんです？　多い順でも、少ない順でも」

「お前さんが対物レンズを向けた順じゃろうがこのたわけ！」

「あ、そうか」

「もちろん儂は神様じゃから、お前さんがレンズを向ける順番を操作することもできる。じゃが敢えてそうしないのは、すべてが等価であることを示すためじゃよ。多重解決・マルチエンディングというものは、すべての解が等価なのがミソだと口を酸っぱくして言っておるのに、最後の解が気に食わないとか、途中の解の方が良かったとかのたまう輩が多くてのう。だから今回はわざと順不同にすることにしたんじゃ」

「何か個人的な鬱憤《うっぷん》がありそうですね。だけど、僕は嫌だなあ、このエンディング。洸一先輩がサイコパスだったなんて！」

　改めて溜め息をつくと、老人はしたり顔で言った。

「先輩がサイコパスなのが嫌ならば、別の人間を犯人にすれば良いじゃろ。そうしたら、人物のキャラクターも変わる」

「あ、そうか。そういうことなんですね」

「当たり前じゃ。多重解決やマルチエンディングとは、必然的に一人の人間の多重キャラクター、多重素性にならざるを得ない。全てのエンディングは〈重ね合わせ〉られていて等価なのじゃから、それぞれの世界で登場人物ひとりひとりの人間性が、万華鏡のように変化するのを楽しむべきなのじゃ」

「例の雷鳴の音はどうなったんですか？　〈天璇界〉では、龍磨が密室を作る際に用いたディアボロが屋根の上を転がる音でしたけど、この世界〈天璣界〉では、龍磨は夜中にディアボロなど飛ばしていませんよね？」

「うむ。この世界〈天璣界〉では、あれは洸一が捜査の攪乱《かくらん》を狙って、口から出任せで付け加えた適当な情報ということになる」

「じゃあ、その二つ以外の世界では？」

「その場合は洸一が、寝惚けて聞いたと思っているただの空耳。あるいは夢」

「夢かよ。ひでーな！」

「何がひどいんじゃ！　その話をした時に本人がちゃんと、『夢かも知れないけど』と断っとるじゃないか！　マルチエンディングの肝はそこじゃ！　全ての状況が多面性・多義性を持つんじゃ！　たとえばこの世界のサイコパス洸一は、千帆に感謝された時に内心嗤笑していたわけじゃが、他の世界の洸一は、本当に照れていたんじゃ！」

「あなた、本当に神様ですか？」

もう完全に疑っているが、いちおう訊いてみる。

「く、くあぁみ様じゃ」

また噛んだ。

だがこの老人の正体を暴くのはとりあえず後回しだ。僕は接眼レンズを再び覗いて、別の世界を探すことにした。

④天権界《てんけん》　犯人は比嘉伊緒菜

パトカーから降りた四人の内訳は、最初に見た二つの世界〈天枢界〉〈揺光界〉に再び戻ったかのようで、制服姿の女性警官が一人交じっていた。

だがこの世界では彼らは、三階まで上ったところで廊下を左に進んだ。運動不足の下柳刑事の息も、まだぎりぎり切れていない。

彼らが厳しい顔で向かった先は、３０４号室のドアだった。

ドアがノックされ、中から現れた伊緒菜姐さんに対して、下柳刑事が三つ折りにしていた逮捕状を開いて見せた。

すると姐さんは、ソロを踊り終わったバレリーナが舞台上で見せるような、片脚を後ろに引いて膝を深く曲げるお辞儀——レヴェランス——をその場で行うと、そのまま毅然とした顔で連行されて行った。

「そんな！　姐さんが犯人だなんて！」

再び真人間に戻ったらしい洸一が、パトカーに乗り込む伊緒菜姐さんの後ろ姿を、ラウンジの窓越しに見て叫んだ。

姐さんの犯行手口がわかったのは、やはり警察の取り調べによってである。取り調べマンセー！

姐さんが不可能状況を作るのに使ったのは、やはりドローンだった。ただし僕が生前鈍い頭で考えたように、ドローンに施錠をさせたわけでも、ドローンに摑まって地上に降りたわけでもない。洸一がいみじくも言った通り、市販のドローンにぶら下がったら、ドローンごと地上に激突して大怪我、打ち所が悪ければ一巻の終わりである。

そこで伊緒菜姐さんはやはり逆転の発想というか、事件後404号室の窓からドローンを、暗い夜空に思い切り上昇《スロットル》させたのである。

そうしておいてドローンが数百メートル上空に達したところでモーターを停止させ、ドローンを自由落下させた。そのドローンには、スピードがついた状態で設定高度に達すると開く、自動開傘装置付きのパラシュートが結び付けられてあった。搭載した気圧センサが、設定した気圧に達すると、それまで傘の部分を固定していたナイロン糸をニクロム線が焼き切り、バネの反発力によって、ノーズコーンが押し出されて傘が開く仕組みである。

スピードがつき、やがてパラシュートが開く。その後はそのドローン自身が送って来る映像をモニターで確認しながら、左右移動《エルロン》に空中停止《ホバリング》をくり返し、最後は旋回《ラダー》で404号室の窓のすぐ前まで誘導した。

つまりドローンを、すでに開いて風を孕んだ状態のパラシュートを運ばせることに使ったのである。

あの夜は新月で月明かりがなかった。難しい操縦が要求されたが、その分無人で落下するパラシュートを目撃される懸念も少ないと踏んだのだった。飛び移る前に部屋の電気を消したのは、〈天璇界〉で龍磨がそうしたのと同じ理由だ。脱出した後即座にパラシュートを分解し、翌朝ゴミに出して証拠隠滅したのも、他の世界の犯人たちと同じである。

――

僕はふとあることをふと憶い出して、接眼レンズから目を離した。

「どうしたんじゃ」

眠そうな顔の〈自称神様〉が、欠伸を噛み殺しながら尋ねて来る。

「僕はあの夜、日付が変わった直後に、間違いなく玄関の内側からチェーン錠を下ろしましたよ？　そして明け方に出掛けた葉留人は、出る時チェーン錠は確かに下りていたと証言しています。これまでの世界で見て来た〈犯人たち〉、すなわち千帆や龍磨や洸一は、それぞれ手口の差こそあれ、全員地上には下りずにそのまま自分の部屋に戻ったわけだから問題なかったですけど、伊緒菜姐さんは地上に降りたんですよね？　住民だから玄関の合鍵は当然持っているけど、内側で下ろされたチェーン錠の方は、外からはどうすることもできないのでは？　その後、朝になって玄関が開くのを、どこかでじっと待っていたということですか？」

「あれ、でも」

伊緒菜姐さんの取り調べはまだ続いているが、

翌朝匆々《そうそう》に葉留人が磯釣りに出掛けたから、たまたま早い時間に玄関が開いたが、普段の日ならば、八時過ぎくらいまで玄関のチェーン錠は外れないこともある。姐さんはそれまでずっと隠れているつもりだったのか？

だが〈自称神様〉は、ふああーと大きな欠伸をしてから答えた。

「馬鹿なのかお前さんは。玄関のチェーン錠が下ろされるのは、深夜の零時と決まっておる。伊緒菜はその後自ら玄関に行って、あらかじめチェーン錠を外してから犯行に及んだんじゃよ。ドローンに自動開傘装置付きのパラシュートまで用意していた彼女が、そこを忘れるわけがないじゃろうが。地上に降りて大泰荘に入ってからチェーン錠を再び下ろした。だから翌朝葉留人が出掛ける時には、チェーン錠は普通にかかっていたんじゃ」

「あ、そうか」

僕は頭を掻きながら——頭もまだあるのかどうかは定かではないのだが——再び接眼レンズを覗いた。


——


ではどうやって伊緒菜姐さんが謙吾を絞殺することができたのか。素手ではとても敵わないので、当然道具を使ったのだが、それは自作したガロットと呼ばれるものだった。

これはやはり昔から暗殺者の間で秘かに使われて来た道具の一種で、握りやすい八角形の木製の把手に、引けば絞まるヌース状の丈夫な紐を付けたものだ（図参照）。一見縄跳びの縄のようにも見えるが、縄跳びと違って把手は一つしかない。伊緒菜姐さんはフィルムセンターでたまたま見つけた、中南米におけるリンチ殺人を記録した古い白黒フィルムでその存在を知ったらしい。背後からヌースの部分を相手の首に引っ掛けて、その頭を押さえながら把手を思い切り引っ張ると、両者の腕力が拮抗している場合、絞められた方はほとんど抵抗することができずに死に至る。

　もちろん今回のケースは、その腕力差に大きな差があり、普通の状態ならば、筋肉自慢の謙吾がこの程度の武器で女性に絞殺されることはちょっと考えられない。警察がなかなか真相に到達できなかった所以である。

　それがあっさり殺されてしまったのは、謙吾がいわゆる「小さな死《プチット・モール》」の状態にあったからだ。情交の後の死んだような深い眠りのことを、フランス語でこう言うのだ。情交の相手は当の伊緒菜姐さんだ。

　そして犯行の動機は怨恨だった。

　前述した通り都内で自由にドローンを飛ばせる場所は、離島や多摩の一部、そして奥多摩くらいしかない。だが姐さんは操作技術向上のため、時々夜中にこっそり自室の窓からカメラ付きドローンを飛ばしていた。この大泰荘、西側には高い建物がないので、深夜ならば窓から飛ばしても、気付かれるリスクは少なかった。

　だが真上の部屋の謙吾には、気付かれてしまった。そして謙吾はそれをネタに姐さんを脅迫していた。ただ飛ばす

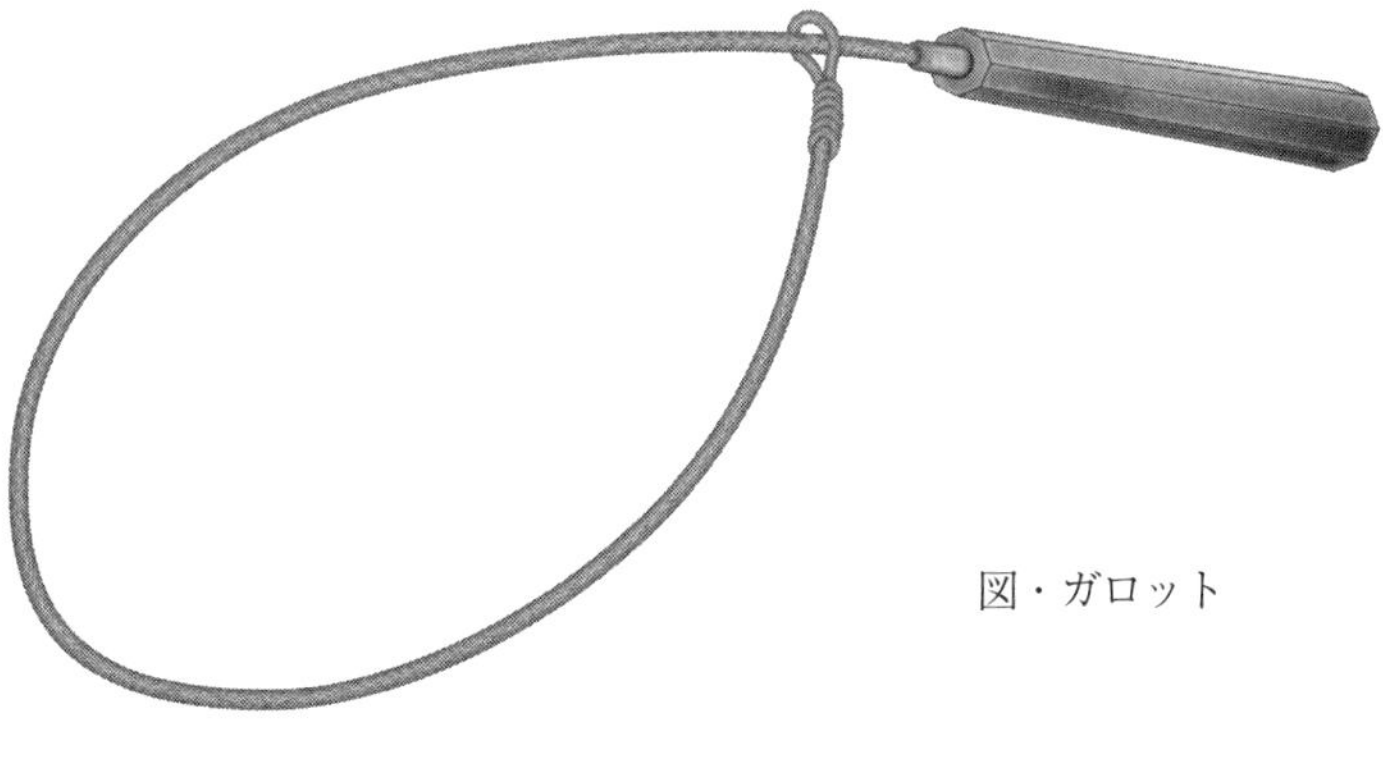

図・ガロット

だけでは大した罪にはならないことを見越して、ある日伊緒菜姐さんがドローンを飛ばした時に、わざと全裸で窓際に立ち、カメラに映り込んだ。それをネタに、俺の裸を盗撮したでしょうと姐さんを脅して、無理やり肉体関係を結んでいた。さらにオンラインゲームによる収入の半分を要求するようになって、このままでは一生食い物にされると思った伊緒菜姐さんは遂に殺害を決意、呼び出されて身を任せながら、謙吾が「小さな死」に陥る瞬間を待っていたのだ。ベッドの上で俯伏せのまま眠り込んだ謙吾に、背後から馬乗りになってガロットで首を絞めた。最後、本当に絶命したかどうかを確かめるためにその身体を仰向けにしようとしたら、もはや生命のない大きな身体はベッドから転げ落ちてしまった。

ただその音が一番大きく響く真下の部屋は、幸いにして自室なので、誰にも気付かれることなく済んだ。

性格もスタイルも極めて女性的な千帆に、お俠《きゃん》でマニッシュな伊緒菜姐さん。謙吾はまるで正反対のこの二人と、一つ屋根の下で同時に関係を持つのが楽しくてたまらなかったのだろう。既に見たエンディングの一つでは、肉体の美に殉ぜんとする三島由紀夫作品の誇り高い主人公みたいだった謙吾が、この世界〈天権界〉では、一気にとんでもない漁色家で最低のゲス野郎に成り下がってしまったわけだが、この〈多重素性〉も楽しめと、あの〈自称神様〉の爺さんは言うのだろうか——。

では何故姐さんは、現場を密室にすることに拘ったのか。龍磨のように密室にすること自体が復讐の一部というわけではあるまい。

それは外部犯に見せかけようという意図に加えて、その後の展開をより劇的にするための〈演出〉だった。伊緒菜姐さんにとっては、身の周りに起こったこと、これから起きること、そのすべてが作品の〈素材〉なのだ。

その証拠に伊緒菜姐さんは、それが映像作家の性なのか、パラシュートは処分しながらも、ドローンカメラで撮影したその時の脱出の一部始終の方は消去していなかった。数百メートル上空から落下し、途中で減速しながら一つの窓へ接近して行くところ、夜の闇の中、その窓から飛び移って来る女の姿、そのまま地上にふわりと下りて、パラシュートを回収する女の姿。警察に押収されたその一部始終が、法廷で動かぬ証拠として採用されるのは避けられないが、姐さんの現在の希望は、その臨場感あふれる映像が、誰でも見ることができるように広く一般に〈公開〉されることだという。

――

だが次のゆらぎを探そうと接眼レンズを覗いた瞬間に僕は、再びちょっと待てよと思い直した。

現場で発見されたあの紙片の謎は、一体どうなったのだろう?

解決篇になってからは、全く話にすら出て来ていないが、あれは大泰荘で唯一ラテン語を勉強している僕を陥れるために犯人が行った工作にして、重要な遺留品だったのではなかったか?

だがこの事件がマルチエンディングで複数の結末を持つとすると、そこには看過のできない重大な矛盾が生じて来る気がする。

これまで見て来た全ての世界、それぞれ真相は違っているが、それぞれバラバラなそれらの犯人たちが、全員同じように僕に罪を着せることを思い立ち、全員同じようにあのラテン語もどきの紙片を書いて、現場に残したというのか？　動機も殺害方法もてんでバラバラな彼らが、偶然全く同じことをして、同じように文法を間違えたというのか？

さすがにそれは、確率的にあり得ないのではないか？

この矛盾にあの〈自称神様〉は答えることができるのだろうか？　恐らく無理に違いない。しめた、と僕は思った。これで〈自称神様〉をやり込めることができる。

その前に、いちおう確認のため、既に見た世界にもう一度対物レンズを向けてみた。同時に時間を巻き戻す。三本目の謎のハンドルを調整することによって、時間軸を動かすことができることにも、僕は既に気が付いていた。

すると偶然レンズを向けたとある世界で、住民たちがラウンジの楕円形テーブルに集まって、何やら話し合っている場面に遭遇した。

「それにしても、大祐まで死んじゃうなんて。あいつは事故とはいえ、何だか呪われてるよな」

龍磨が顔にかかる長い金髪を掻き上げながら慨嘆すると、この場にいるということは善良なる第一発見者ということらしい千帆が呼応した。

「大祐クンが時々夜中に大泰荘内を徘徊するのは、みんなが知っていたことだけど、何か小説とか書いているという噂だったから、歩きながら筋とか展開とか、構想を練っているんだろうと思っていたわ」

えっ？　僕は覗きながらちょっとショックを受けた。何だ、僕が小説を書いていることは、みんなにバレていたのか――？

だが今となってはそんなことは些細なことだ。それより気になるのはその前のくだりである。夜中の徘徊？　僕が？

「何か顔つきも、昼間の加藤とは微妙に違っていたよな」

伊緒菜姐さんも同意する。

「僕は夜歩きの最中の大祐に話し掛けたことが何度かあるんだけど、毎回見事なまでにスルーされたよ。僕の姿も見えていない感じだった」

葉留人が付け加え、千帆が答えた。

「私も同じ経験ある。それも、作品の世界に入り込んでいるせいかと思っていたんだけど……」

どういうことだ？　僕は夜中に建物内をうろつき回った記憶などない。眠れない夜などに、無人のラウンジを逍遥したことは一度か二度あるかも知れないが、その際に誰かに声を掛けられたら、絶対に返事をしている筈である。

慌てて他のゆらぎにレンズを向けてみた。ピニオン・ノッブを回してピントを合わせ、三本目のハンドルで時間軸を合わせる。

するとそれぞれの世界で、楕円形のテーブルに集《つど》っているメンバーの顔ぶれは少しずつ違っている（それぞれの世界の犯人が不在なのだろう）ものの、話されている内容はほぼ同じだった。

ということはこれは、全ての世界に共通する〈事実〉なのだろう。

するとそこから導き出される結論はただ一つ――。

僕は、睡眠時随伴症《パラソムニア》だったのだろうか？

僕はあの晩ラテン語を勉強しながら、無意識のうちに謙吾なんてこの世からいなくなってしまえば良いのにと思っていた。そして予習の途中で寝落ちしてしまい、気付いたら朝の四時だった。確かパラソムニアは、眠り始めの最初の深いノンレム睡眠の時に起きるのがほとんどなのだ。何故そんなことを知ってるかと言うと、そういう人物を主人公にした小説を構想して、詳しく調べたことがあるからだが、実は僕自身がそうだったのだろうか。僕には自覚は全くなかったが、自分に似た症状の主人公を、無意識のうちに設定していたということなのか――。

するとひょっとして、実は僕自身が真犯人だったという世界もあるのだろうか？　今では読む人がめっきり少なくなってしまった、アラン・ロブ＝グリエの初期作品みたいな世界が？

だがいくら何でも、人を殺してそれを憶えていないなんてことがあるのだろうか？　睡眠時随伴症《パラソムニア》は、眠っている間に歩き回る睡眠時遊行症（いわゆる夢遊病）に、眠りながら泣き叫ぶ夜驚症《やきょうしょう》、夢を見ながら夢の内容に沿った行動をしてしまうレム睡眠行動障害などがあって、特に最後のレム睡眠行動障害は、一緒に寝ている人間に怪我をさせてしまうようなこともあるらしいが、殺人を犯してそれを一切憶えていないなんて症例は、さすがに聞いたことがない。

それに僕は意識的無意識的に拘わらず、これまで見て来た〈犯人たち〉がそれぞれ思い思いの手段で行ったように、謙吾を殺してその部屋を密室にしたまま脱出するなんて芸当はできなかった筈である。またこれは付随的な理由になるが、あの謎のゴシック体の文字列が呈示していた犯人の選択肢の中に、僕の名前はなかった。

「あの夜も歩き回っていたよね」

「ああ。何やら手書きの文字が書かれた紙を持ってうろついている姿は見たよ。一〇分ほど歩き回って、また自分の部屋に戻って行く後ろ姿も見たけど、その時は手に何も持っていなかった」

「加藤きめえ」

ということはあの紙片は、僕自身が書いたのだろう。睡眠時随伴症中のもう一人の僕が、謙吾への殺意を思わず書きとめ、それを持って建物内をウロウロしているうちに、その紙を落としてしまったのだ。

謙吾が過失致死だった世界〈天枢界〉や、衝動的な自殺だった世界〈揺光界〉では、紙片を拾ったのは謙吾自身ということになるのだろう。廊下でたまたま拾って、意味がわからないからそのまま捨ててしまおうと思ったが、よく見ると自分の名前が書いてあることに気付いた。不思議に思い、そのまま部屋に持ち帰っていたのだ。だから紙片には、僕の指紋と謙吾の指紋がついていた筈だ。

まさか〈揺光界〉においては、あの紙片に罩められた僕の敵意（しかも早とちりに基づく）を、謙吾が何となく感じ取って、それが自死への最後の背中を押したなんてことがなければ良いのだが。この望遠鏡（らしきもの）を使って時間を巻き戻しても、個人の心の中まで読み取ることはできないので、そうではないことを祈るしかない。

一方〈天枢界〉〈揺光界〉以外のすべての世界では、紙片を拾ったのはそれぞれの世界における〈犯人たち〉ということになる。犯行に向かう時にでも症状中の僕とすれ違い、僕が紙片を落とすのを見た彼（あるいは彼女）は、間違いなく僕の指紋が付いているそれを利用すれば、僕に罪を着せることができると咄嗟に思いついて、拾い上げて現場に落としておいたのだ。意味ははっきりとわからなくても、何か謙吾の名前が書いてあるし、少なくとも捜査の攪乱には使えそうだと考えたのだろう。もちろん拾う時は、自分の指紋がつかないように用心したことだろうから、この場合は紙片についていたのは僕の指紋だけということになる。

　また洸一が真犯人だった世界〈天璣界〉では、サイコパス洸一は僕を殺人犯に仕立て上げる気満々だったわけだから、現場に駆けつけた僕が、慌てて止めたが間に合わずに紙片をひょいと拾い上げるのを見て、内心地団駄踏んでいたのだ。それによって紙片に僕の指紋が付いていることが、決定的な証拠としての意味を持たなくなってしまったからで、洸一があの時顔色を変えていたのはそういうことだ。あの世界では僕の粗忽さが、逆説的に僕を命拾いさせていたのだ。まあせっかく拾ったその命を、その後すぐに失ってしまったわけだけれども——。

　とりあえず自分が殺人者ではなかったことに僕は安堵した。

　意識を半分失った状態で書いたのがラテン語だったなんて、何とも気障なようだが、一つの外国語を朝から晩まで一心不乱に勉強した経験のある人ならば、その言語で夢を見たりすることが本当にあることを、わかってもらえることだろう。さらにあの言葉に関しては、特別な思い入れもあったりするから尚更である。

　僕の名前を憶い出して欲しい。僕は加藤大祐、そう旭川での高校時代の僕の綽名《あだな》が、ズバリ〈大カトー〉だったのだ。世界史の授業の〈古代ローマ世界〉の回で、例の大カトーの言葉が出て来た時にその綽名が付いて、その後しばらくの間は、クラスメイトにからかい半分そう呼ばれた。

　とは言っても、別にいじめのような深刻なものではなく、

「よう大カトー。まだカルタゴ滅ぼさねえの？」

「そうだよ大カトー。演説ばっかりしてないで、さっさとやっちまえよ！」

こんな風に話を振られ、

「いま必死に練兵してるところだよ。なにしろ相手はあのハンニバルだからな。相当鍛えないとあべこべにこっちが滅ぼされる……って違うだろ！」

「ははは」

こんな風にノリツッコミで躱《かわ》しているうちに、いつしかみんな飽きたのか、からかわれることもなくなったのだが、あそこで綽名を極度に嫌がる素振りなどを見せていたら、ノリの悪い奴として、クラスのカーストの最下層に落ちていた可能性はあった。いまの中学生高校生にとって教室内カーストの順位は、本当にシビアな問題なのだ。

そんなわけで大カトーのあの言葉には、特別な思い入れを持っていた。

それにしたところで文法を間違えたのは、穴があったら入りたいくらい恥ずかしい。睡眠時随伴症は、窓からうっかり転落したり、見知らぬ人にいきなり抱きついたり、症状中に知性が退行する現象がよく見られるらしいのだが、その直前までラテン語を頭に叩き込もうとしていた僕は、手近にあった紙片に自分の思いをぶちまけたものの、肝腎の語学力が低下していたために、初歩的な文法を間違えてしまったのだろう。

こんなことでは、仮に大学に残る道を選択したとしても、大した学者にはなれなかっただろうなと思って暗くなったが、さっきから何度も言っているように僕はもう死んでいるのだから、そんな心配自体もう無意味なのだった。はは、ははは。

僕は一頻り力のない空笑いをすると、気を取り直して次のゆらぎを探した。

⑥開陽界《かいようかい》　その他の人物が犯人

　すると愕いたことにレンズの中に現れたのは、これまで見て来たどの世界とも大きく異なる光景だった。パトカーではなく一人のごま塩頭の老婆が、後ろ手でひょこひょこ歩いて来て、そのまま大泰荘内に入って行ったのだ。老婆は巣鴨《すがも》で買ったとおぼしき花柄プリントの厚手のカットソーに、ミトコンドリア柄——確か正式名称はペイズリーと言うらしいが、生前から僕はあれがミトコンドリアにしか見えないのだ——のズボンを穿いて、首からは巾着袋をぶら提げている。腰が曲がっているせいで後ろ手でないと歩きにくそうだが、足腰そのものはまだ元気なようで、自力で階段を上ると、ラウンジの椅子にどっかと腰を下ろした。

　千帆がちょっと困った顔をしながら、あくまでも優しく応対した。

「ちょっとお婆さん、勝手に入って来ては駄目ですよ。お家はどこですか？」

　すると老婆は口角泡を飛ばした。

「人を徘徊老人扱いするんじゃないよ！　ここには住んじゃいないけど、ここはあたしの家だよ！」

「あ、大家さん！」

　伊緒菜姐さんが気付いて小さく叫んだ。

「えっ、嘘。このお婆さんが？」

「千帆ちゃん、入居の時に面接受けなかったの？」

「うん。実は私、何故か面接免除だったの」

するとと老婆はごま塩頭を振りながら、突然高らかに笑い出した。

「ふはははは。八人中二人死亡か。死亡率25％と。まあこれくらいで勘弁してやるから有難く思いな！」

これには流石の姐さんも、虚を衝かれたような顔になって、一歩後ずさりした。

「一体どういうこと？　まさか大家さんが黒幕だったの？」

「ははは。黒幕どころか。犯人だよ、は・ん・に・ん！　自首する前にわざわざ立ち寄ってやったんだから有難く思いな！」

僕も覗きながら唖然としていた。

深夜零時に僕自身が玄関のチェーン錠を下ろしたこと、そして翌朝早く出掛ける時にも、そのチェーンがちゃんと下りていたという葉留人の証言、その証言は論理的に一〇〇％正しいと見做せること……等の事実によって、単独外部犯の可能性はないと勝手に思い込んでいた。僕等住民にとって現場はただの（？）密室だが、外部犯にとっては二重の密室である。犯行の難易度が格段に上がる。たとえ早い時間帯に潜入したとしても、隠れる場所がない。共用スペースである台所やランドリー室、備品置き場などにはドアがなく、人間が隠れることは難しい。仮にそこは何とかクリアしたとしても、犯行後玄関から逃走したのならば、たとえ何らかの手段で入手した合鍵で玄関外から施錠したとしても、内側のチェーン錠は掛かっていない状態になるわけで、葉留人の証言と矛盾する。よって単独外部犯の可能性は排除できる——そう思っていた。

犯行時刻まで住民の誰かが自室に匿っていて、逃走後にその誰かが玄関のチェーン錠を下ろしたという可能性は残るが、それは要するにその人物が共犯者ということであり、その場合はその共犯者をあぶり出せば良い（全員が単独犯で共犯者はいないと、あの謎のゴシック体の文字が断言していた事実は考慮に入れないとしても）――そう思っていた。

だが単独外部犯は可能だったのだ。

そう、唯一この人ならば――。

まず大家さんなのだから当然だが、自由にいつでも合鍵を作れる。いやそもそも、万が一の時のためのマスターキーを持っていることだろう。

深夜になる前に大泰荘に忍び込んだ老婆は、かつての住居であり現在は空き部屋になっている一階の元管理人室に身を潜めた。みんなが寝静まった夜中を待って犯行に及び、犯行後は再び管理人室に潜み、葉留人が出掛けた後に堂々と玄関から外に出た。管理人室は玄関のすぐ前であり、タイミングさえ間違えなければ、誰にも見られずに立ち去ることは難しくない。運悪く誰かにばったり会ってしまったら、店子《たなこ》たちの様子を見に、たった今やって来たように装うつもりだったが、その必要はなかった。

「このクソバアア！　謙吾は！　謙吾はいい奴だったのに！」

この世界では謙吾と確執などなかったらしい龍磨が、長髪を振り乱して老婆に殴りかかろうとしたが、洸一と葉留人が左右から羽交い絞めにしてそれを止めた。

「だけど、どうして現場を密室なんかにしたんだ！」

龍磨がおとなしくなったのを確認して洸一が訊いた。

「はは。決まってるじゃないか。鍵を掛けていても安心はできない、次に殺されるのは自分かも知れないという恐怖を、お前たちに味わわせるためさ！」

「じゃあ、西の窓の鍵を開けておいたのは？」

「はは。当然マスターキーを持っているあたしから容疑を逸らすためのカモフラージュさね」

「現場を去る時に部屋の電気を消したのは？」

「はは。長年に亘って身に染みついた、節電の習慣がうっかり出たみたいだね。もっともそうやってお金を貯めたから、ここが建ったんだ」

「ちょっと槇、あんた少し黙ってて！」

伊緒菜姐さんが洸一を叱りつけた。

「そういう枝葉末節は後回しにして！　そもそも、一体どうして大家さんがそんな恐ろしいことをしたのよ！」

するとごま塩頭の老婆は、一層居丈高になった。

「復讐だよ」

「ええっ？　どういうこと？」

「ふん、やっぱり憶えていないのかい！」

「一体何を？」

「お前たちが、あたしのたった一人の孫を殺したんだろうが！」

みんな同様、僕もレンズを覗き続けながら凍り付いた。一体どういうことだ？　僕たちが大家さんのお孫さんを殺した⁉

僕たちは過去に接点があったというのか？

「明日香《あすか》や、可哀想に。やっぱり、ばあばは間違っちゃいなかった。こいつら、罪の意識に苛まれるどころか、お前のことなんかすっかり忘れて、今日までのうのうと暮らしていたんだよ！」

「大家さん、何か勘違いされているのでは？」

伊緒菜姐さんが老婆の顔を覗き込みながら問いかけたが、僕も全く同じ気持ちだった。

「ふん、勘違いなんかじゃないよ。ちゃんと調べはついてるんだ！　明日香が死んだ今から九年前の8月10日、お前らは全員、千葉のS海岸にいただろうが！」

ああああっ！

その言葉で僕は、一瞬にして全てを憶い出していた。

千葉で過ごした小学生時代、自治体の主催する夏休みの遠泳教室に参加した。両親が完全インドア派だったため、夏休みは大抵いつも退屈する子供と、その子供をお盆前に数日間厄介払いしたい親の利害が完全に一致したのだ。外房の海で3泊4日の海水浴三昧、ちゃんとしたコーチが遠泳を教えてくれる上に、自治体のイベントなので参加費は格安と、正に良いことずくめだった。

その最終日に事件は起きた。

と言っても僕らはその時、事件のことを認識していたわけではない。何も知らずにただひたすら泳いでいただけだ。昼過ぎには帰る予定の最終日、午前中は自由時間で、三日に亘る遠泳教室ですっかり自信をつけた子供たちは、浜から遊泳禁止を示すブイのぎりぎりまで泳いでは、また浜に戻るというバカみたいに単純な遊びをくり返していた。ブイは結構沖の方にあって、もちろんその付近では足は着かないから、何往復目からは、ブイに繋がれているロープにつかまって体力を回復させては、また戻るということをくり返していた。

器具が改良された今ならば、そんなことは起きないのかも知れない。だが沢山の子供の体重が一度にかかったためだろうか、ブイとロープを繋いでいた金具がいつの間にか外れ、途中からロープが海面にぷかぷか漂い出していた。

自分たちでは元に戻せなかったが、その姿が海蛇みたいで面白かったので、僕らはロープが流されていることを浜にいる大人たちには言わなかった。そしてそのまま帰りの途についた。バスに乗り込んだ僕たちは、泳ぎ疲れていたので忽ちのうちに爆睡し、千葉駅までバスに揺られて、何も知らないままそこで解散した。

だがその時、家族で海水浴に来ていた女の子が一人、行方不明になっていたのだ。遊泳区域を劃《かく》していたロープが沖の方に流されていて、やはり泳ぎに自信のあったその女の子は、うっかりその外の遊泳禁止区域に入ってしまい、強い離岸流に流されて戻れなくなったのだ。

女の子が一人行方不明になり、海上保安庁の特殊警備救難艇が出動して行われた懸命の捜索も虚しく、夕刻に溺死体となって発見されたことは、翌日の新聞の千葉版で知った。その記事を見つけた時は、昨日まで自分が行っていた海水浴場でそんな事故が起きていたなんてと、背中がうすら寒く感じただけだったが、記事の内容を詳しく読んでいるうちに、自分の顔からどんどん血の気が引いて行くのがわかった。

これは事故じゃない。殺人みたいなものだ。そしてこの女の子を殺したのは自分たちだ！

だが僕は卑怯だった。少女の死の原因が自分たちにあることを認識しながらも、そのことを誰にも言わなかったのだ。僕だけじゃない、みんながロープにつかまったんだし、わざとやったわけじゃないし……等々、自分自身に卑劣な言い訳ばかりを並べて、夏休みの後半をまんじりともせずに過ごした。

やがて二学期の始業式の日がやって来た。登校したら即校長室か職員室に呼び出されることを覚悟していたが、拍子抜けするほど何もなく、それでもその後しばらくは、今日こそ家に警察がやって来るんじゃないか、罪に問われるんじゃないだろうかとびくびくしながら過ごしていたが、一向に警察はやって来ず、罪悪感は少しずつ薄れて行き、さらにその半年後には北海道に転校したこともあって、事件のことは、今の今まですっかり忘れてしまった。

だが今思うと、気付くチャンスはいくらでもあった。僕が遠泳が得意になったのもその合宿のお蔭だし、インターハイ四〇〇メートル自由形で全国四位の謙吾や、元水泳部の亜沙美など、不思議と大泰荘には泳ぎの達者な人間が集まっていたのに、それはただの偶然だと決めつけて、何故だろうと深く考えることはしなかった。

だが僕だけではない、今日まで誰も気付かなかったのは（実は気付きながらも黙っていた人間が一人だけいたのだが）、きっとみんな記憶を〈封印〉していたからだろう。元々学校もばらばらな子供同士、三日間の間に仲良くなっていても、毎日が新しい体験の連続のような小学生の場合、その後会う機会がなければ、忘れるのもまた早い。そのうち何人かは、その後両親の離婚で苗字が変わっているし、全員がその後連絡を取り合うこともなく、あの遠泳合宿中の記憶を、無意識という名の防衛機能の働きで、忌わしいものとしてずっと抑圧し続けていたのだろう。それは取りも直さず、罪悪感を抱いていたことの裏返しではあるのだが――。

あの遠泳教室に参加した小学生は、全員が六年生か五年生だった（そもそも募集の条件がそうだった）。あれから九年経ち、全員が二〇歳か二十一歳になったわけだ。目に入れても痛くないたった一人の孫を喪った老婆の目には、それこそ〈のうのうと〉生き永らえているように映ったことだろう。

「ふん、憶い出したかい。遠泳教室に参加したガキどもの名前と居場所を調べるのには、興信所を相当儲けさせたよ。そのガキどもを呼び寄せる手間だって相当かかった」

いまようやくわかった。どうして大泰荘の住民が、大学生に換算すると二年生と三年生の年回りの者ばかりで、一年生や四年生がいないのか――。

「くそぅ！　まさかミッシングリンクものだったとは！」

人畜無害なミステリーマニアに戻った洸一が悔しそうに言ったが、それには誰も反応しなかった。

「じゃ、じゃあ、学業支援会とかいうのも、ひょっとしてあたしたちをピンポイントでおびき寄せるための嘘だったの？」

伊緒菜姐さんが訊く。

「当たり前だろ！　興信所を信用していないわけじゃないが、入居前の面接は、万が一にも同姓同名の別人だったなんてことがないようにするための最終確認だよ！」

「でもあの遠泳合宿の参加者、一〇人はいたような……」

「はは。ちゃんと追跡調査はしているさ。一人は高一の時に車に轢かれて死んでるよ。もう一人は四国の高松に引っ越して、いまは地元の看護学校に通ってるよ。きっと人を助ける仕事をすることで罪滅ぼしをしようとしてるんだろう。従って除外、復讐のターゲットは罪を忘れてのほほんと生きているお前ら八人さ！」

　さらに老婆は、ごま塩頭を振りながら、人差し指を千帆に突きつけた。

「だけどお前さんはあの後すぐに、ピアノのジュニアコンクールで優勝してプチ有名人になっていたからね。その時の雑誌に顔写真も載ってたし、本人に間違いないとわかっていたから、面接は免除だったのさ！」

　千帆が両目を瞬かせながら声を呑んだ。姐さんがその横から口を挟む。

「だけどあたしも千帆も、今でも千葉に実家があって、まああたしん家《ち》は狭い公営住宅だし通学に二時間近くかかるけど、東京の大学に絶対に通えないというわけじゃない。ここに絶対入居するとは限らないじゃない！」

　だが老婆はせせら笑いを泛べた。

「ふん。二〇歳前後のサカリのついたガキどもが、何よりもしたいのは親元離れた一人暮らしだろうが。唯一不安があるとすれば、大都会の一人暮らしで孤独感に苛まれないかということくらいだろ。その目の前に、23区内で家賃は格安、しかも同年代の若者だけが入居できるシェアハウスなんて餌をぶら下げたら、食いつくに決まってるだろ！」

　これには誰も反論できなかった。僕ももし東京の大学に進学しなかったら、老婆の復讐の対象外になり、大泰荘の住民は七人だったのかも知れない。だが一極集中化が進むこの国で、地方の若者にとって大都市東京への憧れはあまりにも強い。この機会（大学進学）を逃したら、地方から一生出ることは叶わないのではないかという焦りがそれに拍車をかける。悔しいが、老婆の言葉の通りだ――。

それから老婆は、溺死した明日香という女の子が、どれだけ可愛く健気で頑張り屋さんだったかを述べた。その子の母親（つまり大家さんの娘さん）は生まれつき身体が弱く、出産は無理だと言われていたのを、自分の命と引き換えにするくらいの覚悟で産んだこと、だが案の定超難産で、さらにその時の後遺症により、二人目は絶対に不可能になっていたことなどを滔々《とうとう》と話した。

これにはみんなが悄《しゅん》とした。

その沈黙を破って、口を開いたのは千帆だった。

「亡くなった明日香ちゃんには本当に申し訳ないことをしたと思ってる。責任は感じている。だけど信じて欲しいの、誰にも悪気はなかったのよ」

すると老婆は眦《まなじり》を決した。

「そんなことはわかってるよ！　だからあたしも、二人死んだところで勘弁してあげると言っているのさ！　泳いでも泳いでも岸から離れて行ってしまうことを知った時の明日香の恐怖、自分が死ぬとわかった時の恐怖を、少しは実感できたかい？　最初はね、あんたたち全員を皆殺しにしてやることも考えていたんだよ！　鹿に金と書いて鏖《みなごろし》。とりあえず栗林謙吾を殺したのも、誰も警戒していない一番最初に、一番手強いやつを始末しておくという、鏖の鉄則に即しただけのことさ。だけどきのうの夜、明日香が夢枕に立って、おばあちゃんもう止めてと悲し気に言ったのさ。だからここで止めて自首してあげるよ。元よりあたしは明日香の仇さえ討てれば、罪を逃れることなんか考えちゃいない。現場のカモフラージュをしたりしたのは、一人殺した時点であっけなく捕まってしまうことを避けるためさ。命拾いしたね、お前たち。明日香に感謝しな！」

伊緒菜姐さんが深々と頭を下げた。

「助かったわ。本当にありがとう。感謝する」

だが次の瞬間、すぐに頭を戻して、

「とか言うわけねーだろ、このババア！　優しい大家さんだと思って気を許してたら、とんでもねーことしやがって！　謙吾と大祐を返せよ！　てめーがみんなを疑心暗鬼に追い込まなけりゃ、大祐だって死なずに済んだんだよ！」

「はは。見事に殺し合ってくれたねえ」

「それにババアてめえ、そもそもどうやってあの謙吾を絞殺できたんだよ！」

そうだ、その謎があった。大家さんなのだから、とりあえずマスターキーで部屋に侵入することは造作ないとしても、女性の力ではとても絞殺できそうにないマッチョな謙吾を、七〇過ぎの老婆がどうやって手にかけたというのか？

「ははっ。あんなガチムチの男を、あたしが絞殺できるわけないだろ！　あの男は毒殺だよ、ど・く・さ・つ。夜中寝てるところに忍び込んで、念のために麻酔薬を嗅がせた後、首のところに致死量の毒物を注射したのさ。あたしが元看護師だったってこと、話さなかったかい？　眠ったまま穏やかに逝けば良いものを、断末魔で目を覚まして暴れて、ベッドから転がり落ちたのさ」

「でも首には紐状のもので絞めた痕が……」

「そんなの偽装に決まってるだろ！　床の上で死んで無抵抗になった後に紐で首を絞めたのさ！」

「どうして偽装なんかする必要があったのよ！」

「さっき言っただろ、その時点では、お前さんたちを鏖《みなごろし》にするつもりだったって。一人ずつ殺《や》るのも良いが、〈大家さんからの差し入れ〉で、残る全員をまとめて毒殺するという選択肢も残しておきたかったのさ。だけど栗林謙吾が毒殺だと判明したら、その後お前さんたちは、口に入るものに警戒心を強めるだろう？　そしたら殺せなくなってしまう危険があるじゃないか。生活反応とかいうのがあって、生きてる間に絞められた痕なのか、死んでから絞められた痕なのか調べればわかるそうだから、とっくの昔に警察は、栗林謙吾の本当の死因を突き止めている筈だが、それを容疑者であるお前さんたちに教えることは絶対にないからね。〈真犯人だけが知り得る事実〉として、伏せておくに決まってるからね」

全員が絶句しながら固まっていた。

――――

「あれ、でも」

僕は接眼レンズから目を離して呟いた。

「捜査会議で刑事の誰かが、はっきり〈絞殺〉と口に出して言ってるシーンがあったような……」

すると〈自称神様〉は今回も、白髪を振り乱して反駁した。

「何度同じことを言わせる！　それもやはり、詳しい解剖の結果が出る前のシーンじゃろうが！　そして解剖結果が報告されるシーンは描かれておらん。その意味を考えんかこのボケ！」

「あなた、本当に神様ですか？」

もう完全に違うと確信しているが、無知と純朴を装って尋ねると、〈自称神様〉は声を裏返らせた。

「く、くぁみ様じゃ」

思い切り噛みながらも、まだ神様を僭称《せんしょう》するつもりなのかこの爺さんは。全くもって呆れ返る——。

いつの間にか目が慣れたのか、僕は虚空の中のゆらぎの数を数えられるようになっていた。だからまだ覗いていない残るゆらぎが、たった一つであることもわかっていた。もうこうなったら〈自称神様〉の爺さんからいくら早く決めろと五月蠅《うるさ》く言われようとも、最後まで全部見てやろう。僕は残る一つのゆらぎの方へ、望遠鏡（のようなもの）の対物レンズを向けた。

⑤玉衡界《ぎょくこう》　犯人は森葉留人

レンズの中に見えたのは、〈天璇界〉や〈天璣界〉に再び戻ったかのような光景だった。パトカーが大泰荘の前に止まって、男ばかり四人が下りて来たのだ。

刑事たちは三階まで上ったところで、今度は廊下を右に進んだ。下柳刑事の息は、まだぎりぎり切れていない。

そして彼らは３０２号室のドアをノックした。

中から顔を覗かせた美青年に対して、下柳刑事が逮捕状を示した。

「ええっ？　まさか葉留人が犯人だったなんて！」

階段の真ん中で立ち止まってその様子を見ていた洸一（たぶん真人間）が、愕きの声を上げた。

「じゃあ何だったんだあの呑み会は！」

続いてやはり四階から、青いセーター姿の千帆が、豊かな胸を抱えるように腕を組みながら、ゆっくりと階段を下りて来た。上の段から洸一に声を掛ける。

「だから、アリバイ作りだったんでしょ。洸一クンは利用されたのよ」

「俺が？」

「そう。それで葉留人は謙吾を絞殺した時に、凶器が手に食い込んで、その痕が残っていたんでしょ。だからその痕がわからなくなるまで、あの夜は遅くなるまで大泰荘《ここ》に帰るわけには行かなかったんでしょ」

そう言って美青年に憎々しい目を向けたが、この世界での千帆には、充分にそうする権利があることだろう。

当の葉留人は、千帆の悪態を平然と受け流しながら廊下に佇んでおり、刑事たちはその周囲を囲みながらも、すぐには連行せずにいる。逃亡の惧《おそ》れは無いと踏んでおり、むしろ住民同士に自由に話をさせることで、真相究明を早めることができると踏んでいるのかも知れない。

「じゃあお前が呑み会にスマホを持って来るのを禁止させたのは、そのためだったのか？」

洸一が砂を噛むような顔つきで訊くと、葉留人が整った顔に冷笑を泛べながら答えた。

「当たり前じゃない。お酒が強くない洸一でも、途中で呑むのが止められなくなるような美味い酒を揃えるのに、近所の酒屋さんを大分儲けさせたよ」

「釣りは？　釣りは本当に行ったのか？」

「行ったよ」

涼しい顔で答える。

「謙吾を殺してから？」

「うん。だけど僕もやっぱり小心者だね。さすがにいつものようにどっしりと釣り糸を垂れる心境にはなれなくて。ちょっとアタリが来ないとすぐに場所を変えたりエサを替えたりルアーを替えたりしていたら、それが全て裏目裏目に出たらしくて、あの日は本当に、ただの一匹も釣れなかったんだよ」

「だったら帰り道の途中で魚屋にでも寄って、適当に買った鮮魚をクーラーボックスに入れて、さも釣果があったように見せかければ良かったじゃないか！　何だって馬鹿正直に、ボウズで帰って来たりしたんだ！　あれで逆に俺は、お前が嘘を吐いていないと確信したのに！」

熱弁を揮う洸一に向かって葉留人は、くすくすという女性的な笑い声を上げげた。

「そいつはお生憎様だね。僕はただ、最近の警察の科学捜査を甘く見てはいけないと思っただけだよ。警察が本気を出して調べたら、ひょっとして自分で釣った魚なのか魚屋で買った魚なのか、区別がつくんじゃないかとね。そこまでするかどうかはわからないけど、もしも無理やり釣果があったように装ったことが判明したら、一気に疑いが濃厚になってしまうじゃない。それならばむしろボウズで押し切った方が、どこかのロジックヲタクが、深読みして逆に擁護してくれるんじゃないかと踏んだんだよ」

「くそっ」

ロジックヲタク呼ばわりされた洸一が、唇を曲げて悔しがった。

葉留人が事件のことを知った時の愕いた顔は、僕には本物にしか見えなかったが、俳優志望の葉留人にとって、あれくらいの演技はお茶の子さいさいだったのだろう。そう言えばあの日、夜遅く帰って来た葉留人は、わざわざ階段の途中で足を止めてクーラーボックスの中を僕に見せたが、見せるにしたところで、別に階段を上り切ってからでも充分な筈である。まるでクーラーボックスを開けるタイミングを窺っていて、その刻《とき》を逃したくないかのようだった。

「お酒だけど、すぐに寝られちゃ困るから、初めは弱いお酒を中心にしていたんだけど、途中メールチェックに戻ったから、そのタイミングで強いのに替えたんだ。そしたら予想通り数杯で舟を漕ぎ出したから、部屋の時計の針を四十五分ほど進めて叩き起こし、『もう三時だけどどうする？　まだ呑む？』と訊いたら、案の定真っ赤な顔でふーふー言いながら時計を見て、『あ、もうこんな時間なのか、悪い悪い、やっぱり自分の部屋に戻って寝るわ』と言って帰って行ったよ。だいぶお酒が廻っていたし、さっきチェックしたばかりだから、スマホも何も見ずに寝るだろうと踏んでいたんだけど、その通りだったみたいだね。万が一寝る前に何かで正しい時刻を見てそれを証言したら、寝惚けて時間を見間違えたんだろうと主張するつもりだったけど」

「くそう」

洸一は再び悔しそうに唇を曲げた。このデジタル全盛の時代に、何ともアナログなトリックだが、スマホの時刻表示は特に合わせなくても常に正確なだけに、〈時計の針は動かすことができる〉というアナログ世代には至極当然の事実に、洸一は気付かなかったのだ。

「俺のアルコール分解酵素の少なさが、アリバイ工作に使われたのかと思うと忌々しいな」

実はサイコパスだったというよりはずっと良いじゃないかと僕は覗きながら思ったが、もちろん本人に伝える術はない。

「おい、そろそろ行くぞ」

下柳刑事がそう言って話を切り上げさせ、そのまま葉留人をパトカーの後部座席に乗せて連れて行った。


――


葉留人の犯行の詳細は、やはり取調室を覗き込むことによって得られた。取り調べハラショー！

凶器に使ったのは釣り糸。一三〇キロの重さまで耐えられる一〇〇号のフロロカーボン糸を何重にもしたものだった。もちろんそれは廃棄済みだったが、謙吾の首からわずかな繊維片が発見され、それを警察が綿密に調べた結果、釣り糸だということが判明したので、大泰荘で唯一釣りをする葉留人への疑いを強めていたのだった。

犯行時葉留人は、フィッシンググローブを手に嵌めていた。何故謙吾に怪しまれずにそんなものを嵌められたのかは後に判明するが、だから手に痕など残らないだろうと高を括っていた。だが謙吾の太い頸に食い込んだ細くて強靱なカーボン糸は、グローブ越しに自分の手にも食い込み、予想以上に赤い痕が残った。そこで予定通り釣りには行き、自らスマホを海に投棄して、一切連絡がつかない状況を作り上げたのだった。

推理合戦という名の僕の推理への一方的なダメ出しの場で洸一は、何もわざわざ〈命の次に大事な〉スマホを廃棄しなくても、電源を切って、充電が切れちゃって出られなかったんだと言い訳すれば良いじゃないかと言っていたが、葉留人はさらにその先まで考えていた。それだと大泰荘に戻ってから、それではスマホを見せて下さいと言われたら、〈実際にはフル充電に近かったので〉簡単に嘘がバレるのだ。かと言って充電分を使い切るために電源を入れっぱなしにしていたら、GPSで現在地点がバレて、ここまで警察が迎えにやって来るかも知れない。そうして手を見られたら一発アウトである。葉留人の思考回路は常に、〈警察はそこまではしないかも知れないが、ひょっとしたらするかも知れない〉だった。

だがまだこの〈世界〉では、密室の謎が解けていない。葉留人が犯人だとすると、どうやって404号室のドアに内側から鍵をかけたまま、自室に戻ることができたのだろう。

訝っていると、レンズ内で予想外のことが起こった。一つ前に見た世界〈開陽界〉と同じように、花柄プリントの厚手のカットソーに、ミトコンドリア柄のズボンを穿いたごま塩頭の老婆が、手を後ろに組み、ひょこひょこ歩いて大泰荘に入って来たのだ。ただし今回は一人ではなく、四〇代後半くらいの上品そうな女性を連れていた。そのまま階段で二階に上がり、ラウンジの椅子にどっかと座る。

「ちょっとお婆さん、勝手に入って来ては駄目ですよ。お家はどこですか？」

「人を徘徊老人扱いするんじゃないよ！　ここには住んじゃいないけど、ここはあたしの家だよ！」

戸惑いながらも優しく応対した千帆に、老婆が口角泡を飛ばして答えるところも〈開陽界〉と同じだ。

「あ、大家さん！」

真っ先に気付いて小さく叫んだのは、今回もやはり伊緒菜姐さんだ。

「えっ、嘘。このお婆さんが？」

「千帆ちゃん、入居の時に面接受けなかったの？」

「うん。実は私、何故か面接免除だったの」

僕は訝った。何だかデジャヴだが、葉留人が犯人であるこの世界〈玉衡界〉では、大家さんは事件と無関係なのではないのか？

だが次の瞬間、老婆はいきなり高笑いをはじめた。

「ふははは、二人死亡で一人は殺人罪で逮捕。八人中三人の人生を破滅させてやった。社会的抹殺率37・5％！　正当防衛を主張しているニット帽娘も、今後良心の呵責に苦しめられるのは避けられない。それを入れたら八人中四人の50％だ。ははは。だからこれくらいで勘弁してあげるよ。有難く思いな！」

セリフも数字も〈開陽界〉とは微妙に違っている——。

「一体どういうこと？　まさか大家さんが黒幕だったの？」

伊緒菜姐さんが虚を衝かれたような顔で言うと、老婆は薄笑いを泛べた。姐さんの台詞は〈開陽界〉と同じだが、それに対する老婆の答えはやはり異なっていた。

「黒幕ねえ。まあそう考えて貰っても構わないよ」

「ええっ？」

「ふん、密室の謎の答えを教えてやろう。どうせそっちは解けていないんだろう？　跟《つ》いて来な」

そう言い放って老婆が向かったのは、３０１号室と３０２号室の間、あの般若の能面が掛けられている壁の前だった。

「そこの金髪小僧。その面を外してごらん」

「えっ？　俺のこと？」

いきなり指名された龍磨は、ちょっと唇を尖らせながらも、老婆の迫力に押されるがまま、手を伸ばして能面を外した。高価なものだという意識があるのだろう、十数メートル上から落ちて来るディアボロを受け止める時に見せる、生卵を扱うかのような慎重な表情だ。

能面を外し終えた龍磨は、そのまま裏返しにして裏面をしげしげと眺めはじめた。裏面は深く刳《く》られており、両端には舞台上で演者が面を顔に固定するための紐が付いている。その紐を短めに結んで壁のフックに掛けてあったのだ。

だが実は能面はただのカモフラージュだったらしく、老婆の命令はなおも続いた。

「それを回してみな」

「それって？」

老婆の枯れ枝のような人差し指が指し示すその先にあるものは、ついさっきまで能面が掛けられていた、壁から突き出した金属製のフックだった。

「えっ、こっち⁉」

龍磨は能面を傍らにいた千帆に手渡すと、半信半疑の顔のままフックを指でしっかりと挟んで、指先に力を罩《こ》めはじめた。

すると左方向にはびくともしない様子だったが、何と右方向に力を入れたら、少しずつ回りはじめた。そのままフックが一回転すると、聞こえるか聞こえないほどの幽《かす》かな音だったが、壁の中でカチリという音がした。

「そうそう。そしてその周囲を押してごらん」

小柄な龍磨が、フックの左右の壁に手をあてて、両腕に力を罩めた。

だが壁はびくともしない。

「もっと強くだよ！」

龍磨が今度は身体を前傾させ、ぐっと体重をかけた。

すると壁が片開きで奥に開き、その向こう側に空っぽの細長い空間が現れた。

「入ってごらん」

中は当然真っ暗だが、何とか人一人ならば、入ることができそうだ。龍磨がおそるおそる身体を横にして開口部を潜る。

「手を離しな」

龍磨が手を離すと、壁はひとりでに元に戻った。

「さっきのつまみと同じものが、内側にもあるだろう？　それを回してみな」

龍磨が言葉通りにしたらしく、廊下側のフックは再び元の位置に戻った。なるほどこれならば、フックに再び能面の紐を引っ掛けてから中に入り、内側からフックを戻せば、この壁の向こう側に人間が潜んでいるとは、誰も思わないことだろう。

ただし小空間の中から、外の能面がちゃんとまっすぐになっているかどうかを確かめる術はなさそうだ。そういえば時々能面が、左右どちらかに傾いていることがあったが、あれは吹き込んだ風の所為《せい》ではなく、そういうことだったのか⁉

「出て来て良いよ」

フックがまた回転して、龍磨がげんなりとした表情で出て来た。

「あー死ぬかと思った。中は狭いし真っ暗だし、閉所恐怖症《クロウストロフォビア》になりそうだ。二度と入りたくない」

「まあ確かに狭いことは狭いけどね、良く見な。内側の壁にはコンセントもちゃんとあるんだよ」

「あ、本当だ」

「ここに入った人間は、他の住民に気付かれないために、開口部は当然すぐに閉めなきゃならないからね、廊下にずっと誰かいてしばらく出ていけなくなった時なんか、持ち込んだ電化製品が使えるのは、さぞ心強かったことだろうよ」

老婆は得意気に解説を続ける。

「301号室と302号室の間が般若面だったのにも、もちろん意味があるのさ。ここは三階の住民も四階の住民も、全員が毎日目にすることになる壁だからね。気安く触る気を起こさせないように、一番恐ろしい面を選んで掛けたのさ。この仕掛けは見破られることが前提とはいえ、あんまり簡単に見破られるのも困るからね！」

見破られることが前提？　どういうことだ？

洸一がただ一人やられたという顔をしているが、それ以外の住民の大部分はまだ腑に落ちない様子だ。

「だけど、こんなところに人が隠れられる空間があるからと言って、それが一体何なの？」

千帆が代表して訊いた。

「まだわからないのか。あんた、ピアノは上手いけど頭は鈍いねえ。栄養が全部乳に行ってるんじゃないの？」

男が言ったら大問題になるような台詞を、老婆は平然と言い放つ。ひょっとして今の時代、何を言っても許される地上最強の生物は、お婆さんなのではないだろうか——。

話は戻るが、確かにこんなに手の込んだ形で隠してある小空間が、単なる収納のためのスペースなどであるはずがない。きっと両側の部屋に密かに繋がっているのだろう。

この小部屋の両側の壁は、洗面台がある壁の裏面に当たっている。さてはあの、西班牙《スペイン》か葡萄牙《ポルトガル》の瓷磚畫《アズレージョ》を思わせる、妙にエキゾティックな洗面所のタイルだろうか？

思った通りだった。再び中に入った龍磨が、今度は開口部を片手で押さえたまま、もう片手で老婆の指示通りにすると、両側の壁が洗面台ごとくるりと半回転して、どちらの部屋にも自由に行き来できることが示された。回転する方向は一方向のみで一回転はせず、手を離すとタイルを貼った壁は、やはり洗面台ごとひとりでに元に戻った。

そう言えば洗面台のまわりの青いタイルとタイルの間の目地の部分には、あちらこちらに黒い線が走っていた。てっきり老朽化のために罅割れしているのだろうとばかり思っていたが、実はあれは壁の開口部をカモフラージュしていたのだ。するとあの絵入りの美しい青タイルも、その罅割れから可能な限り目を逸らす意味があったのだろう。

それでも開口部のところだけ線が走っていたら、鈍い僕でも仕掛けに気付いたかも知れない。だが黒い線は縦横無尽に走っているのでわからなかった。回転が半回転だけなのは、洗面台には水道と排水のパイプが繋がっているからで、それぞれがその半回転分だけ、遊びを持って設置されていた。

「タイルを貼った壁が回転するのかあ。ちょっとデジャヴ」

この世界〈玉衡界〉では老婆の登場以来、不思議なくらいおとなしくしていた洸一がしたり顔で言うと、老婆は突然怒り出した。

「うるさいよ、この青二才が！　見抜けなかった癖に。真相がわかってから、偉そうにほざくんじゃないよ！」

しかもこの仕掛けは、３０１号室と３０２号室の間のみならず、３０３号室と３０４号室の間、４０１号室と４０２号室、４０３号室と４０４号室の間にも存在した。三階に二つ、四階に二つの計四つの隠し小部屋を作ることで、住民全員の部屋に密かに出入りすることができる仕掛けだった。

そう言えば生前、こちら側の隣室の物音が気になったことは一度もなかった。僕の部屋のこちら側は伊緒菜姐さんの部屋で、一人の時の姐さんが物静かなため、あるいは壁の厚みが確保されているためかと思っていたが、こんな空間が挟まれていたのだから、当然防音の効果もあったわけである。

能面はフックを隠すために掛けられていたわけだが、それも隠し小部屋の前だけに飾ったら怪しいので、各部屋間の全ての壁に掛けられていた。つまり葉留人の部屋と僕の部屋の間の壁に飾ってある檜垣女や、伊緒菜の部屋と亜沙美の部屋の間の白式尉などはカモフラージュだったわけだ。

「何という手の込んだことを！」

その伊緒菜姐さんが頭を抱える。

「すみません、うちのお婆ちゃん、いい歳して〈館もの〉の推理小説を読みすぎて、頭がちょっとおかしくなっちゃったみたいで、金に糸目をつけずにこんなもの建てちゃって」

大家さんの隣の上品そうな女性が、そう言って頭を下げた。どうやらこの女性がお婆さんの娘にして亡くなった明日香ちゃんの母親らしい。

だが大家さん本人は依然意気軒高だ。

「こんなものとは何だいこんなものとは。見抜けなかったこいつらがクズなんだ。この隠し小部屋の存在を見抜くヒントは、ちゃんとこいつらの目の前にあったのにさ！」

「見抜くヒントがあっただって⁉　そんな馬鹿な……」

推理のためのデータが過不足なく提出されていることを、あらゆる評価の最上位に置くミステリーヲタクが、譫言《うわごと》のように叫んだ。

「ふん。三階と四階に四つずつ部屋があって、全てが角部屋。ということは、階段と廊下部分を除いてすぱっと四等分すれば、各部屋の大きさを完全に均一にすることができるし、むしろその方が自然じゃないか。それなのに部屋によって微妙に広さが違う。東南角の部屋が一番狭くて、北西角の部屋が一番広くなっている。毎日ここで暮らしながら、おかしいとは思わなかったのかい？」

「それは日照の良し悪しとかを考えて、不公平感を是正するためかと……」

千帆が青いセーターの胸を隠すように押さえながら、おずおずと答える。

「ははっ。そんなのは、部屋代に差をつければ済むことじゃないか。高くても日当たりが良い方が良いという奴もいれば、少しでも安い方が良いという奴もいる。隠し小部屋のある壁の厚みを誤魔化すために、わざと部屋の広さを統一しなかったのに決まってるじゃないか！」

「そんなこと、普通の人は考えもしないよぉ！」

龍磨が弱弱しい声で答えた。

「まさか《館もの》のオマージュだなんて思わなかったよお！」

洸一がひしゃげたような声でそれに続いた。

「ヒントはまだある。そもそもバス・トイレ室があるんだから、そこに洗面台も押し込めてしまえば、水まわりは一ヶ所で済むんだ。建築に造詣が深い人間だったら、見取り図を見ただけであまりにも不経済だと思う筈だけどね！　そうせずに洗面台を独立させていることがヒントさ。壁が分厚くなっているのは、水まわりの設備があるからだと誤認させることもできるしね！」

――

どうやら洗面台が独立していることを、単純に喜んでいた僕が愚かだったらしい。僕は唖然としながら接眼レンズから目を離して〈自称神様〉に尋ねた。

「つまりこういうことですか？　何かのきっかけで、住民でただ一人この隠し小部屋の存在に気付いていた葉留人が、あの夜謙吾の部屋に侵入していきなり首を絞めた。寝ていた謙吾は目を覚まして抵抗し、ベッドから身体は落ちたが、首のカーボン糸は外れずそのまま絶命した。葉留人はカモフラージュのために西向きのクレセント錠を開けておいて、また隠し小部屋経由で脱出した」

「うん、大泰荘《だいたいそう》」

「いつか言うと思った！　それがやりたくてこの名前にしたんでしょう！」

「ばれたか」

老人はちょっと顔を赤らめた。

「ばれますよ。だけどこれまで見て来た他の世界、すなわち千帆や伊緒菜や龍磨や洸一が犯人だった世界では、あの隠し小部屋はなくなるわけですか？　建てられたのは僕らが生まれるずっと前なのに？　何だかパラドックスですね」

するとは白髯の老人はかぶりを振った。

「うんにゃ、隠し小部屋はこれまで見て来た全ての世界にあったんじゃよ。全ての世界に共通して能面が壁に掛けられていたようにな。千帆も伊緒菜も龍磨も洸一も、その存在に気付かずに、それぞれのやり方で密室を作った。唯一葉留人だけが気付いてそれを利用したんじゃ」

「じゃあ大家さん自身が犯人だった〈開陽界〉でも……」

「もちろんこの仕掛けはあったのさ。婆さんにとっては奥の手の奥の手だったわけじゃ。だから仮に疑心暗鬼にかられた住民が、自分に無断で鍵を交換したとしても、老婆は一人ずつならば全員殺せる自信があったわけじゃよ」

「なるほど。そう考えれば矛盾はないのか……」

「第一青いタイルは、表記からして周囲から浮いとったじゃろうが！　当然何かあると見做すべきだったな！」

一方地上では、その老婆がまだ喋っている。

「種明かしは簡単だけどねえ。この仕掛けを設計してくれる建築家と、実際に施工してくれる業者を探すのは大変だったんだよ！　中村《なかむら》さんという人は、もうこの世にいないみたいだし！」

「中村さんって誰？」

龍磨がきょとんとする。

「ひょっとしてあの伝説の……」

洸一は誰のことかわかったような顔で頷いたが、畏れ多いのかコメントはしなかった。

「すみません。うちのお婆ちゃん、《館もの》のミステリーが好きすぎて……」

その代わりのように、大家さんの中年の娘さんが、隣でぺこぺこ頭を下げた。

「だけど、そもそもどうしてこんな仕掛けなんか！」

伊緒菜姐さんが気を取り直したかのように声を荒らげる。

「ははは、決まってるじゃないか。あんたたちの中で最初にこの仕掛けに気付いた人間に、これを使って良からぬことをさせるためだよ。さっき、この仕掛けは見破られることが前提と言ったのは、そういう意味さ！」

「どうしてそんな酷いことを……」

「復讐だよ」

「ええっ？　どういうこと？」

全員が凍り付いた。

「ふん、やっぱり憶えていないのかい！」

「一体何を？」

「お前たちが、あたしのたった一人の孫を殺したんだろうが！」

老婆はそれから、さきほどと同じ順序で明日香ちゃんの溺死事件について語った。

全員が悄《しゅん》とした。

「それは本当に御免なさい。でもお孫さんは運が悪かったとしか。もちろんあたしたちにも責任はあるけど……」

千帆がしずしずと頭を下げると、老婆は鷹揚に頷いた。

「まあそうさね。あの子は運が悪かった。いつもはあんな沖まで行かないのに、同年代の子供たちが、沖まで泳いでは戻って来るのを見て、刺激されたんだろう」

「だったら……」

「だから同じことだと言ってるんだよ！　今回死んだ連中も、運が悪かったということさ。それで何か文句あるかい？　初めはこの隠し小部屋を使って、あたしがこの手で全員を殺してやろうと思ったんだ。鹿に金と書いて、鏖《みなごろし》。だが考え直したのさ。直接手を下すのは止めにして、からくりだけを用意して、復讐そのものは天の配剤に任せようとね。第一その方がずっと面白い。復讐に加えて、一体誰が誰を殺るのかを予想する楽しみまであったしね！」

「だけど隠し小部屋の存在に最初に気付いた人間が、それを悪用するとは限らないじゃない。自分の発見をみんなに教えて、こんなロクでもない仕掛けが決して使われることのないように、何らかの物理的な手段で、全員で封鎖するかも知れないじゃない」

「はは。発見者がそんな聖人君子だったら、その時は復讐はきっぱりあきらめたさ。だけどね、自分だけがそんな秘密を知ってしまって、それを使わないままなんてこと、よほどの人間でなきゃできないさ。確かにすぐには使わないかも知れない。だが何かの時のために、誰にも教えずに自分の胸に仕舞っておくのが普通さね。そして何か面白くないことがあった時に、秘密の通路の存在を憶い出したら、一体どんなことが起きるだろうね？　そもそも若き芸術家のタマゴなんていう、巨大なエゴの化物同士が、一つ屋根の下で半共同生活を送っていたら、いつどこでどんな確執が生まれたって不思議じゃない」

「そんな……」

千帆が反論しようと口を開いたが、そのまま黙ってしまった。今さら反論したところで、どうにもならないと気が付いたのだろう――。

葉留人はそれまでも時々この仕掛けを使って、他人の部屋に密かに侵入していたらしい。取り調べでは演技の勉強のための人間観察さと嘯いていたが、爽やかなルックスとは裏腹に、元々覗き趣味があったのだろう。女性のみならず男性の部屋にも侵入していて、数日前にも謙吾が留守の間にその部屋に侵入《はい》ったが、帰宅した謙吾は何となく部屋の様子に異変を感じ、確証はないが薄気味悪いので、鍵を交換してもらえないか大家さんに直談判に行くから、一旦合鍵を返してと千帆に告げた。

伊緒菜姐さんが小耳に挟んだのだのはその後半部分だ（全ての世界でその台詞は言われた）。他の世界では、図体に似合わず神経質な謙吾の思い過ごしだったようだが、この世界〈玉衡界〉では、葉留人に実際に侵入されていたわけだ。

それはそうと、葉留人の動機は一体何だったのだろう。僕は再び警察の取調室を覗いてみた。

「実は僕は早くから、僕たち共通の秘密に気が付いていた。何だかどこかで会ったことのある連中だと思いながらも、どこで会ったのか憶い出せないでいたんだけど、ある日突然、小学校の夏休みの遠泳教室のことを憶い出したんだ。あの時一緒だった連中が一ヶ所に集められていることを知り、一体どうしてと訝り、こんなこと偶然では絶対に起こり得ないから誰かが意図したことで、その誰かとはきっと大家さんなんだろうということまではすぐに見当がついたけど、それを敢えて誰にも言わなかったのは、大家さんが何を企んでいるかわからないけど、このまま黙って成り行きを観察する方が面白いからさ。僕、面白いことには目がないんだよ。それにこの状況って、何だかすごい演劇的じゃない？　住民全員が罪を抱えながら、それに無自覚で毎日を過ごしている。そんな中、ただ一人僕だけがそれに気付いている。いつかこの状況を使ってシナリオが書けそうだから、誰にも言わずに見《けん》に徹することに決めたんだ」

葉留人は涼し気な目で続ける。

「だけどある日、そのことを謙吾にうっかり喋ってしまったんだ。ああ、隠し小部屋のことじゃなくて遠泳教室のことの方ね。どうして謙吾だったのかは憶えていない。すると謙吾は、最初は僕の言う通り黙っていたけど、やがて良心の呵責に耐えられなくなったとかで、『過去の罪は清算すべきだ、事故の真相を世間に公表しよう』と言い出したんだ」

どうやらこの世界〈玉衡界〉では、謙吾はあくまでも頭にバカが付くほどの真面目な奴だったらしい――。

「もちろん必死に説得しようとしたさ。今さら九年も前の事故の話を蒸し返したところで、誰も関心など抱かないし、誰のためにもならないと言ってね。だけど駄目だった。あの糞真面目野郎は、聞く耳持たなくなっていた」

「だからそれを阻止するために殺したのか！」

腕まくりをして毛むくじゃらの腕を見せている取り調べの刑事が、呆れ顔をした。

「当然じゃない。僕はこの前オーディションを通って、テレビドラマへの出演がやっと決まったところだったんだ。こんな時に週刊誌にでも、【新進俳優森葉留人は、過去に小さな女の子を死に追いやっていた！】なんて記事でも書かれたら最後、僕の俳優としての将来は閉ざされてしまうじゃない！」

　葉留人がオーディション合格の知らせを受けたのは、犯行の前日のことだった。ただちに謙吾の口封じを決意し、弱い癖にアルコール好きで、かつ時計類を一切持っていない洸一をアリバイ工作に使うことを思いついた。万が一にも犯行と結びつけられることを避けるため、その夜はオーディション合格のことはおくびにも出さなかった。翌日の帰宅後、僕につい喋ったのは、気の緩みからだ。

　マジックミラーでその様子を眺めていた無精髭の刑事は、惘然《もうぜん》とした顔で呟いた。

「俳優としての将来を守ろうとして、人間としての未来を閉ざしちゃ世話ないな」

　異常に痩せた刑事が答えた。

「全くだ。しかもそのドラマの役ってのも、セリフが毎回一つか二つだけのチョイ役だっていうんだからなあ」


―――


　僕は一度接眼レンズから目を離した。

「すると明日香ちゃんの事件は……」

　老人が頷く。

「もちろんそれも、全ての世界で起きた〈事実〉じゃよ」

　僕は暗澹たる気持ちになった。

「それで葉留人は、全ての世界で僕ら共通の秘密に気が付いていたんですね？」

「そうじゃ」

「だけど葉留人自身が手を下したこの〈玉衡界〉以外の世界では、謙吾が殺された後も、葉留人はそのことを誰にも言わなかったわけですか？」

「謙吾に遠泳合宿のことをうっかり喋ったのが、この〈玉衡界〉だけなんじゃよ。他の世界では誰にも言わずに、ひたすら見に徹していたんじゃ。あの時のみんなが一ヶ所に集められていることについて誰かに言うどころか、やっと事態が動き出した、面白くなって来た！　と内心ほくそ笑んでいたんじゃよ。葉留人は見た目よりもはるかに芸術至上主義の、演劇馬鹿だったんじゃ」


――――


再び大泰荘。まだ納得行かないのか、伊緒菜姐さんが大家さんに食い下がっている。

「だけどちょっと待って。この建物が建ったのは、今から三〇年以上前でしょう？　あたしたち、まだ生まれてもいないよ！　どうしてそんな隠し小部屋なんて……」

「ふん、それじゃあ五年前のこの町の航空写真を見てみるかい？」

老婆が首から提げていた巾着袋から、一枚の写真を取り出した。その言葉通り、町の航空写真だ。駅があり、商店街があり、銭湯があり……。

「あれ？」

写真を見ていた姐さんが声を裏返した。

その写真の中では、現在大泰荘があるところには、何もなかった。更地になっていた。

「取り壊す予定の、古い建物の建材を再利用して建てさせただけで、本当はまだ築三年半だよ！この建物は、あんたたちを一堂に集めるためだけに建てたんだ。あんたたちが十八歳になるのに間に合うようにね！　音大に入りそうな女もいるから、防音室にグランドピアノも用意した。ラウンジには古い卓上将棋盤やチェス盤などを置いて、昔の住民の痕跡を匂わせておいた」

「一体幾らかかったのよ！」

「ふん。看護師として四〇年間働いて貯めた貯金に、死んだダンナの遺産を全部注ぎこんださ！」

「だけどあたしたちが入居した時、先輩の住民たちがいたじゃない。あの人たちは？」

「はは。あいつらは、興信所を通じて雇ったエキストラだよ。一年間家賃をタダにする代わりに、以前から住んでるフリをしろと言ったら、みんな喜んでやってくれたよ。そして当初の約束通り、一年で出て行ってもらった。加藤や蒔丘たち、一つ下の学年の連中を入居させるためにね！」

「じゃあ、建ってから一度しか家賃を値上げしていないとかいう噂も……」

「はは、そんなの適当に流した噂話に決まっているだろ！　だけどもうこんな酔狂も終わりだ。もうここはぶっ壊して更地に戻すよ！　だから命拾いしたお前たちは、一日も早く次の下宿なりアパートなりを見つけて出て行っておくれ。今日はそれを言いに来たんだよ！」

　　――――


僕は再び接眼レンズから目を離して、溜め息をついた。

「それにしてもいくら〈多重素性〉とはいえ、〈玉衡界〉での葉留人は、覗き趣味ありの殺人犯ですか。何だかひどすぎませんか？」

「今ごろどこかで黄色い悲鳴が上がっとるかも知れんなあ。犯人選挙と同時に非公式で行った人気投票で、葉留人は女性人気ナンバーワンじゃったから」

「人気投票？　そんなことやっていたんですか？」

「やっとったんじゃよ。残念ながらお前さんは、主人公なのに人気がイマイチじゃったなあ」

「今どき、眼鏡の文学青年がモテるわけないでしょ！　あんただって元は文学青年で、暗い青春を過ごしたんでしょ！」

「うう……」

「泣くなジジイ！　何だかんだ言って、僕に自分の若い頃を投影していた癖に！」

「ばれたか」

老人はあっさりと認めて開き直る。やはりもはや正体を隠すつもりもないらしい。

「ちなみに男性人気ナンバーワンは千帆でした。要するに女はイケメン好きで、男は巨乳好きということじゃ。単純すぎるだろお前ら！」

「誰に向かって言ってるんですか？」

「いやその、気にするな。独り言じゃ」

「ちょっと待って下さい。自首した〈開陽界〉と、建物の仕掛けを白日の下に晒した〈玉衡界〉以外の世界では、大家さんは何のリアクションも起こしていませんよね？　仕掛け自体は、全ての世界にあるのにも拘わらず」

「そうじゃな」

「大家さんが、復讐目的で僕たちを集めたことも、全ての世界に共通する〈事実〉だとすると、その二つ以外の世界では、大家さんは自分が手を下す前に、住民たちが勝手に殺し合いをはじめたことに、ほくそ笑んでいるということですね？　ということはあれですか？　その二つ以外の世界では、大家さんは僕も含めて二人死亡一人逮捕で満足するつもりなのか、まだわからないということですか？　まだ〈生きている〉仕掛けを使って復讐を続行し、鏖《みなごろし》に成功してしまう世界もあるかも知れない。世界の〈分岐〉は、今この瞬間も続いていると見做すべきなんですか？」

「おお、そうじゃな」

老人はどこかからメモ帳のようなものを出して、何やら書き始めた。


――

一方警察では、犯行手段の解明の過程で大泰荘の秘密を知った捜査員たちが、困惑した顔を泛べている。

「そんな秘密の通路なんか作って、住民たちに教えていなかったというのは、道義的には問題ありますが、果たして罪に問えるんでしょうか。大家自身がそれを使って入居者の部屋に忍び込んだことは一度もないわけだし」

「こんなケース初めてだから、さっぱりわからんな。仮に逮捕するとして、罪状は一体何になるんだ？　殺人教唆？」

七三分けの幹部が苦々しい顔で答えた。

「いや無理だな。口でそのようなことを一度も言っていないのだから、殺人教唆は成立しない」


――――


「ようやくわかって来たよ」

再び大泰荘。人畜無害なミステリーマニアが拱手《きょうしゅ》して唸っている。

「何がだよ？」

世界一のジャグラーを目指す若者の座に返り咲いた龍磨が、金色《こんじき》の長髪を掻き上げながら訊いた。

「どうしてミステリーの犯人が、時にまだいくらでも言い逃れができそうな状況で自白してしまうのか」

「へえー、何で？」

龍磨がおざなりな口調で訊く。

「完璧と思われるロジックを駆使して犯人を特定したとしても、現実世界には一〇〇％のロジックなんてものは存在しないからなんだな。数学などの閉じられた世界には一〇〇％のロジックが存在するが、開かれた現実世界には、そんなものはない」

洸一が重大な真理に目覚めたような顔で続ける。

「だからあれは作者の都合なんだ。犯人を自白させる、あるいは動かぬ証拠が発見されるなどの形を取ることによって、浮遊している物語を〈固定化〉させるんだ！」

「ふうーん」

だが龍磨は、訊いたのが自分であることを既に忘れたかのような気のない表情で、おざなりな相槌を打つだけだった。

――

一体これからみんなはどうなるのだろう。僕は三本目のハンドルを操作して時間軸を先に進め、未来を覗いてみることにした。

その結果わかったことをすべて書いていくと、途轍もない長さになってしまうので、以下箇条書きにする。

〈天枢界〉以外の六つの世界では、千帆の作った曲の演奏会が行われた。

〈天枢界〉では残念ながら、その曲は演奏されずにお蔵入りになった。

演奏が行われた六つの世界のうち、〈天璣界〉以外の世界では、客席で洸一が素っ頓狂な声を出した。

「あれ、クラリネットは一本だけなの？」

〈天璣界〉では、誰も変な声は出さず、みな黙って最後まで聴いていた。

演奏会自体が行われなかった〈天枢界〉、洸一のいない〈天璣界〉、それに伊緒菜姐さんがいない〈天権界〉を除く四つの世界では、洸一の隣に姐さんが座っていて、洸一の言葉を聞いて首を傾げた。

「槙あんた何言ってんの？」

「だってクラリネット五重奏っていうから、クラリネット五本で演奏するのかと思って……」

姐さんは笑い出した。

「あんた本当にクラシックは聴かないんだね。クラリネット五重奏とは、弦楽四重奏にクラリネットを加えたものだよ」

「へえー、そうなんだ」

〈天権界〉では、洸一の隣には誰も座っておらず、曲が終わってからも洸一は、狐につままれたような顔をしていた。

〈玉衡界〉以外の世界では、葉留人の出演する深夜ドラマが放映され、初回は大泰荘に残っていた住民が、全員ラウンジに集まって観た。伊緒菜姐さんが大画面のモニターを用意してくれたのだ。

「お、出てる出てる」

画面の中の葉留人が台詞を言い、フレームアウトした。

「何だ、これだけか？」

洸一が拍子抜けしたように言うと、葉留人は照れ臭そうに小さく頷いた。

「チョイ役だって言ったじゃない。だからこんなモニターでみんなで観るとか、止めようよ」

「おい、これを見ろ！」

だがその時龍磨が、手に持っていたスマホの画面をみんなに示した。

「ドラマの名前にハッシュタグを付けてツイートを自動検索にしておいたんだ。そしたらいっぱい呟きがあるぞ！」

その言葉通り、自動的にスクロールする小さな画面の中では、ツイートが乱れ飛んでいた。

〈ちょっと、今の俳優誰？〉

〈主役より恰好良くね？〉

〈きゃ、今の人の名前チェック！〉

〈森葉留人だって〉

〈名前もいいじゃん〉

〈て言うか、演技も上手くね？〉

〈やられた！　一発でファンだわ〉

〈ちょっと。あたしが最初に名前見つけたんだけど〉

〈関係ないでしょ。イケメンはみんなのもの！〉

〈葉留人推し！〉

こうして六つの世界で、〈森葉留人〉の名前が、あっという間に検索サイトのトレンド入りしたのだった。

もちろん〈玉衡界〉では、それは起こらなかった。


その後もいろいろなことがあった。まず〈天璇界〉以外の世界では、龍磨がビデオによる予選をやすやすと通って、ジャグリングの世界大会に出場するために渡米。

〈天権界〉以外の世界では、映像作品のコンペティションで伊緒菜姐さんの短編作品が入賞。次はいよいよ長編作品に取り組むようだ。

一方不起訴処分になって一旦大泰荘に戻って来た亜沙美の姿が、全ての世界でまた見えなくなってしまったので心配していたのだが、何と大学のアトリエに泊まり込んでいた。謙吾の生前最後の雄姿を、作品化することに文字通り寝食を忘れて没頭していたのだ。

その結果完成した作品の出来は素晴らしいもので、油絵科の主任教授が亜沙美の才能に惚れ込み、パステルコースから油絵科への転科を強く勧めていて、亜沙美の心は現在大いに揺れている。

こうしてかつての仲間たちが、それぞれの世界で赫赫《かくかく》たる成果を挙げ始めているのを確認してから、僕は一人淋しく望遠鏡（らしきもの）から離れた。


――

〈自称神様〉が近づいて来た。

「先の先まで観たんじゃな？」

「ええ」

「神様になった気分はどうじゃ？」

「辛いですよ。犯人を選ぶことによって、その人の未来を閉ざしてしまうんですから！」

僕がそう零すと、老人は初めて嬉しそうな顔になった。

「そうじゃろそうじゃろ？　神様やるのも結構ストレスだとわかったじゃろ？　その苦渋と後ろめたさを、誰かに共有してもらいたくなるじゃろ？」

やっぱり――。

「それが本音ですね？　さっきは決めるのが面倒臭いとか言ってましたけど、本当は責任を回避したいんでしょう？」

老人は顔を曇らせた。

「うーん、ばれたか」

「ばれますよ。ところで大家さんですけど、いくらお孫さんの復讐のためとは言え、何千万円もかけてあんな建物を建てるなんて、いくら何でもリアリティなさすぎですよね」

「おいこら！　いくら主役であってもそれは聞き捨てならんぞ。お主、《館もの》を否定する気？　それとも多重解決やマルチエンディングものに、リアリティを求めちゃうタイプ？」

老人が白い眉毛の下の目をぎろりと剝いた。

「わかってないなあ。そもそもリアルな世界には、たった一つしか結末がなくてつまんないから、マルチエンディングをやっているのに、そこは理解しないわけ？　それはまた、『真実はいつも一つ！』とか言ってる赤い蝶ネクタイのクソガ……いや、おぼっちゃまに対するアンチテーゼでもある。小説世界の真実は、一つとは限らん。だから小説は面白いんじゃ！」

僕は無視して続けた。

「だけどあんな仕掛けがあるならば、それこそ誰だって犯行が可能ですよね。〈玉衡界〉ではたまたま葉留人が最初にあの仕掛けに気付いたわけだけど、それぞれ最初に見つけたのが他の人だった場合の世界が、住民全員の数だけ存在するんじゃないですか？」

「うむ、それは確かにそうじゃな……」

老人は再びメモ帳を出して、ペンを走らせはじめた。

「メモを取るなメモを！」

僕は叫んだ。

「だって、使えそうなアイディアは、すぐにメモしておかないと忘れちゃうんだもん」

「一体謙吾は何回殺されなきゃいけないんですか。あまりにも酷すぎでしょ！」

「いや、死ぬのはそれぞれの世界で一回だけじゃよ」

「それからあんた、登場直後はなるべくそれっぽいことを言おうとしてはいたみたいだけど、〈神様〉でも何でもなくて、ただの〈作者〉でしょ？」

「うーん、ばれたか」

老人は白髪頭をポリポリ掻いた。

「ばれますよ。全く、何が神様だ。神様がそんなに軽佻浮薄な筈がない。着てるものだってそれ、古代ローマのトーガじゃなくて、そこらへんにあった布を適当に巻いただけでしょ？」

「そこらへんにあったとは失礼な。ちゃんとワークマンで買った」

「ワークマンかよ！　全く、何が神様だ。詐称も甚だしい」

「うんにゃ。詐称ではない。少なくとも一昔前までは、作者とは神のように物語を俯瞰して統《す》べる者の別名じゃった。さっきの話も韜晦《とうかい》じゃ。責任を回避したいなんてとんでもない。儂は、熟慮の末に犯人を決めるという、ミステリー作家だけが知っている密かな快楽を、みんなと共有したかったんじゃ！」

「本当かなあ」

　僕は疑いの目を向けた。

「本当、本当」

「だけど一昔前までとか自分で言って、今はそうじゃないことを認めちゃっているじゃないですか。作品中のことを全て作者が把握・統御しているという考え方はもう古いです。今あんたも、小説世界の真実は一つとは限らないと言ったけど、現代文学においては、作品には作者も知らない真実があり、時に作者の考えは、間違っていることもあるという考え方が主流です。その作品においては登場人物が自由を奪われているという、サルトルのモーリヤック批判でも読んで出直して来なさい！」

「それには同意だけど、フランス文学の話はやめようよ。読者が引くから」

「そもそも、僕が仏文科の学生という設定を決めたのもあんたでしょう？　自分の若い頃と重ねたんでしょ？　だけどそれによって作者であるあんたはいま、僕に反論され、問い詰められている。ははは。こりゃ痛快だ。これこそまさに、作者の思惑をはるかに超えた、登場人物の自由だ！」

　何だか話しているうちに興奮して来て止まらなかった。

　鈍い僕も、さすがにもう気付いていた。自分が小説の登場人物であることを。僕の生殺与奪の権利は、この白髪白髯のクソジジイに握られていたことを。僕の幼少時代の記憶、物心ついて死を知って、幾晩も眠れない夜を過ごしたこと、子供用の天体望遠鏡を買ってもらって嬉しかったこと、成長して少しずつ文学を好きになって行ったこと、大カトーの綽名を付けられたこと、受験勉強の記憶、育ててくれた両親への感謝の気持ち、くもり止め加工のオプション付きで眼鏡を作ったこと、小説家になりたくて、寝る間も惜しんで毎晩パソコンに向かっていたこと、バレバレだったらしいのに、結局打ち明けることができなかった亜沙美への想い……これら全てのことが、自分ではありありとリアリティを持って憶い出せるのに、実はそれら全て、この老人が勝手に決めて僕の頭にインプットした〈設定情報〉だったのだ。

　何ともひどい話だ。悔しくてやるせない。

　きっと読者がこの本を閉じた瞬間に、僕の意識は消滅して、僕に本当の死が訪れるのだろう――。

　だが今はまだ、僕には手があり腕がある。足もある。読者が本を閉じたら、それも全て消えてしまうのかも知れないが、少なくとも今はまだ、それらを動かすことができる。

「作者だったら、最後に意外な展開が欲しくないですか？」

　これを使って、僕という存在が完全に消えてしまう前に、やりたいことがある――。

「はて、意外な展開？」

僕は老人の皺の寄った首に両手を伸ばした。残された時間はあと僅かしかない。何とかその前に――。

「〈作者〉であるあんたが、謙吾があの夜に死ぬと勝手に決めた。そのとばっちりで僕も死んだ。そして残った仲間たちはそのほとんどが、投票によって殺人犯にされてしまう危険に直面している。全部あんたのせいだ。許せない、復讐してやる。人の人生を、好き勝手にもてあそびやがって！」

「ぐお、ぐお」

「ピランデッロが書いたのは登場人物が作者を探す物語でしたけど、恐らくは世界で初めて、登場人物によって殺される作者になった気分はどうです？　作者冥利に尽きるでしょう？」

「ぐお、ぐお」

老人の口の端から、白い泡のようなものが零れはじめた。

こうして三人目の死者が出た。

開票結果

作品の内容に否応なく触れますので、必ず本文読了後にお読み下さい。

令和元年の六月一日に、講談社のウェブサイトおよび各電子書店で、本作の第一部と第二部を問題篇として一斉に無料公開し、読者のみなさんに七つの選択肢から一つを選んで投票してもらった。最多得票の選択肢に投票した方の中から、ささやかだが図書カードなどが抽選で贈られた。つまり、リアルな《犯人選挙》を行ってみたのである。今のようにネットが普及する前は、絶対にできなかっただろう試みだ。

投票期間は一ヶ月。同月末日に締め切られ、作者の許には集計結果と投票者のコメントが、個人名は伏せられた状態で齎《もたら》された。この短文は、その結果報告である。

さて各〈世界〉の得票率と順位は、以下の通りだった。

①　天枢界《てんすうかい》　犯人は度会千帆《わたらいちほ》
得票率8・3％（五位）

②　天璇界《てんせんかい》　犯人は山田龍磨《りゅうま》
得票率2・5％（七位）

③　天璣界《てんきかい》　犯人は槙洸一《まきこういち》
得票率39・6％（一位）

④　天権界《てんけんかい》　犯人は比嘉伊緒菜《ひがいおな》
得票率14・0％（三位）

⑤　玉衡界《ぎょくこうかい》　犯人は森葉留人《はると》
得票率15・7％（二位）

⑥　開陽界《かいようかい》　その他の人物が犯人
得票率11・6％（四位）

⑦ 揺光界《ようこう》　犯人不在
得票率8・3％（五位）

洸一がぶっちぎりの一位。何と四割近い票を集めた。

これはその属性と、問題篇における出番の多さによるものが大きいようだ。投票理由の一端を紹介する――〈洸一が犯人なら、ミステリー作家志望が実際の犯行に及ぶ激アツな展開になると思うから（埼玉県・10代男性）〉〈主人公の近くにいて、推理を披瀝《ひれき》し合っていた人物が犯人という展開が好きなので（沖縄県・30代女性）〉。中には〈密室殺人をやってみたかったから（東京都・60代男性）〉と、動機をズバリ的中させた方もいた。また〈スマホ確認の時がアリバイのない時間になる（東京都・30代女性）〉等、一見アリバイがありそうで実はフリーな時間があることを指摘した投票も多く見られた。前述した通り賞品が絡んだので、人気が出そうな〈勝ち馬〉ならぬ〈勝ち犯人〉（?）に乗るような票も集めた模様である。

もしこれが、結末が一つしかない〈普通のミステリー〉だったならば、洸一が最も期待される唯一の犯人像ということになるのだろう。だがそれは同時に陳腐《ちんぷ》な犯人像となる危険も孕《はら》んでいるわけで、フーダニット・ミステリーの難しいところだ。

二位になった葉留人へ向けられた疑念の多くは、やはりアリバイに関するものだった。〈スマホ持ち込み禁止の呑み会は、時間誤認をさせるために開いていたと思う（東京都・40代女性）〉、〈まるで犯行時刻を知っているかのような飲酒の誘いが怪しい（埼玉県・40代女性）〉。〈凶器は釣り糸（山形県・20代女性）〉はズバリ正解（**〈玉衡界〉**における正解）。〈森は大家の息子か孫なので、簡単に合鍵を作ることができた（神奈川県・20代男性）〉という、伏線ゼロだが想像力豊かな意見は、作者を大いに楽しませてくれた。

問題篇で出番が少なかった割に、伊緒菜姐さんは三位と健闘した。ただ彼女の場合は逆説的に〈被害者と一番接点がないように思えたので、犯人だったら面白いかなと思った（広島県・30代女性）〉と、正に出番の少なさがプラスに働いた面もあるようだ。〈伊緒菜は能面の目の部分に隠しカメラを設置して、誰も見たことがない映像を撮ろうとしていた。動機はその盗撮が謙吾《けんご》にバレたから〈千葉県・30代女性〉――シェアハウスの廊下の盗撮で、果たして面白い映像が撮れるだろうかという疑問は残るが、映像クリエーター志望という属性に注目した点において、作者の用意した**〈天権界〉**の結末にかなり近い。また〈意外にないというドローンを使った密室トリックを見てみたいから〈埼玉県・40代女性〉〉という意見もあった。解決篇のトリックが、その期待に応えるものであったなら幸いである。

なお能面は、かなりあからさまに怪しく描いたつもりだったが、単なる雰囲気作りと判断されてしまったらしく、真相と絡めた意見はごくわずかだった。

〈その他の人物が犯人〉という選択肢は、投票者を戸惑わせたようだ。〈犯人は問題篇で登場していないとフェアじゃない〈神奈川県・50代女性〉〉という意見もあったが、それでも四位に入ったのは、〈一番読者を納得させるのが難しいと考えたため、逆に読んでみたい〈埼玉県・20代女性〉〉等、作者のお手並み拝見的な票を集めたからである。また〈大泰荘《だいたいそう》の住民は、夢や目標をしっかり持っていて応援したい人達ばかりなので、この中に犯人がいて欲しくない〈宮城県・20代女性〉〉、〈登場人物に好意を持ってしまったため〈長崎県・30代女性〉〉という理由もあった。作者としては嬉しい限りだが、ほぼ全員が順番に犯人になってしまう解決篇を読んで、この方々が気分を害していないか、ちょっと心配である。

また〈その他の人物〉からリョウタ刑事を連想された方もいた。さすがに犯人に仕立て上げるには、もう少し伏線を張っていないと無理だが、多重解決は多重素性ということを考えると、真犯人だからわざとボケたことを言って捜査を邪魔していたことになるのだろう。

〈天枢界〉と犯人不在の**〈揺光界〉**が、全くの同票で同率五位になった。

〈天枢界〉の場合は、合鍵を持っている千帆が犯人ということで密室トリックを考える必要がないためか、男女の膂力《りょりょく》差をカバーする犯行手段を中心に考察してくれた回答が目立った。

〈謙吾の部屋の鍵を閉めることができたのが結局のところ千帆しかいない。筋肉バカの謙吾の、首を鍛えるのを手伝うなどと言いつつ殺害（神奈川県・40代男性）〉

〈千帆ならば、就寝している謙吾の寝込みを襲うことができる。ロープの一端を部屋のどこかに結び、首に巻き付けてから全体重をかけて殺害した（東京都・20代男性）〉

一方**〈揺光界〉**は、

〈警察の捜査パートで死亡原因について言及していないので、病死などが後から明かされる（茨城県・30代男性）〉

〈どういう結末になるのか、一番読んでみたいから（神奈川県・40代男性）〉

　最下位に沈んだ龍磨の不人気ぶりも意外だった。投票者が特殊技能を用いたトリック（本格ミステリーでは人気がない）を予想したことに加えて、詳細に描写される順番が、住民で一番後だったことも関係があるかも知れない。〈犯人は物語の早い段階で言及される人物でなくてはならない〉というノックスの十戒の呪《じゅ》縛《ばく》が、いまだに根強いことを確認した。

　密室トリックは、みなさん頭を悩ませたようだ。

〈天璣界〉〈窓が肝だと思わせておいて、実は部屋の鍵を取り替えていただけ（東京都・40代男性）〉、**〈天璣界〉**〈フックにかかっていた鍵は偽物であり、槇だけがすり替えることができた（静岡県・40代男性）〉――ほとんど正解であるが、作者の考えは解答篇で示したように、偽物を用意するまでもないというものである。

　また**〈天権界〉**〈プログラミングの知識があるなら、当然ＩｏＴの知識もある筈。殺害後普通にドアから出て、捻《ひね》る動作ができるＩｏＴの玩具を遠隔操作して鍵を閉めた。玩具は謙吾が持っていてもおかしくなさそうなもの（東京都・30代女性）〉――もちろんアリ。これからますます技術が発展して、遠隔操作はロマンに欠けるとか、言っていられなくなるのでしょうね――。

〈玉衡界〉〈外から釣り竿を使って鍵を戻し、釣り竿を伸ばして窓を閉める（静岡県・40代女性）〉――鍵がフックに掛かっていたことがネックですが、部屋が二階程度だったら上手く行ったと思います。

　最後に作者が全く考えていなかったユニークな推理を幾つか紹介したい。

〈天枢界〉〈北極星は動かない、つまり真実と考えることができる。選択肢の○○界は北斗七星を構成する星々の中国名。その中で最も北極星に近いのは天枢星である。よって天枢界が真実（岐阜県・20代男性）〉――作者にこの発想はなかった。解の数が七つになったので、北斗七星の和名（元は中国名）を拝借しただけだった。

〈揺光界〉〈***delenda Kengo*** は本当に間違ったラテン語？　区切りを変えると違う意味になったりするのでは？（山形県・50代女性）〉――実は高度な暗号だったというのもいいですね！

〈開陽界〉〈加藤が死んだところからは夢で、最後は「夢オチ」（千葉県・60代男性）〉――反則ですが、マルチエンディングの一つとしては、そういう結末もアリかも知れません。

〈天権界〉〈伊緒菜は謙吾と異母兄弟で、昔起こしてしまった殺人事件（親殺し）のことをネタにゆすられていて、困った挙句《あげく》の犯行。また千帆とは二卵性双生児で、千帆の協力の下、部屋から脱出した（大阪府・50代男性）〉――血が濃すぎィィ！　でも想像力の豊かさに感服しました。

　またこの小説、もう一つ謎がかけられていた。そう、冒頭の作者巻頭贅言で「三人死ぬ」とあったのに、問題篇では二人しか死んでいないのだ。

　もちろんこれは作者が仕掛けた罠であるが、そこから推理を発展させた方がいて、感心させられた。

〈天枢界〉〈千帆の弟と同学年なのは、謙吾、大祐《だいすけ》、亜沙美《あさみ》の三人。大祐は中学時に旭川にいたので、残る二人が弟の同級生でいじめの主犯なのだろう（神奈川県・30代男性）〉――すなわちすでに死んだ二人が同学年であることから、まだ描かれていない三人目の死者はやはり同学年の亜沙美だと推理、さらに千帆の弟も一つ下という記述があったところから、犯人＝千帆の動機が弟の復讐と帰納したわけである。他の解と平行世界を成立させることが難しいが、単体の推理としては充分にアリである。

今回、理由を書く欄は自由記述で、当てずっぽうでも良いと断ってあったにもかかわらず、このように投票の多くが「どうすればこの人物に犯行が可能になるのか」「どうやって密室を作ったのか」「動機は何か」等々、推理の愉悦にどっぷり涵《ひた》った末の投票だったことが、作者を大いに喜ばせた。

何故なら正にそれこそが、多くのミステリー作家が提供したいと冀《こいねが》っている、読者の特権であるからで、しかしながらその愉悦の権利を自ら放棄して、すぐに解答篇へと進まれてしまう方が多いことを、常日頃から残念に思っているからである。

他にも紹介したい推理はあるのだが、紙幅の都合でこの辺で終わりにする。同じような意見が複数ある場合は、代表で一人の意見だけ紹介した。この試みは、いわばミステリーの世界に、何とかインタラクティブな要素を持ち込めないかという試みである。わずか一ヶ月でこれだけの意見が集まるのなら、近い将来、集合知によるミステリーなんてものも、あながち夢物語ではないような気までして来る。インタラクティブな試みが、今後も続くことを期待して、結果報告とさせて頂く。

あとがき

作品はそれ単体で判断してもらいたいという思い故、これまで単行本にあとがきを付けたことは一度もないのだが、本作の場合は、成立の過程について付記しておくべきかと思う。

『ミステリー・アリーナ』（講談社文庫）を書いたことで、個人的に多重解決ものはもう打ち止めのつもりだったのだが、その気持ちを覆したのは、打ち合わせという名の会食の席で担当編集氏が言った「（多重解決で）読者に犯人を決めて貰ったら面白いと思いませんか」という一言だった。同書のあとがきにも同様のことを書いたのだが、作者は量子コンピューターの土台である量子の《重ね合わせ現象》に強い関心を抱いており、小説のみならず現実世界でも、一つの状況には常にさまざまな展開・解決の萌芽《ほうが》が重なり合って存在していると感じる体質（？）になってしまっている。それならばいっそ結末は、読者が好きに決められる形を取っても良いのではないか——これは読者がただ読むだけではなく、参加することができるミステリー小説という、見果てぬ夢の実現に向けた第一歩のつもりである。企画当初の趣旨は、最多得票の〈世界〉の話を解決篇として出版するというものだったが、最初から全解を公開することにした。投票者のコメントで、全てのパターンが読みたいという意見が多かったからである。企画に参加して下さったみなさんは、自分が選んだ〈世界〉の結末を見届けつつ、同時に選ばなかった〈世界〉のその先を愉《たの》しんで頂ければ幸いである。

そしてできれば本書で初めて読まれる読者のみなさんも、その時の参加者と同じように、第三部の前で一旦立ち止まり、「自分はどの〈世界〉の話が一番読みたいか」を決めてから解決篇へと進んで頂きたい。第二部で主人公は犯人を決める権利を与えられるが、当然全ての読者にそれは与えられている。構想中の本書の仮タイトルが「犯人はお好みで」「アラカルトな犯人」だったことも付け加えておこう。繰り返しになるが本作品における作者の狙いの一つは、先を急ぎがちな読者のみなさんに、立ち止まって推理の愉楽に身を委《ゆだ》ねてもらうことで、もう一つは「熟慮の末に犯人を決める」という、ミステリー作家だけが知っている密かな快楽を、みなさんと共有することにあったのだ。

こんな酔狂な試みに作者を駆り立て、完成まで栄養補給と叱咤激励《しったげきれい》という両面でサポートしてくれた講談社文芸第三出版部の河原健志氏、いつも美しい本に仕上げてくれる坂野公一氏とwelle designのみなさん、そして投票という形で作品に参加してくれた全ての読者のみなさんに、この場を借りて心から御礼を申し上げたい。

令和元年　七月吉日

深水黎一郎

本作は書き下ろしです。

深水黎一郎（ふかみ・れいいちろう）
1963年、山形県生まれ。慶應義塾大学卒業。2007年に『ウルチモ・トルッコ』で第36回メフィスト賞を受賞してデビュー。2011年に短篇『人間の尊厳と八〇〇メートル』で、第64回日本推理作家協会賞を受賞。2015年刊『ミステリー・アリーナ』が同年の「本格ミステリ・ベスト10」で第1位に輝く。他の作品に『倒叙の四季　破られた完全犯罪』『午前三時のサヨナラ・ゲーム』『ストラディヴァリウスを上手に盗む方法』『虚像のアラベスク』『第四の暴力』などがある。

犯人選挙《はんにんせんきょ》

第一刷発行　二〇一九年九月十七日

著者　深水《ふかみ》黎一郎《れいいちろう》
発行者　渡瀬昌彦
発行所　株式会社講談社
東京都文京区音羽二-一二-二一
郵便番号　一一二-八〇〇一
電話　出版　〇三-五三九五-三五〇六
販売　〇三-五三九五-五八一七
業務　〇三-五三九五-三六一五

本文データ制作　講談社デジタル製作
印刷所　豊国印刷株式会社
製本所　株式会社国宝社

定価はカバーに表示してあります。

ISBN978-4-06-516557-7
N.D.C.913 294p 20cm